भारत को देखिए
在印度看印度

随水 著

贵州出版集团
贵州人民出版社

▲ 晨曦中的恒河

▲ 航拍恒河起源地

▲ 岩石浮雕《恒河降临》

▼ 伯德里纳特镇，阿喀难陀河穿流而过

▼ 伯德里纳特

▲ 光脚的朝圣者

▲ 印度教教徒会布施食物给苦行僧

▲ 穆缇纳特

▲ 穆缇纳特所在的河谷，可以通往索龙拉垭口

▲ 穆缇纳特的朝圣者

▲ 哈里德瓦尔镇的苦行僧

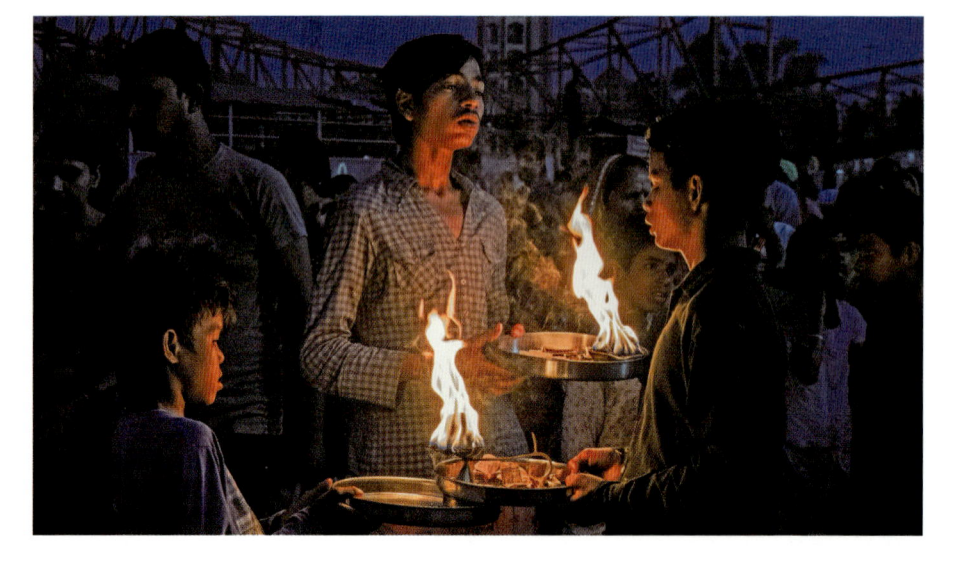

▼ 瓦拉纳西的猴子十分猖獗　　▲ 拿着一盆火给人祈福在印度是一种小生意

▲ 经常在印度电影中出现的月光市场（德里）

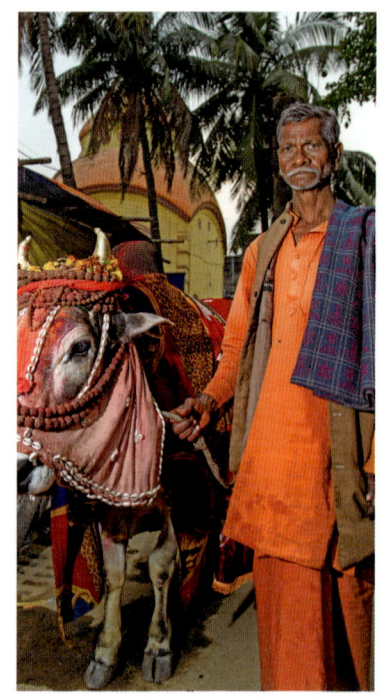

▲ 纯种"神牛"——白色、有瘤、短犄角

▲亚穆纳河

▼亚穆纳河对岸便是阿格拉红堡

▲ 泰姬陵在亚穆纳河中的倒影(无人机拍摄)

▲ 北印度冬季浓重的雾霾 ▼

▼瓦拉纳西恒河　　　　　　　　　　　　　　　　　▲ 鸟瞰瓦拉纳西恒河岸

▲ 恒河夜祭

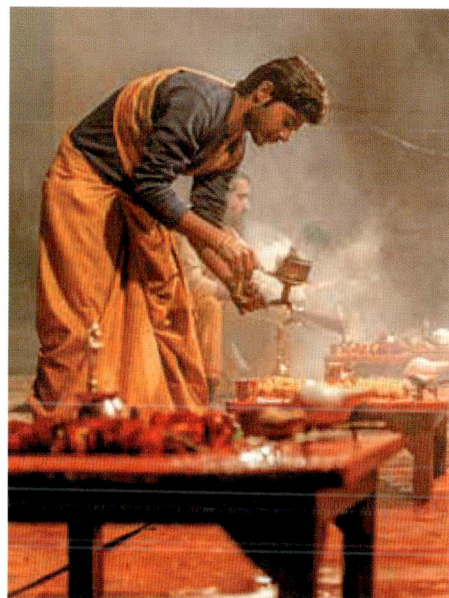

▲ 洒红节的瓦拉纳西

目录

第一章　印度的嫁妆究竟是怎么一回事　　001

第二章　定居印度是一种什么样的体验　　027

第三章　我在印度这一年　　151

第四章　德里　　195

第五章　从头细说恒河　　209

第六章　"双城记":孟买与加尔各答　　253

第七章　甘地与印度　　299

第一章

印度的嫁妆究竟是怎么一回事

印度婚姻和嫁妆

嫁妆在印度社会确实是一种非常畸形却又非常普遍的存在，嫁妆金额常常能大到让有些家庭倾家荡产。

2014年，有一次我从孟买坐火车去别的地方，有个步履蹒跚的老太太在车厢里乞讨，手里拿着一个塑封起来的纸牌子，一面是印地语、一面是英语，写着她的情况。按照惯常的套路，那肯定就是贫病交加，各种卖惨，然而在那个老太太的牌子上写着：我家里有两个女儿待嫁，所以求你行行好……从那时候起，我开始关注起了印度的巨额嫁妆问题。

在古印度吠陀时期的《摩奴法典》和《阿闼婆吠陀》[①]中，列举了八种不同的印度教婚姻，这八种婚姻很有意思，基本上把大多数可能的情况都概括进去了。

● 梵天婚姻（Brahma marriage）

这是印度教比较正统的包办婚姻，父亲给了女物色合适的对象，如果双方家庭都觉得满意，那么就可以安

---

① *Atharva-veda*，Atharvan 指僧侣，Veda 指知识。

排婚礼，女方父亲需要负责新娘的衣服、首饰和礼物。

● 提婆婚姻（Daiva marriage）

提婆（Deva）是印度神话里的天神种族，提婆婚姻是把家中的少女作为贡品嫁给神，作为舞者、精神向导在庙宇中工作。不过后来这种婚姻完全脱离了最初的内核。

● 仙人婚姻（Arsha marriage）

新郎送给新娘家一头牛，并且要发誓履行照顾好新娘的义务。我觉得这种婚姻算是事实上的彩礼制，但对彩礼的内容有具体的限制。

● 生主婚姻（Prajapatya marriage）

生主是印度教对创造者、统治者、某些神祇的一种称呼，在不同时期有不同的指代，有点儿难解释，大概相当于"Lord"。生主婚姻有点像现代的民事婚姻，婚礼仪式比较简单，夫妻双方交换誓词就算结婚了。

● 阿修罗婚姻（Asura marriage）

新郎给女方家庭彩礼，以此换取新娘。在整个过程中，由双方父母做主，新娘并没有做决定的权利，所以阿修罗婚姻后来也变形了，变成了事实上的"卖女"，因此广受谴责。阿修罗是印度教神话中天神堕落之后变成的魔族。

● 乾闼婆婚姻（Gandharva marriage）

自由恋爱婚姻，只要男女双方两情相悦，不需要双方家庭的同意。由于没有家庭的参与，这种婚姻不会有任何宗教仪式，因此虽然合理，但不被祝福。私奔也属于乾闼婆婚姻。

● 罗刹婚姻（Rakshasa marriage）

强抢民女，做压寨夫人。罗刹是印度教中的怪物（罗刹和阿修罗的区别在于：罗刹主要与人类为敌；而阿修罗是天神提婆的敌人）。

● 毗舍遮婚姻（Paishacha marriage）

毗舍遮是印度教中的饿鬼。

在这八种婚姻中，前四种符合印度教礼法，是被神祝福的婚姻；第五种、第六种属于可接受范围，但不被神所祝福；最后两种则是犯罪行为。仙人婚姻和阿修罗婚姻都是事实上的彩礼制，而这些婚姻里面对嫁妆则没有明确的规定和描述。不过梵天婚姻中给嫁妆制度留了一个口子：新娘的父亲需要为女儿准备得体的服饰和礼物。这就为后来的嫁妆制度的滥用有了依据。

嫁妆是怎么流行起来的呢？我目前看到的所有关于嫁妆制度的中文资料，基本上只讲到其中一个原因——种姓内婚制。事实上，嫁妆会在印度成为一种风气至少是三方面原因综合作用的结果，我接下去的剖析会提供除了种姓内婚制以外的更多角度。

（一）种姓内婚制

种姓内婚制无疑是最重要、最关键的一个原因。

《摩奴法典》里面有2684条印度教律法，其中有三百条是跟"内婚制"相关的。内婚制，顾名思义就是只在某个种族族群或宗教族群内部通婚的做法，属于一种自我隔离的形式，通常都是为了保持血统和文化的纯正性。内婚制在世界上其实非常普遍，传统的犹太人、亚美尼亚人、摩门教徒、印度的拉其普特人（Rajputs）等都是内婚制群体。据我所知，还有很多群体有着不严格的内婚制：更倾向于内部通婚，只在特定情况下才允许与外族通婚。

印度教很早就把人划分成了五个等级——婆罗门、刹帝利、吠舍、首陀罗这四个种姓，以及贱民。前三个种姓最早都是雅利安人，被称为"再生族"（Dvija），具有宗教权利，再生族在8到12岁期间需要举行一次再生仪式（Upanayana），之后开始学习知识。首陀罗和贱民最早是被雅利安人征服的印度土著达罗毗荼人（也叫达萨人），没有资格参与宗教活动。然而他们虽然没有宗教权利，却有宗教义务，受到宗教礼法的约束。

《摩奴法典》里面规定，再生族的三个种姓只有同种姓的婚姻才是合法的，跨种姓婚姻会受到神灵和社会的惩罚。但这样一来，择偶范围就很有限，导致匹配不足。于是，法典里面针对这一情况进行了放宽，再生族的男人如果在同一种姓里实在找不到合适的对象，在婚配的时候可以向下兼容——并把这个叫作"顺婚";但高种姓女子嫁给低种姓男子的"逆婚"是绝对不允许的——女人本来就不够,肥水不流外人田。

生物学有个专有名词叫作"慕强择偶"(Hypergamy):女性本能地会选择社会经济条件比自己好的男性,以繁衍更有竞争力的后代;与之相对的是,男性则会本能地选择更年轻、漂亮、健康的女性,目的也是为了繁衍更有竞争力的后代。A男可以找不同社会阶层的A女、B女、C女、D女,只要对方长得漂亮,就不会受到太大非议;但如果A女找不如自己的B男、C男、D男,多半会被人说三道四。

印度在"慕强择偶"上也一样,但具体情况有两个地方不太一样。

印度人对"美"的定义不同。"姿色"这个东西在印度不怎么值钱,五官好看的女生实在太多,宝莱坞明星卸了妆之后,大部分都是路人水准。印度审美主要围绕着肤色——白即是美!白即是正义!不信你也可以去看那些宝莱坞女明星,有不漂亮的,但绝对没有不白的。印度男人只要娶一个比自己白的姑娘,那就是妥妥的人生赢家。但问题是,肤色这个东西与种姓又是挂钩的,按照印度对漂亮的定义,这就意味着种姓越高越"漂亮"。这就造成了悖论——男的都想找漂亮的(白的),可比自己白的通常都属于更高种姓,属于宗教禁忌的"逆婚"。B男、C男、D男就算有了钱也难以晋升到A男,阶级流动的限制进一步加剧了婚姻选择的局限性。

印度女生如果通过顺婚嫁入更高的种姓,不仅能繁衍更有竞争力的后代，还可以在宗教意义上实现一次"人生升级"，她从此将成为高种姓家族的成员，就跟那些女明星嫁入豪门一样。这种"升级"的意义在印度教里就好像重新投胎一样，能够拥有更多的宗教权利，子孙后代都能抬起头来做人，是真正意义上的光宗耀祖。

既然有这么多的好处，"看不见的手"肯定要出来推一把。在印度，种姓虽然与社会地位相关，却跟财富没有必然联系。家道中落的婆罗门一大把，出人头地的低种姓也不少。有钱但没地位的低种姓和没钱但有地位的高种姓碰到一起，自然就可以搞一下平衡。低种姓家庭出钱把女儿嫁到高种姓家庭，从而实现人生升级。这样一来，高种姓的男子就成了抢手的"金龟婿"，这些男子的家庭有很大的选择余地，自然可以狮子大开口索要嫁妆。女明星嫁的豪门是真豪门，不图你那点小钱；印度高种姓的"宗教豪门"是假豪门，人家指着你的钱过日子呢。

但由于《摩奴法典》规定了只可顺婚、不可逆嫁，低种姓的男子依然没机会实现阶层跃迁。那个有"宠妻狂魔"之称的印度首富穆克什·安巴尼（Mukesh Ambani）就属于吠舍种姓，所以你看他长得并不白（他的爸爸肤色更黑）。而他老婆俨然是个白种人，可她并不是高种姓出身，她的娘家是从中东迁徙到印度西北地区的异族"Dalal"种姓，大致属于武士或者商人种姓，她之所以那么白，是因为有中亚血统。

当然，如今的印度教礼法本身也有所松动，在不断地被挑

第一章 印度的嫁妆究竟是怎么一回事

战和打破，只是这种松动还远远不够。

我和太太在印度租的房子的邻居中有一对夫妇就是逆婚，两人都在银行工作，妻子比丈夫的种姓要高一点。女方父亲不同意，他俩只能私奔结婚（乾闼婆婚姻），女方父亲在她结婚之后再也没有跟她说过话。由于私奔，结婚没有嫁妆，她在婆家的地位也非常低。

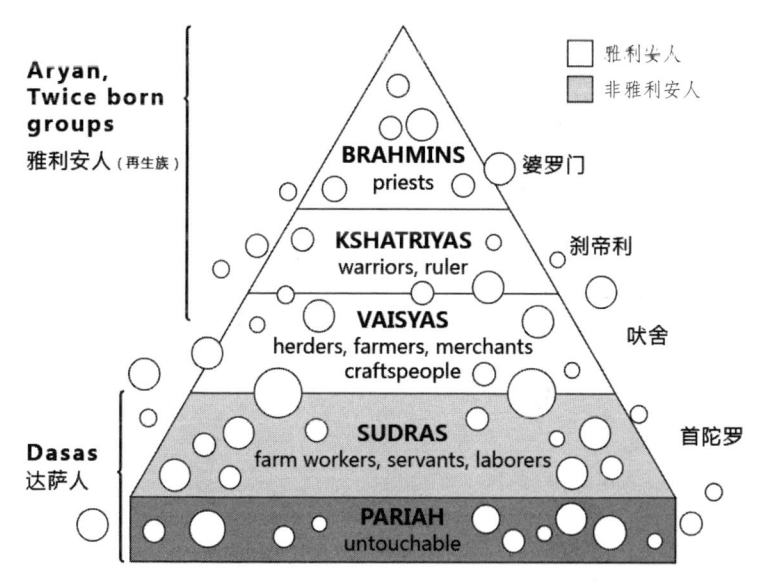

```
Aryan,
Twice born
groups
雅利安人（再生族）

                    BRAHMINS          婆罗门
                    priests

                  KSHATRIYAS          刹帝利
                  warriors, ruler

                    VAISYAS           吠舍
            herders, farmers, merchants
                   craftspeople

                     SUDRAS           首陀罗
            farm workers, servants, laborers

Dasas               PARIAH
达萨人              untouchable

□ 雅利安人
▨ 非雅利安人
```

这张图是我自己设计的，方便大家理解。这才是如今印度种姓的真相：一个小圆圈代表了不同的 jati① 族群，有些族群是跨种姓的，而有些族群，如帕西族、锡克族，甚至不在种姓体系内（友情制图：Asoka）

---

① jati：按照职业划分的种姓。

她父亲的这种做法从传统上来讲，已经算是克制的了，我们所在的泰米尔纳德邦共计发生过192起荣誉谋杀案，大多数都是因为跨种姓的"逆婚"。当地农村有一种坚定的信念："如果我让我的女儿嫁给了我们自己种姓的男人，我就成功地保护了我们的种姓。否则，我的名誉就会受到侮辱。"在这种情况下，要杀死自己的女儿，才能恢复"名誉"。这样的荣誉谋杀在我的邻居的老家农村真实存在，而且大多数都不会立案，最后都私了了。

（二）外来文化的影响

如果说早期印度教婚姻中的嫁妆还有点遮遮掩掩，外来统治者进入印度之后，嫁妆就慢慢被摊到台面上了。

外来统治者到了印度之后，鼓励生育。但他们带来的文化中的一些婚姻习俗跟印度教是相悖的，比如主张男方在向女方求婚时必须给彩礼（不过没有规定给什么、给多少），这在印度教看来是阿修罗婚姻；又如外来文化主张婚姻自由，寡妇可以再嫁。印度教自然如临大敌，生怕外来文化来抢自己的女人，矫枉过正地将一些传统陋习发扬光大，以反对外来风俗文化——为了反对而反对。

● 童婚制度。《摩奴法典》主张"女儿要在8至12岁完婚"，早点定下婚姻大事，不让外来文化有机可乘。

● 萨蒂制度。萨蒂（Sati）即万恶的自焚殉夫制，印度教认为寡妇是肮脏的，所以寡妇改嫁基本没戏。但外来统治者的文化对寡妇没有歧视。为了防止印度教寡妇接受外来文化，萨蒂制度一度发扬光大。

● 嫁妆制度。某个历史阶段外来统治者带来的彩礼制度（Dahez）十分流行，影响了印度教。婆罗门社区为了抗衡，发展出了婚礼中的"Kanyadana"环节——把女儿作为礼物送给新郎。规定大家嫁女儿时一定不能收彩礼，不然就堕入了阿修罗婚姻。彩礼原本是一种经济学上的平衡调节手段，这种手段失效后，女方家里自然不愿把女儿随便嫁掉，都想嫁更高的种姓。也正是从这个时期开始，顺婚变得流行起来，高种姓的男孩变得抢手，过去偷偷摸摸的嫁妆制度作为新的平衡手段得以大行其道。

关于印度教的种姓制度，几乎都是一边倒的批评。种姓制度的自私和恶劣从现代人的眼光来看是毫无疑问的，但我倒是隐隐觉得，假如古代印度次大陆没有种姓制度的话，印度人的日子可能会更糟——强调一下，是古代。

为什么这样说呢？因为在生产力几乎停滞不发展的古代，整个社会的财富大致固定，有多少富人或穷人基本上是板上钉钉的事，剥削和被剥削的阶级客观存在。种姓制度的有无，最大的区别在于是否限制了不同阶级之间的流动，并不见得会让社会整体更富裕或更贫穷。种姓制度被诟病的最大原因正是那些穷人、奴隶"世世代代"没有翻身的机会。

印度人相信生命"不以生为始,不以死告终",自己这辈子只是无数轮回中的一刹那,所以他这辈子成为某个种姓只是暂时的。并且他们觉得这辈子受苦受难,是在给自己消孽,吃得苦中苦,方为人上人;别看那地主家这辈子逍遥,下辈子就该他受苦了——道理都是一样的,印度的穷人寄希望于来世,而其他很多国家的穷人寄希望于现世。

但是,大家有没有想过,寄希望于现世,又很容易会失望——理想很丰满,现实很骨感;而寄希望于来世,那是绝对不可能失望的——因为你绝对没有机会失望!

所以,我相信生活在种姓制度下的古代印度的穷人大概比其他国家的穷人要幸福一点儿——他们恰恰是生活在希望中的,而非我们所认为的"永无出头之日"的绝望之中。你不得不承认这中间的逻辑相当高明吧?

印度流传下来的史诗故事的世界观都特别宏大,计量数字都特别夸张,把历史事件和神话混为一谈,天界和人界一起互动。这是多神教故事的一个特点。在古希腊和北欧神话里,人跟神的互动非常多,比如《荷马史诗》,虽然讲的是人类的故事,但众神一点都没闲着,在天上对下头指手画脚。

然而自从一神教开始了势如破竹的传播之后,就将原本地球上各种各样原始多神教消灭殆尽。为什么多神教不够打呢?因为一神教的神权具有绝对性,而多神教的神权不是绝对的,每个神都有自己的司职,造成了权力的分散。

第一章 印度的嫁妆究竟是怎么一回事

这个漏洞早在古埃及就被发现了。公元前14世纪,当时的法老阿蒙霍普顿四世(Amenhotep IV),在与祭司们的权力斗争中,废除了原来的古埃及主神阿蒙(Amon)及多神崇拜,推行太阳神阿顿(Aten)的一神崇拜(Atenism),将自己也改名为埃赫那顿(Akhenaten)[①]。但由于传统势力太过强大,这一宗教改革在当时也太过激进,在他死后很快就恢复了原样,祭司们的权力依旧。

印度教早期大抵发生过雅利安人的吠陀宗教和印度本土原始宗教的融合,但当时具体是如何融合的,如今的学界大多只能猜想。民族融合通常都伴随着新制度的诞生,因为旧的制度难以适应新民族的加入和新文化的融入,反之,新制度诞生之后,往往也能够推动民族的融合。

可以确定的是,种姓制度是雅利安人来到印度次大陆之后才有的,这一制度的形成是天时、地利、人和三方面作用的结果。

大家可以想象一下,3500年前,雅利安人从干燥寒冷的中亚草原出发,穿过开伯尔山口,来到湿热的印度河与恒河流域。这里的土著肤色很黑,没有严密的社会结构,信仰自己的神,松散地以部落形式生活在丛林里。来到这里之后,他们经常会莫名其妙生病,他们认为一定是这里有什么脏东西;有时候跟土著接触,也会生一些奇怪的病,一定是土著身上有脏

[①] 阿顿神的光芒。

东西。

雅利安人信仰源自中亚的原始神话宗教体系，拥有更严密的社会组织，这意味着可以一次性调动更多的人力，同时也有着更先进的铁器。相比于印度土著，雅利安人或许确实有一定的优势，但雅利安人对印度的征服绝不是一夜之间完成的，而是征服与融合同时发生。

在吠陀时代，雅利安部落（Arya）①和当地土著达萨部落②一白一黑泾渭分明，于是就有了最早的两个阶层——"Arya Varna"和"Dasa Varna"。"Varna"是肤色、颜色的意思，后来衍生出种姓阶级的意思。有些达萨部落成了雅利安部落的盟友，渐渐被同化到雅利安社会，这些达萨人属于仆人或奴隶阶级。

后来一部分达萨人被划入新出现的首陀罗（Shudras）阶层，首陀罗在早期的《奥义书》中叫"Pusan"，意思是植物滋养者，也就是最早的农民，随着地主阶级的出现，这些农民变成了农奴。另外一些工匠也被划入首陀罗阶层。与此同时，原来的雅利安人被重新划分为三个阶层：一个平民阶层——吠舍（Vaishyas）③，以及两个精英阶层——婆罗门（Brahmins）④和刹

---

① 意为高贵。
② 意为奴隶、仆人、野蛮人。
③ 意为部落的成员。
④ 意为祭司。

帝利（Kshatriyas）[①]。精英阶层对吠舍和首陀罗进行污名化，说吠舍可以"任意压迫"，首陀罗可以"随便打败"。

根据阿含经（Nikaya）中的记载和暗示，至少在佛陀时代，当时不同种姓之间并没有严格的职业限制，也没有严格的隔离制度和内婚制规定，甚至婆罗门可以吃任何人给的食物。不过，通过佛陀与婆罗门的对话也可以了解到，当时婆罗门为了保持其神圣性，正试图在不同的种姓族群之间划清界限、建立藩篱。后来的事实证明，婆罗门确实编撰出一套很好的故事。

婆罗门后来编撰的种姓故事大概是这样的：世界上的人类，都是创世神梵天（Brahma）的不同部位变的——

1. 梵天的头变成了婆罗门，知识分子阶层，在当时其实就是祭司阶级，祭司的权力包括和神灵沟通、撰写并解释经典，种姓制度本身或者说整个印度教体系就是由婆罗门设计的；

2. 梵天的手臂变成了刹帝利，统治阶层，包括国王、贵族、武士，统治阶级的合法性是祭司赋予的，所以肯定得排在祭司之后；

3. 梵天的双腿变成了吠舍，小资产阶层，农民、手艺人、商人，这些人一般都有固定的谋生手段和特长，是缴纳赋税的主要力量；

---

① 意为武士。

4. 梵天的双脚变成了首陀罗，无产阶层，一般都是干苦力、做服务的人。

　　这种部位划分的内在逻辑是一种比喻：人身上的各种部位本身就是不平等的，手脚都得听脑袋的话，只有各司其职，才能和谐相处。印度人对这个说法很买账，他们觉得世界的不平等才是真理，生下来就是做手做脚的阶层，从来不会痴心妄想要做脑袋。因为手脚就是手脚，脑袋就是脑袋，手脚安在脖子上也没法变成脑袋。

　　除此之外，梵天脚踩的地方，是种姓之外的贱民（Dalit，意为地面、被控制），事实上的奴隶阶层，专门做那些与死尸、排泄物、血污相关的工作，如清洁厕所和下水道、制革、制鞋、屠宰、丧葬等。贱民最早的来源已不可考，大抵包括南亚的原住民、罪犯、战俘，以及那些违背种姓制度逆婚的人[①]。

　　种姓制度有两大特点：不平等和世袭。

　　在印度社会，族群种姓（Jati）的贵贱跟"洁净"程度高度相关。种姓越高者，其从事的工作就越"洁净"；反之亦然。

　　由于南亚的热带环境有比中亚草原更多的致病因素，如导致水源性疾病、蚊虫传播的疾病、食物变质中毒、寄生虫病、皮肤病等的因素，种姓制度可能是最早的医学意义上的隔离制度。雅利安人注意到，在炎热的次大陆，接触某些东西——死

---

① 高种姓女子与低种姓男子的通婚。

尸、排泄物、血污——特别容易生病,便专门指派奴隶去做。这些干脏活的贱民由于长期和污物打交道,锻炼出更强大的免疫力,可以在污物中来去自如;而其他人接触了他们,就可能会受到感染而得病,因此贱民也被称为"不可接触者"。

由于某些"污染"现象客观存在,就会顺理成章地令整个社会形成保持隔离的共识。印度教中关于"洁净"与"不洁"的定义极为繁琐,一部分有点道理,一部分则完全是胡说,比如器物的洁净排名:金 > 银 > 青铜 > 黄铜 > 陶器;又如出生、死亡都被认为是不洁的。有些不洁是物质上的,有些则是超越物质层面的;有些"不洁"具有时效性,造成的污染是暂时的;而有些"不洁"却是永久的,那些永久性的不洁不但无法通过物理方式来清洗,甚至是无法物理隔绝的。

由于不同种姓的人洁净度不同,你只要相信了这种洁净观,自然就会跟其他种姓的人保持距离,以防"污染"和"被污染",种姓制度从而进一步得到巩固。越是高种姓的印度人,在生活中就会越注意保持"洁净",低种姓的印度人有时则会"放飞自我"。由于食肉被视为不洁,印度社会很流行素食。

而轮回观就如我开头所说的,低种姓的人寄希望于来世,十分安于现状,不想对这个体系造成任何破坏。按照轮回的说法,每个生命都在这套体系内不断循环,因此虔诚的印度教教徒(佛教教徒也是)不但不伤害动物,还每天拿剩菜剩饭去喂街上的动物——牛、狗、猴子、乌鸦等,印度的大街就像动物园似的。

在印度他们认同自己的种姓身份，接受自己在整个社会体系中的地位，就不会觉得这样的生活有何不妥。在印度教文化中，不仅仅是牛被封了神，大象、猴子，甚至老鼠也都是神。在动物被人膜拜的同时，却仍有许多人生活得很困难。我想，或许正是因为许多印度人从未以执掌生杀大权的万物之灵自居，他们才会像对待人一般对待动物。一方面，他们毫不怀疑动物跟人一样有灵性；另一方面，他们也坦然接受人活得像动物一样。

这套逻辑运转起来简直牢不可破，奠定了非常牢固的"秩序"与"合法性"基石——社会分工、社会稳定、统治阶级上层的神圣性等问题都得到了完美解决。

效果已经这么好了，印度教还要往上加套一个紧箍咒：谁要是敢破坏种姓制度，就会落得永世不得超生。所以，如今虽然法律上废除了种姓制度，种姓依然事实存在于印度社会。

我在印度经常能感受到高种姓对低种姓的歧视，但那些低种姓的人对自己的状态很认命，因此往往逆来顺受。绝大多数普通印度人都很安于现状，既没什么拼劲，也没什么责任心。

印度教的吠陀文化在早期曾经往外扩张过，将它"优秀"的种姓制度进行文化输出。东南亚的很多地方曾是印度教社会，印度教在泰国、老挝、印度尼西亚都留下了印记。如印度尼西亚巴厘岛的83%的居民都是印度教教徒，据说是公元一世纪传过去的。就在不久之前，巴厘岛的印度教教徒还被分成四个种姓，分类方法跟印度的一模一样。

中国人所知道的四个阶层的种姓，在印度已是老皇历。内婚制对不同种族的融合只能起到减缓作用，而远远无法真正杜绝。到了印度教后期，由于千百年来的混血，种姓早已不再是按肤色人种（Varna）分的四大类，而是根据出身（Jati），即传统职业或种族群体，各种各样的"Jati"组成印度社会的基础。你首先属于某个"Jati"种姓，然后才会根据其高低贵贱被归类到"Varna"种姓，但在归类的时候常常会有争议，因为很多"Jati"同时跨两个甚至三个"Varna"，另外一些新兴职业也很难用老办法来分类，比如律师、记者、外科医生。

每个种姓下面都包含了大量以职业、出身划分的族群。截至印度独立的时候，整个印度有两三千个不同的族群，被分到这五个阶层（四个种姓再加上贱民）的大类里面。

种姓之所以叫种姓，本身是跟姓氏有关的。印度人一听对方的名字就知道他的祖宗十八代是干什么的，比方说，"Gandhi"是卖香水的，"Dhobi"是洗衣服的，"Srivastava"是军队书记员。

"Jati"种姓范围远比"Varna"要大，比如某个群体并不属于印度教文化圈，自然也不属于任何"Varna"分类。假如这个群体有一天改信了印度教，种姓划分就会成为一个非常有争议和模糊的问题。所以印度人平时更多讲的都是"Jati"，而非"Varna"。

几千年来，不断有外族融入印度社会，他们带来了许多新的族群姓氏，成了种姓体系的一部分。只有成为印度教社会的一部分，那些负责解释经典的祭司，才会根据他们的"Jati"，将他们划分到不同的"Varna"。划分的时候常常会有争议，但久而久之便固定下来了——士农工商的社会阶层划分哪儿都有，不同的是我们的职业和阶层具有流动性，在印度传统社会，职业划分则是绑定的，你没有机会翻身。

外来人员之所以逃不过阶层划分，是因为你来到印度总得工作吧？印度社会的工作分贵贱，你只要工作，就会被贴上"洁净"或"不洁"的标签，会被阶层化和种姓化，这跟你信什么宗教没关系（外国人是刹帝利的说法也是这么来的，因为当时的英国人在印度属于统治阶层，所以被归为刹帝利。但各位可别自作多情地认为只要是外国人就都是刹帝利，印度教怎么看待你，只跟你的职业有关）。

（三）看不见的手

嫁妆制度最早之所以在婆罗门中流行，是因为在1956年《印度继承法》(*Hindu Succession Act*, 1956）颁布之前（包括在英国殖民期间），印度妇女没有家庭财富的继承权。

在吠陀时代，由于女性没有继承权，嫁妆就成了一种事实上的财产分割方法。有些婆罗门为了保护自己女儿的权益，利用"梵天婚姻"由新娘父亲提供礼物这个漏洞，会准备一份嫁妆，吠陀时代的嫁妆被视为"Stridhan"，梵文意为"女人的财产"。不过在那个时候，嫁妆是富裕的高种姓的特权，低种姓更流行彩礼。因为低种姓家庭里的女儿，会更多地参与经济活动，在家庭里有更大的经济价值，把女儿嫁出去对穷人的家庭无疑会有经济损失，需要彩礼进行相应的经济补偿。

正因为如此，最早也是印度的贵族发现了嫁妆的好处。一是可以加强贵族家庭之间联姻的纽带；二是让女儿变相继承财产，保证女儿到了婆家之后的家庭地位与生活质量——富人家女儿出嫁是去做阔太太的，非但不干活，还得要仆人伺候，经济价值为负。嫁妆作为一种提前支付的生活开支，在贵族婚姻里具有一定的合理性。

我在印度也确实听到过有人声称嫁妆是父母给女儿下半辈子提前支付的生活费，以此为嫁妆的合理性正名。这种说法如果是贵族之间通婚或许还说得通，放到平民婚姻里简直是不可理喻——就算印度女人婚后不工作，嫁到你家吃你的、用你的，人家不也要生孩子、带孩子、做繁重的家务吗？这些劳动难道就一文不值？

所以无论是嫁妆还是彩礼，在富裕阶层和贫困阶层有着截然相反的需求。然而，由于上层阶级的大力推动，"顺婚"制度的升级，下层阶级对"梵天婚姻"的效仿，以及对"阿修罗婚姻"的抵制，最终嫁妆制度胜出，成为一种全民性的制度。

目前印度社会的现实就是这样的。一个家庭如果在嫁女儿的时候给了很多嫁妆，他们在给儿子娶媳妇的时候就会设法索要更多，要把付出去的赚回来。当彩礼或嫁妆成为一种社会风气之后，会在一定程度上形成经济闭环。且越贫困的地方，由于缺乏经济能力，人们就会越依赖彩礼或嫁妆的收入，也就更难打破这种闭环。在印度经济发达地区，如今很多人已经果断抛弃了嫁妆陋习，而且他们也确实有底气向嫁妆说不；而在诸如比哈尔邦这样的穷地方，嫁妆是当地贫困家庭的一笔重要收入，很难说服他们放弃。

从某种意义上讲，索取高额嫁妆（彩礼）的家庭，本身是被这一社会风气所绑架的。过去大多数印度人一贫如洗的时候，搞嫁妆这一套的主要是婆罗门；后来低种姓群体有点钱了，迫不及待要摆阔一下，嫁妆大行其道。如今婆罗门群体反而是最先摒弃嫁妆制度的，因为他们的受教育程度和经济收入水平通常都更高。

除了要保证收支平衡外，在索取嫁妆的时候还会有一种不可避免的攀比心理。嫁妆和彩礼本质上是人的物化，不同的人有不同的标的。标的低了，岂不就是变相承认自己低人一等？所以从长期来看，嫁妆的金额必然不断走高。

奁，音"连"，是中国古代女子梳妆用的镜匣，引申为嫁妆的意思。因嫁妆纠纷（索奁）而烧死妻子的家庭谋杀是南亚的一大特色。

印度在1961年颁布了《嫁妆禁令》（*Dowry Prohibition Act*），然而并没有什么实际效果，因为关于"嫁妆"的定义有很多漏洞可以钻。这一禁令形同虚设，民间依然我行我素，嫁妆纠纷致死案时有发生。

印度在20世纪80年代对《嫁妆禁令》进行了两次修订，其中有一条新规定：离婚时，男方需要将收受的嫁妆悉数返还女方。在此之前，按照印度教传统，婚后嫁妆属于男方，离婚了，女方也不能带走。

为了避免离婚之后人财两空，很多男方家庭选择谋杀妻子，而其中最常用的方法就是制造厨房火灾的意外假象，将妻子烧死。由于立案率低（女性权利低下，警方容易被收买）、取证困难（通常都是男方举家合谋互作伪证），索奁焚妻成了一种高收益、低风险的牟利勾当。

看到这里，估计很多人都要诅咒这万恶的包办婚姻、吃人的"封建礼教"。

> 凡事总须研究，才会明白。古来时常吃人，我也还记得，可是不甚清楚。我翻开历史一查，这历史没有年代，歪歪斜斜的每页上都写着"仁义道德"几个字。我横竖睡不着，仔细看了半夜，才从字缝里看出字来，满本都写着两个字是"吃人"！
>
> ——鲁迅《狂人日记》

坦白说，我小时候从来没读懂过《狂人日记》，也始终没有真正理解为什么说封建礼教"吃人"。我那时候对封建礼教的理解十分浅薄，仅限于贞节牌坊、裹小脚之类的，那些固然残忍，但似乎也没到"吃人"的地步。年少无知的我从来没有亲身经历过那个时代，也再没有机会去经历。我相信对大多数中国人来讲，"封建礼教"只是遥远的往事，遥远到甚至让某些人有些"怀念"那个时代。

地灶

嫁妆这玩意，原本应该是有钱人的专利。古印度的祭司们曾汇编过一部法典，用以约束下层的人，代表的是古代婆罗门的"三观"。穷人打一开始就该老老实实按照市场规律搞彩礼制，然而他们经受不起"顺婚"升级这套糖衣炮弹的诱惑，把自己变成卫道士，也让自己成了殉道者。

而贫穷和愚昧是这一切的根源，两者互为因果。

印度的很多社会问题和社会矛盾，都能追溯到"封建礼教"。印度政府知道有问题，可他们处理的方式只是头痛医头、脚痛医脚，颁布各种各样治标不治本的禁令——禁止性别选择、禁止种姓歧视、禁止嫁妆制度、禁止走私黄金，以及各种出于宗教禁忌的禁令——禁止饮酒（某些邦）、禁止宰牛……

印度政府是如此热爱禁令，禁令最新的版本则是"禁用××APP[①]""禁止进口"……印度人不去好好反思印度进入现代社会后经济发展落后的根源，也从来没有尝试用政府的力量去进行实质性的宗教改革、经济改革以及社会改革，从根本上解决问题，只会用各种禁令来掩盖问题。按照印度一贯的做派，这些禁令不但解决不了原有的社会问题，还会造成新的社会矛盾。

就拿嫁妆问题来说，要解决这一问题需要的不是禁令，而是触及灵魂的宗教改革，让人们明白种姓制度是过去统治阶级对他们进行人身控制的工具。

---

① 多指智能手机的第三方应用程序。

第二章
定居印度是一种什么样的体验

找房子

既然打算定居下来，那么第一件事当然是找房子。哥印拜陀①好像没有租房中介这一行当，不过有网上同城服务平台，任何人都可以在上面发布自己的供需信息，转卖闲置物品或者租房。我们先从平台上看好房源，然后联系房东过去看房。

这里不得不抱怨一下印度的城市规划问题。在印度，如果不问人也不用谷歌地图的话，你很难仅仅通过地址就找到某个地方。在印度，他们的门牌号形同虚设，酒店之类的可以通过谷歌地图搜索到，但如果要找别人的住家，通常有两种方式：第一，到了附近，打电话给对方，让对方实时导航；第二，到了附近某个地标，等着对方来接你。自己硬找的话一定会"鬼打墙"②。

这主要是因为两个原因：第一，城市缺乏规划，社区建设杂乱无章，私有制寸土不让，明明很近的直线距离，常常不得不绕道而行；第二，印度大多数地方都没有路牌和门牌号标

---

① 哥印拜陀是印度南方一个工业城市，位于泰米尔纳德邦、喀拉拉邦、卡纳塔克邦的三角地带，已发展成为机动车部件、铸造和锻造件的采购中心。
② 这里指的是因为方向辨不清而原地转圈。

识，很多时候，地址写的都是"在××附近""在××对面"，对不熟悉当地的人来说，那是相当不友好。

我们总共看了五六套房，最后综合考虑面积、便利性、环境等方面，选了一栋新建的私宅公寓。私宅就是私宅，公寓就是公寓，私宅公寓是什么呢？印度的土地是私有制的，但私有制不代表你可以为所欲为。首先，无论你要建什么，都需要先拿到村委会①的批文；第二，你可以建成公寓的式样，但各个单元的产权不能分割出售——说白了，就是不能自己开发房地产买卖。

在我住的这个城市，一般中产阶级都有自己独门独户、带院子的小楼。但很多人家里的大房子，一半都是租出去的。他们在盖房子的时候，会留一个楼层专门用来出租，有单独的楼梯和大门，每月收点房租，不无小补。而我租的公寓，整栋楼都是用来出租的，房东另有住处。说是公寓楼，其实也不过三层楼共六户人家——虽然只有三层楼，却已经是方圆百米的制高点了。前面讲到的那个村委会批文，每一层楼都要有独立的批文，并不是自己想建多高就能建多高。

我租的公寓大约80平方米，2室1厅2卫，月租折合人民币不到1000元。据左邻右舍说，这个价格算是比较贵的，然而就我看的几套房比较下来，这个价格在当地还是比较合理的。这样一套公寓如果带产权的话在当地的售价是三四十万元人民

---

① 印度的基层行政是 Panchayat 村委会制。

币，一年1.2万元的租金，租售比在3%左右，相对还是比较低的[①]。房东建这栋三层公寓成本大概70万元，如果全部租出去，一年收入7万元，至少也要10年才能回本，算不上好的投资项目。

如果是在德里、孟买、班加罗尔、金奈之类的一线城市，房租则要贵得多，一千多块钱可能只能租到一个小居室，我小舅子在德里为了省钱，都是跟人合租。在孟买，一套小公寓月租金人民币三五千元很普遍，跟国内一些大城市差不多。因此，哥印拜陀相对低廉的房租价格决定了这里的生活成本不会太高，当然，这边居民的收入水平自然也比不上一线城市。

敲定房子以后，下一步就是添置家具和电器。在印度租房有个特点：房间通常不带任何家具、电器，租客要自备家具、热水器、燃气灶、空调，甚至吊扇。我们的房东给装了吊橱、衣柜、吊扇，其他都得自己买。在印度的大城市也找得到一些可以直接拎包入住的出租房，但这些房子通常都是租给外国人或海外归国的印度富人，价格往往比市价高几倍。

印度式"洁癖"

印度有着世界上最系统、最复杂、最严密的卫生习惯——

[①] 作为参考，印度之前的银行定存利率高达7%，作者写此文时有所下调。

这个大家听着可能会觉得很可笑。事实上，印度的环境是比较脏，但印度人爱干净。印度的大街上之所以那么脏，就是因为印度人要保持家里的干净——大便这么脏的东西怎么可以拉在家里，拉外面去——于是就有了露天大小便的习俗。

在过去，传统的印度教婆罗门祭司是不肯出远门的，比较极端的人甚至不吃自己家之外的任何食物。我们现在很多人是觉得印度太脏而不愿去印度，可当年那些婆罗门祭司却觉得，印度之外的地方才是脏的，到了那些地方，自己就会被污染。婆罗门祭司作为"洁净"的标杆，是侍奉神的阶层，更是需要保持自己的绝对"洁净"，生活中有非常多的规矩和禁忌，一旦出国就很难保持自己的"洁净"。

按照我们的认识，脏可以清洗，哪怕掉进粪坑里，也总有办法洗干净，印度教所认为的"不洁"很多是精神层面的。有些"不洁"具有时效性，造成的污染是暂时的，可以通过一些方式化解：比如用水清洗——恒河水被认为是洁净力最强的水；比如剃除毛发——在印度，如果有重要的家庭成员离世，最亲近的人会剃光头，因为死亡是一种不洁；比如涂抹牛的"五产"——牛奶、酥油（Ghee）、黄油、牛粪、牛尿，也能够对污染进行净化。

而有些"不洁"却是永久的，那些永久性的不洁不但无法通过物理方式来清洗，甚至是无法通过物理方式隔绝的。这就有点像一些男人会觉得女人和别人发生关系以后就脏了，这些男人认为这种"不洁"是洗不干净的。印度教教徒对这种"不

第二章 定居印度是一种什么样的体验

洁"有一种精神上的膈应，困扰印度已久的厕所问题根源便在于此。印度人无法忍受把厕所这么脏的东西和他们的神龛放在同一个屋檐下，所以很多地方就算修厕所也常常会独立修在房屋外面。我们租的房子有两个卫生间，我们有一户印度教的邻居从来不使用厨房边上的那间卫生间，他们觉得如果在那里大小便会污染厨房——因为这个卫生间跟厨房共用同一堵墙。

在印度教的洁净观中，死亡被认为是一种"污染"。当家里有至亲的人去世，就会受到污染，而剃光头则能净化这种"污染"。

如果你看过《摔跤吧！爸爸》这部电影，应该对里面的一段情节有印象：爸爸要给女儿做鸡肉吃，妈妈顿时惊慌失措，赶紧定下规矩——不能在他们日常的厨房里做，而且要使用另外的锅。其实这就是印度人"洁癖"的一种体现，一种对肉食

"污染"厨房的恐慌。

印度传统观念中的"洁净观"是源自南亚的环境。

比如,为什么印度教会认为肉食肮脏?因为这边天气炎热,肉食极易腐败变质;同时印度内陆古时缺盐,没有发展出腌制的技能。又如,为什么印度的种姓制度里会有"不可接触者"?除了保持征服者雅利安血统的纯正性之外,这其实还是一种原始朴素的隔离措施,就拿印度的贱民从事的工种来说,往往是容易接触病原的高危职业。

可以想象当年游牧的雅利安人初到印度次大陆,潮湿炎热的天气让他们得了各种之前没见过的怪病(后来蒙古人入侵印度的时候也碰到过类似问题),当地土著却安然无事。在缺乏免疫学知识的情况下,他们想当然地认为土著是具有致病性的,从而采取隔离措施。

因此,印度教在饮食卫生、生活卫生各方面——吃什么、怎么吃、什么时候吃,洗什么、怎么洗、什么时候洗,什么干净、什么污秽,要怎么保持干净,要怎么去除污秽——都有着巨细靡遗的一大堆繁文缛节。这让我意识到印度人与各种瘟疫、寄生虫、感染的战斗其实已经持续了几千年。印度这种如此炎热而又人口密集的地方,毫无疑问是瘟疫的理想温床,所以印度相当多的固有习俗本身就可以在一定程度上规避卫生风险。

此外,不跟别人吃一个碗里的东西,不使用别人用过的器皿,认为公用的东西都是不洁的……此类卫生规定在印度都是

第二章 定居印度是一种什么样的体验

古已有之的。为什么呢？这些规矩在传染病学缺失的古代不可能无缘无故被定下，正是因为印度人很早就观察到某些行为可能会致病才加以禁止。形成对比的是，古罗马的公共厕所连擦屁股的海绵棍都是公用的。

别说世代生活在这里的印度人，就连我，生活在印度，不知不觉也养成了很多新的卫生习惯。比方说，厨余垃圾必须每天倒掉，放两天以上，垃圾就开始发酵了，三天之后绝对会长出一堆虫子；用过的碗必须马上洗干净，否则一会儿就会把虫蚁招来……可以想象，在没有密封容器和冰箱的过去，印度人跟各种小动物生活在同一屋檐下，根本不具备储存肉食的条件。在湿热的气候条件下，如果不注重居家卫生，家里很快就会变得一片狼藉。一些在其他地方无伤大雅的卫生习惯，在印度的患病风险会高得多。

由是之故，印度人会比较忌讳使用别人用过的东西——因为被多次转手的东西是不洁的。谁知道这张床上发生过什么？谁知道这个灶台烧过什么？谁知道这个冰箱里放过什么？最保险的做法就是所有东西全部都用自己的。

我们是"白手起家"，只好从零开始一样样添置。不算从国内背过来的东西，在印度买的家具、家电、锅碗瓢盆，七七八八的，在当地大概花了两万块钱。

我们租房的时候正好赶上相当于"双十一"的印度排灯节，商场里有各种大促，所以我们的第一批大件都是去商场买的。

先说家具,印度这个国家虽然不富裕,但印度人倒是非常讲究环保健康,凡是居家家具基本上只买实木的,办公家具才会用胶合板的。实木家具比中国便宜——因为是印度制造的;胶合板家具比中国要贵——因为都是进口的。我们买了急需的餐桌、电脑桌、床垫、椅子,后来又陆续在亚马逊网站上买了第二张电脑桌、沙发、电视柜。对比一下我们的一些邻居,他们家里几乎没什么家具——坐在地上,吃饭在地上睡觉也在地上。在某种意义上,对印度穷人来说,家具大概算是奢侈品而非必需品。那种客厅有一整套大沙发的,可以算大户人家了。

再说家用电器,我只想说印度的家用电器真的太贵了!怎么个贵法呢?你回想一下中国十年前的型号,以及20年前的价格。比方说,一台中国20多年前用的那种单门冰箱,印度促销都要1700元人民币;国内标价1800元人民币的55寸小米电视机,在印度小米专卖店,同型号电视机要卖3800元(同尺寸的其他品牌电视机要卖五六千元)……印度的家电价格跟印度老百姓的消费水平完全是不挂钩的。

鉴于印度家电两倍甚至三倍于中国家电的高价,除了冰箱、洗衣机、微波炉、电热水器、净水器这些大件,小家电我都尽可能从国内背过来,省了很多钱——小米4K激光电视,在国内花7800元买了一个二手的(二手的过海关更方便),印度售价20000多元;小米智能压力电饭煲,在国内卖525元,在印度没找到,类似产品卖1000多元;九阳智能豆浆机,是我在2016年"双十一"花599元买的,印度要卖2000多元。还有

第二章 定居印度是一种什么样的体验

一些东西是有钱也买不到的,比如我没有在印度找到卖柜式空调的,可能因为印度无法对大功率空调保障电力供应。

我这里不是要给小米打广告,买小米的很大一部分原因在于印度有小米的售后,万一出现质量问题,就算不给三包,起码有个地方可以送修。小米在印度同样扮演了"价格屠夫"[①]的角色,在印度受欢迎程度之高,以致有些印度人以为小米是印度品牌。我有一次在电器行里面,销售员很骄傲地告诉我这是印度品牌,我告诉他这是中国制造的,他脸上的表情瞬间凝固。

在添置的家电中,有两样东西我后悔买了。一是净水器,我买了印度本土品牌的一台净水器之后,才发现在印度小米门店有一款印度特供版的小米净水器,物美价廉。中国的小米净水器是实时出水的,出水的时候必须通电;印度版则是带水箱的,这样就不会受到停电影响了。二是冰箱,以前在国内,冰箱用得并不多,因此在印度就买了一台单门冰箱,以为应该够用了。后来才发现,这里一方面由于天气热,新鲜蔬果放在室温下一会儿就蔫了;另一方面由于虫蚁多,如果不用密封容器,不一会儿蚂蚁就会来安家;所以恨不得把所有东西都放进冰箱里——冰箱不只是冰箱,更是保险箱。很多在中国没有必要放进冰箱的东西,在这里最好都放进冰箱。

现在的印度轻工业基础薄弱,政府为保护自己落后的产业,对进口家电产品征收高额的关税,造成家电产品价格居高

[①] 指主要竞争策略是价格战,通过低价来竞争。

不下，国外淘汰的老旧型号库存倒是在印度市场得以焕发第二春。

由于高额关税的存在，走私在印度非常有利可图，在印度做"倒爷"是很有可行性的，比方说，由于印度政府限售无人机，你在国内买一套大疆无人机，带到印度，立马就是100%的利润。

所以，在印度海关眼里，每个入境的印度人都是潜在的走私犯。印度是世界上最大的黄金消费国，有20%的黄金消费税，也就是说，在国外按照国际金价买黄金，到了印度一转手就有20%的利润。印度海关经常会"破获"黄金走私案，听说他们有专门用来扫描黄金的机器。

就拿哥印拜陀的国际机场来说，平时每天也就起降两三个国际航班，海关比较清闲，每个国际航班的每件行李都要仔细检查，像我这种外国人还好一点，只要把数量控制在自用的合理范围内，印度海关不会太为难，这样我才顺利地把那么多小家电带进印度，他们对待印度人则非常粗暴。你如果使用国际包裹往印度邮寄东西，被征税的概率几乎是100%，税率则从50%到300%不等。不管你是不是自用，海关都默认是商品。之前有个新闻，一台价值2000多元的二手笔记本，走的邮寄渠道，海关征税征了5000多元。

印度的各种税率之高，高得让人很难相信这是一个现代国家。由于占人口比例大多数的农民是不缴税的，所以印度整个国家的纳税重任压在少数人身上。比方说一个"正规的工薪阶层",每年有12个月的工资,实际上只能领到十个半月,有差不多一个半月的工资都拿来缴纳个税。不过,"正规的工薪阶层"在印度并不多,除了种地的农民之外,很大一部分人都是按日或按周结算打零工的,这些人也不缴税。

就家电领域而言,印度人对中国制造普遍印象不佳,这主要是因为印度商人在进口中国商品的时候,为了迎合印度人的消费水平,批发的都是一些低价劣质的商品,普通印度人根本没有机会接触到中国的高档货。所以当印度人看到我带去的一些最新的中国智能电器时,原有的认知遭到了颠覆,而在进一步得知其在中国的售价之后,他们的内心几乎是崩溃的。

害怕并拒绝承认中国的进步,在外国很普遍。不过,我接触到的一些受过高等教育的印度人,如今已能清醒地认识和接受中印两国的差距。

从2012年开始,我每年都会在印度旅行一段时间,第一次来印度的时候,我感慨了一下:中印真是完全两个不同的国家,无论在文化上还是物质上都没有任何交集,如果你在印度看到任何我们熟悉的东西,那一定是从欧美进口的。需要说明的是,我最早去的都是北印度的穷地方,在样本考察上有一定偏差。

后来我每次去印度,都会看到越来越多的"中国制造"。我记得当我头一回经过孟买地铁站的地摊,看到中国血统浓郁的各色小商品时,还感叹一下义乌制造的强大渗透力。从昆明飞加尔各答,也总会看到很多印度"水客"。就这样,我眼睁睁地看着印度从很难找到"中国制造"到满大街都是"中国制造"。

而这一切，前后也就不过五年。

我前两年来哥印拜陀，住在我的印度铁哥们儿家里的时候，惊奇地发现他们连抽纸都要从中国带过来。他太太告诉我，印度这边的卫生纸质量太差，一沾水就烂了。她每年回国一次，就从中国背来可以用一整年的纸巾。我当时觉得这也太矫情了，结果我现在家里的保鲜膜、抹布，甚至锅碗瓢盆也都是从中国带过来的——有些东西在印度虽然买得到，但在质量、细节上跟中国产品比真的差太远了。

水电煤

印度的基础建设是个大问题。

就我个人的观察和体会，印度政府在深刻领会学习了中国经济发展六字真言"要致富，先修路"之后，确实在印度各地努力大搞基建，但印度这个国家本身存在很多先天不足的问题。

一是基建标准低下。印度人的"将就"是出了名的，只要能用，质量无所谓。比方说，印度标准的"高速公路"，还比不上我们的国道、省道，这种"高速公路"是非封闭式的，牛车、马车、突突车、摩托车、行人都可以进来，跟一般公路的区别就在于双向四车道中间设了一个隔离带。由于非封闭式的关系，收费站设得非常密集，十来公里就有一个。没有摄像头和测速雷达，我碰到过好几次司机为了抄近路或者躲避堵车而逆向行驶的情况。

第二章 定居印度是一种什么样的体验

二是基建效率低下。我在印度见过的大多数工地，都非常不正规，别说戴安全帽、配备安全绳这些，有些工人连鞋都不穿，毫无安全意识。绝大多数工人干起活来懒懒散散、磨洋工，东张西望、心不在焉，动一下、歇两下，喝两个小时茶是他们神圣不可侵犯的权利，隔三岔五就有宗教节日，一言不合就闹个罢工。

三是印度人发展基建的意愿低下。印度人并不追求效率，火急火燎活完这辈子不还有下辈子吗？有什么好着急的。印度想学中国建高铁，好不容易找日本人拿到了赔钱赚吆喝的低息贷款，然而印度人根本不买账，觉得牛车挺好，要高铁干吗？各种不配合，开工头一年征地只完成了1.4%。

上述这几种情况，再加上密集的人口和土地私有制，导致印度政府几乎无法进行任何高效的基建改造，所以水电煤设施都很成问题。

印度许多地方都没有政府铺设的自来水总管，因此老百姓只好自己来——我们的公寓楼自带混凝土水箱，泵的是地下水，不需要交水费。在印度到处可见水塔，而家家户户的屋顶上都有大水桶——电力没有保障，不建水塔的话，断电就意味着断水。在一些老城区，你会看到如迷宫般错杂的水管，就跟他们自己拉的电线一样乱。假如住的是贫民窟或者是老式的瓦房，不具备在屋顶装大水桶的条件，那就得每天定时定点去取水。对这些地方的居民而言，用水是个很大的问题，经常能看到印度的家庭妇女拎着瓶瓶罐罐排队打水。我只在果阿、西姆拉这些城镇见过水表。如果你留心的话，会发现在印度大多数地方的街头几乎找不到消防栓，不然穷人肯定会偷消防栓的水。加尔各答这个城市是当年英国人规划建设的，街头有公共水井和消防栓，于是这些地方果然就成了老百姓洗漱的场所，甚至还有人在那边洗车。

一些居民区里自己拉的水管乱如蛛网

印度的电力供应也是个大问题，印度的人均用电量不足世界人均水平的三分之一，在哥印拜陀，停电是家常便饭。要是连着一个星期没停过电，会有一种月经延迟的感觉——咋还不来？每次刮大风、下大雨也必停电。即便是德里这样的大城市，每天也会有许多次"闪断"。我从上海搬来印度，随身最重

第二章 定居印度是一种什么样的体验

要的一件东西就是存储我所有照片和数据资料的 NAS[①] 服务器，由于担心毫无预警的断电问题，在 UPS[②] 断电保护设备到位之前，我一直都没敢给 NAS 通电。

UPS 这玩意在中国基本没怎么大范围普及过，然而在印度，如果你买台式电脑的话，UPS 就跟鼠标、键盘一样属于标配。条件稍微好点的人家里会有三路电，一路是普通电路；一路是可以承受高安培的专供空调电路，普通电路跑不了空调这样的大功率电器；还有一路是保障电路，配了电瓶和逆变器，在停电的时候能保证冰箱、电扇、电灯等设备正常运作。话说我后来在这边买了一台印度制造的海尔空调，电源线居然不配插头。这是为啥呢？因为印度的电压波动很厉害，时高时低。我用的 UPS 上能够显示电压，高的时候 270V，低的时候 180V。因此空调都要标配一个稳压器，不配插头是为了方便你直接把空调电源接在稳压器上，稳压器再接入空调的专供电路。所以在印度安装空调，是涉及电路系统搭建的。

印度的电分农用、家用、商用、工业用。农用电免费，仅用于灌溉；家用电有补贴，每个月有免费的额度，超过额度之后才开始计费；商用电和工业用电比较贵，但最要命的是工业用电常常有限制——你有钱也买不到电。假如你在印度开一家工厂，流水线设备都装好了，但每天机器只能运转 8 个小时，

[①] 专用数据存储的服务器。
[②] 不间断电源，是一种含有储能装置，以逆变器为主要组成部分的恒压恒频的不间断电源。

其他时候都得闲置，无形中就拉高了生产成本，这也是印度产品价高质低的原因之一。

印度之所以会有这么大的电力缺口，跟他们的环保发展理念也有关系。

大家可能又要震惊了！印度这么脏的国家还讲环保？每年冬季北印度德里的雾霾那么严重还讲环保？

2019年世界上空气污染最严重的城市排名前20的城市里面，印度占了14个。我在印度旅行的时候，很少见着大工厂、大烟囱，非常疑惑这么严重的空气污染到底是打哪儿来的。后来经过长期观察，我发现印度空气之所以那么差，主要是由四个原因综合造成的：

一、人太多！印度的人口实在太密集，污染排放集中。

二、燃料不完全燃烧的摩托车、突突车保有量极高。印度有摩托车文化，拥有一辆自己的摩托车几乎是每个印度男孩的"印度梦"。我目测几乎是人手一辆，像我这种不会骑摩托车的男人在印度会被当作怪胎。摩托车一来便宜，二来通行性能好，特别适合印度的穷街陋巷，但众所周知，摩托车的尾气污染不可小视。

三、印度整体而言还是一个农业国家，尤其北印度农田密度非常高。每年秋收完了，紧跟着就是秋播，收割后残留在地里的秸秆来不及处理，最简单粗暴的解决方式就是烧掉。虽然政府下了禁令，但由于这种现象太过普通，因此屡禁不止。这就解释了为什么空气污染主要发生在秋冬季。

第二章　定居印度是一种什么样的体验

四、从地理的角度来看，北印度恒河流域的奶牛带可以看成一块大盆地，北面是喜马拉雅山脉，南面是德干高原，东面是横断山脉，西面是塔尔沙漠——三面不通风，污染物不易扩散，只有孟加拉湾一个小口子可以带来清新的空气，至于塔尔沙漠，本身就是一个"雾霾发生装置"。印度治理空气污染主要靠天——刮大风，下大雨。然而冬季恰恰没有季风，也缺少降水。

大家看明白了没有？这几个原因都赖不到大工厂头上。事实上，印度的环保标准还特别高，问题是这些标准只用来限制大工厂、大企业，对那些无所不在的个人行为却无能为力。结果就是一百家地下小企业制造了比一家大企业更多的污染，产出却远不如大企业。

由于印度的环保理念限制，修建火电厂、水电站的环保审批流程特别繁琐，加上印度人本来效率就低，走完流程可能就得十几年，最后还不一定能审批通过，因此发电量永远跟不上用电量增长的速度。

再说燃气。除了一线城市的个别地区，印度的管道天然气几乎是个空白，家家户户都用液化气罐。以我们家每天做饭的使用频率，一个60多块钱的液化气罐可以用三个月。印度人非常艰苦朴素，普遍热爱高压锅，因为高压锅可以节省燃气；煮个鸡蛋什么的，也会尽可能用最少的水。我在印度从来没见过燃气热水器，只有电热水器。淋浴在印度目前还是新事物，在普通老百姓中尚未全面普及，毕竟很多人家里连厕所都没有，怎么可能有淋浴呢？印度式洗澡是装一桶水，蹲在边上用瓢洗，很多男人会在腰上围一块布，直接在路边洗了。

我的铁哥们儿兼合伙人的家是一栋比较现代化的商品公寓楼，我惊讶地看到他家居然用的是管道燃气，后来才发现这个公寓的物业用一种很奇特的方式解决了管道煤气的问题——在他们公寓的底楼，有一间液化气罐储存室，将许多个液化气罐接到一根燃气总管上，经由总管再分输到家家户户。我当时就被这种操作给惊呆了，这不是把所有的鸡蛋硬塞到一个篮子里，人为搞出来一个危险品储藏室吗？

基建落后造成的问题，自然不仅限于水电煤，还有社区排污和垃圾回收的问题。

我住的这个社区，生活污水直排于路边半开放式的水沟里。水沟里面的水黢黑黢黑的，看不出有流动性，高温天气会散发出一股臭味，常常能见到老鼠在里面钻来钻去，鸡啊狗啊有时候也会在里面觅食。住在底楼的人家，出门就是这样一条臭水沟，有些地方搭了几块石板，让我回想起小时候上海的棚户区人家，门口就是阴沟。之所以使用这种开放式的排水沟，是为了方便清淤，每隔一段时间就会看到环卫工清理沟底的淤积物。社区的小水沟一直延伸到主路，排进主路边一条更大的水沟……这条大水沟最后通往哪里我就不得而知了。可以确定的是，生活污水和雨水用的是同一条排水沟，所以我有些担心雨季的时候，路上会不会污水四溢。刚搬来

第二章　定居印度是一种什么样的体验

的时候，为预防登革热，社区来家里检查有没有蚊虫繁殖的积水环境，我心想你们不把外面的水沟整治好，来家里看有什么用？

我们这里虽然名义上算城市，但其实就是过去的乡村发展起来的，不断地拆旧建新，从未有过管网改造。缺乏集中式的污水处理系统，自然指望不上厕所排泄物的统一处理，所以盖房子的时候需要在底下挖一个化粪池。每家底下都有一个化粪池，市政会定期来抽粪。抽粪车也很有"印度特色"，是普通货车改装的，在卡车车斗里面放一个大塑料桶，再加个泵就成了。

我前面讲过印度的环保理念很先进，这还体现在印度的生活垃圾处理上。印度为了避免污染问题，很多地方都明令禁塑，有些地方整个区域禁止使用一次性塑料制品，取而代之的是报纸、香蕉叶、一次性纸餐具、一次性陶器等。印度街头小吃种类繁多，他们倒是可以真的做到不用塑料餐具：花生之类的炒货干货，用报纸包；炒面之类的会给你一个单面防水处理过的纸盘子；很多地方米饭、饼之类的食物都会用香蕉叶来包；奶茶、酸奶会用一次性的陶杯或纸杯来装；果汁则用玻璃杯装，喝完归还；就连吸管都是纸制的……据说印度和日本是世界上仅有的两个大街上没有垃圾桶的国家，日本的干净程度大家有目共睹，然而印度怎么样大家也看到了。

这是从我公寓楼顶往下拍的,墙内干干净净,墙外一片狼藉。生活污水直接排在路边水沟

我在印度待久了,也受到这种环保理念的影响。比方说,在印度买菜,大家都会自带袋子或者篮子,称重计价完了之后把所有的菜混装在一起,回家再分。我觉得这样可以省下很多不必要的塑料袋。

一次性塑料制品确实可以禁用,但问题是阻止不了各种包装食品使用塑料包装啊!而且鱼肉生鲜之类的也必须用塑料袋装。这无疑是一种刚需,扔垃圾也是一种刚需,垃圾桶的缺失直接造成了乱扔垃圾的现象在印度司空见惯。部分卖冰激凌的小店门口会放一个破盒子或破桶,收集冰激凌包装纸;一些旅游景点附近偶尔能看到一两个垃圾桶,其他地方要找垃圾桶着

第二章 定居印度是一种什么样的体验

实不容易。有时候在外面找不到扔垃圾的地方，又做不到像印度人那样心安理得地乱扔垃圾，我常常会把垃圾带回家里。

我们的社区也没有垃圾箱，每个工作日的早上都有人来收两次垃圾——为什么是两次呢？一次是收厨余垃圾，一次是收干垃圾。收厨余垃圾的是一辆哇啦哇啦放着广播的垃圾车，随车跟着几个步行的环卫女工，每人带着一个黑色的盆挨家挨户收集厨余垃圾，然后倒到垃圾车里，有点像二战题材电影里跟在坦克后面的步兵。她们会检视厨余垃圾里面是否混有塑料、纸张，因此我估计这些垃圾可能会拉去做堆肥。这种检视还挺严格的，我有一次吃完梭子蟹，把蟹壳放在厨余垃圾里，结果他们跟我说蟹壳算干垃圾，估计这玩意烂不掉。除了检视垃圾之外，她们还会步行前往那些垃圾车开不进去的地方。

干垃圾是两个环卫女工推着一个小车，一路走一路吹哨子，挨家挨户回收的，她们也会顺便捡一些路边的垃圾。很"印度"的一点在于，她们收垃圾没有固定的时间和路线，有时候从前面的路过来，有时候从后面的路过来，毫无规律可循。我每天早上得竖着耳朵听哨声，通过哨声来判断她们的方位和远近。

每天上午会有好几个"小分队"活跃在社区里，这些环卫女工会把这些垃圾聚集到一片空地，分拣其中有价值的东西，最后由垃圾车装走。电器包装之类的大件垃圾，要找专门的拾荒人上门来收，可以跟他们换一些廉价的锅碗瓢盆。

这种社区垃圾回收的方式，从某种意义上可说是印度的一个缩影——理念是先进的，方法是落后的，效率是低下的。我在周游印度的过程中，曾见过几次街头的分类垃圾桶，但似乎只是市政的一些宣传样板，并未自上而下推行。

这些环卫工虽然一边拿着政府工资，仍然一边要从住户这里定期收取"茶水钱"，一个月大概几块钱，给多给少没有标准，逢年过节还需要额外再给。你不给的话，她们就不打扫你门口的垃圾。这个钱对她们来说属于非法收入，但由于平摊到家家户户非常少，社区就默许了——这种情况在印度社会非常普遍，哪怕有一点小小的权力也会设法寻租变现，不额外给钱就不帮你好好做事。

连环卫工人打扫卫生，都要你给钱才帮你打扫，显然也就不用指望这个国家的环境卫生有多好了。

我这个人大大咧咧，一般的脏都可以视而不见，不然也不会如此迷恋印度，但在拉贾斯坦有两次还是把我恶心坏了。一次是在著名的老鼠庙，我本来以为无非就是老鼠多一点，反正它们也不咬人，来都来了，走过路过不能错过。结果进这座庙必须光脚——大家可以想象一下，满地的老鼠屎，整座庙臭气熏天，最后我仓皇而逃。还有一次在圣城普希卡（Pushkar），那里有一个湖，不让穿鞋到湖边。不穿鞋本来没什么，但那个湖边上牛啊、狗啊多得没人管，有头牛拉稀在地上，一条狗开心地吃着那些不可描述之物，而我则光着脚走在边上……后来再到普希卡，我对那个湖就敬而远之了。

由于拉贾斯坦的脏冠绝印度，同时也是游客到访最多的地

第二章 定居印度是一种什么样的体验

方,也成就了印度的"脏"名。印度别的地方比拉贾斯坦好一些,但也好得有限,就连孟买大街上都有牛粪,你还能指望什么?不过印度的这种脏,某种意义上算是人与自然和谐共处,有点像农村的"脏"。印度之所以脏,一是尘土多,二是动物粪便多,三是垃圾多,前两者都属于自然界的元素,所以别看印度空气污染这么严重,却称得上是生态天堂,生态环境无与伦比。

比方说我住的泰米尔纳德邦,算得上印度比较先进的省份了,然而每次出门走一圈,回来都能从鞋子里倒出很多沙土。我家附近的大街小巷,牛羊鸡狗什么都有,还有孔雀、鹦鹉、鹰,以及其他各种我叫不上名字的鸟。一群孔雀就住在我家隔壁的一片空地里,每天都听到它们鸣叫,经常看到它们散步,还见过两次开屏。我是住在这儿之后才知道孔雀居然会飞,这些孔雀有时候会飞到房顶上,因为个头大又拖着长尾巴,孔雀的飞行姿态相当魔幻,感觉好像凤凰,但似乎"续航"能力不强。

我们家这栋楼边上有一棵椰子树,先是一对乌鸦在上面筑巢,孵出了四只小乌鸦(可以直接观察到育雏的全过程)。乌鸦的护巢意识特别强,每次我们在屋顶上稍微接近那棵树,乌鸦就会攻击我们。后来小乌鸦长大搬走了,这棵树上又搬来了一窝松鼠。松鼠在求偶的时候会发出尖锐、持续的叫声,我一开始还以为是某种鸟,可怎么都找不见鸟巢,后来才发现居然是松鼠。所以我不得不说,生活在印度相当"亲近大自然"。

我们这边附近的山里面有很多大型野生动物，比如成群结队的野生象群。很多人可能不知道，野生大象是非常危险的动物，破坏力极强，如果在路上遇见得赶紧跑。当地人甚至经常会近距离目击花豹。BBC纪录片《大猫》里面就专门介绍过孟买市郊的村庄，经常会有花豹光顾。想来简直不可思议，在人口如此密集的区域，居然会有大型野生动物出没。

既没有狗又没有牛的地方在印度虽然有，但非常少，仅限于东北几个邦的一些大城市，比如西隆，游客通常都不会去。我有两次从泰米尔纳德飞斯里兰卡，出了机场一是觉得热，二是觉得好干净，干净得好像少了什么似的——后来一想，哦，这里没动物！

有些游客怕脏但又想来印度，就会选一个好酒店作为避风港。大多数印度酒店的设施和服务其实达不到他们所标的星级标准，通常要往下减一颗星才名副其实。所以大家在印度住酒店的时候最好调整一下期望值，基本上要到四星级以上，酒店的卫生状况才有保证。二星和三星级的酒店偷懒不换洗床单之类的事情经常发生，介意的话最好检查一下，向客房直接要一套干净的床单。不过这种事情也并非印度专有，想省钱住便宜旅馆，当然就要有对付那些糟心事的准备。

屋子拾掇好之后，左邻右舍来我们家的第一反应都是："哇，你们家里好整洁干净！"要知道我可是上海人。上海人因为过去家里面积小，演化出收纳和打扫的天赋。而我从小就耳濡目染我妈强迫症般的打扫方式，对家居整洁有我自己的一套

第二章 定居印度是一种什么样的体验

标准。

就像我之前说过的两点：一、印度人有洁癖，他们很重视居家整洁，即便是贫民窟的人家，至少看起来也是干干净净的。去过印度的人都知道，在印度进寺庙都要脱鞋。印度人把鞋子视为非常"不洁"之物，穿鞋进家门自然也是不允许的，甚至很多商店你都要脱鞋进去。二、印度这个国家的特点就是理念先进，方法落后。他们虽然不把鞋子穿进房间，但他们自己成天光着脚在室外跑，嫌鞋子脏，难道脚就不脏吗？

结果可想而知，印度人不把鞋穿进房间，对于保持屋内的干净并没有什么用，因为他们的脚本身就跟鞋子一样脏。

前面讲过，印度人对人的审美，主要标准就是皮肤白不白，而衡量道德的一大准则就是"洁净"。我在中国绝不算白，但跟印度人一比那可就白得耀眼了。鉴于印度标准，干净和白皮肤那就是妥妥的上等人的标志。大多数印度人自出娘胎以来都从没见过活的中国人。当他们发现我这个住在他们社区的中国人非但不是传说中吃狗、吃猫、吃一切的妖魔鬼怪（我们住的社区基督教教徒、印度教教徒混居，对饮食习惯很包容），而且家里比他们更干净，生活方式更健康，每天有规律地去健身房锻炼，用的都是像科幻片里一样的智能家电，浑身上下散发着"上等人"的光芒……没有比较就没有伤害，我估计他们的内心是复杂的。

其实我在印度的生活就是自己觉得怎么舒服怎么来，既不算中式也不算印度式，没想到竟然冲击了他们原有的生活方式，不经意间成了先进生活方式的"引领者"。邻居尝试了解和学习我们的生活方式，出现了各种啼笑皆非的模仿：他们原来鞋子在门外乱放，看我们放在鞋架上，他们就找了点塑料泡沫也搭了个鞋架；看我们在门口放了把椅子，偶尔傍晚在露台上坐坐，他们也放把椅子；看我们在家里用抽纸、卷筒纸，他们也跟着买，结果发现卷筒纸对他们来说完全没有用……

这里我补充说明一下情况——印度人确实不用厕纸。在印度，"用手指抠屁股"这种事情从古至今从未发生过，事实很简单——用水洗：一、用瓢、罐子装了水冲洗，需要借助左手辅助，这种方式手指会接触屁股，但就跟我们淋浴的时候洗屁股差不多；二、用喷头直接冲洗，跟卫洗丽一样，整个过程中，手完全不用碰到肛门。

强力冲屁屁的喷头如今在印度普及度很高，用水瓢洗屁股的地方越来越少了。"用手抠屁股再洗手"这种谣言的流传让我感受到愚昧无知。由于印度天气炎热，他们洗完裤子一穿自然就干了，习惯了并不会觉得不舒服，这才是印度人之所以不用厕纸的真相。便后水洗的如厕习惯，极大地降低了痔疮的发病率。这其实是生活在热带地区的必然选择——在这么热的天气下，如果不注重个人卫生，分分钟吃苦头。

我现在也跟印度人一样，上完厕所必定水洗，不过在没有喷头的情况下，我总是用不好那个水瓢，经常搞得大腿上都是水。因此我会用矿泉水瓶装水冲洗，比较容易"瞄准"。用水洗实在是好处多多，过去用厕纸擦不干净导致肛门发痒的情况就再也没有出现过，内裤也永远都是干干净净的。

现代文明带来了很多新的观念，印度的传统生活方式也在慢慢与新时代妥协，但由于宗教、文化等习惯的力量太过强大，改变需要时间，需要一步步来……就好像虽然他们接受了厨房与厕所同处一个屋檐下，但还未能接受厨房和厕所共用一面墙。我跟我太太讨论过这个问题，她说印度的很多传统造成的社会问题又不可能一下子改变，我说其实是有可能的，只是需要一场革命，但这个世界上最难的，莫过于革自己的命。

消费

在印度生活之后，我明白了一件事：我们的许多消费欲望，真的是中国发达的电商创造出来的。在哥印拜陀这样的三线城市，经常有钱也花不出去，开销少了很多——有些东西就算特别想买，实在买不到，那也只好不去想了。

据我所知，哥印拜陀当地有三家大型的现代购物广场，结构跟国内相似，集购物餐饮娱乐于一体，购物广场入驻有 Spar 大卖场。Spar 是一个荷兰的连锁超市品牌，我在俄罗斯旅行的时候经常光顾这家连锁超市，原本还以为是俄罗斯品牌，在印度不期而遇颇感意外。我们给新家添置的大多数日用品都是从 Spar 买的，物美价廉。除了 Spar，哥印拜陀还有一家欧尚，由于离我家比较远，没有去过。离我家最近的超市叫 D-mart，是印度本土的品牌连锁店。说近也不近，步行两公里，打车的话不像步行那样能抄近路，要走三四公里，所以通常一两个月才去一次。这个本土连锁超市不像 Spar 有生鲜食品卖，主要都是包装食物与小百货。D-mart 的规模还蛮大的，很多小商品有自主品牌包装，然而都是"中国制造"。

每次去购物广场，我都感觉跟穿越似的，因为建筑内部跟外面的街道完全是两个世界，我的印度铁哥们儿的上海太太说她需要经常到这种地方来"洗眼睛"。为什么"洗眼睛"呢？因为印度这个国家的风格相当"辣眼睛"[①]。

购物广场内有家 MINISO 名创优品连锁店。我前阵子才知道 MINISO 名创优品其实是一家中国企业。店里的东西基本和国内同步，售价也大致跟国内持平。MINISO 名创优品里面有些小东西还是很好用的，我安家时采购了一波。但跟印度制造的小商品相比，MINISO 名创优品在价格上完全没有竞争力，通过我观察，这个品牌在哥印拜陀的生意不算很好。老实说，我觉得 MINISO 名创优品这种模仿无印良品的冷色调的设计风格，跟印度花花绿绿的农家乐审美格格不入，加上缺乏竞争力的售价，难以在印度市场有所作为。印度"辣眼睛"的农家乐审美对市场的统治到了什么样的地步呢？我那时候想买几双袜子，但找遍了整个购物广场都找不到中国随处可见的灰白黑的纯色袜子，甚至都找不到颜色搭配少于三种颜色的袜子，最后我也不得不妥协买了几双花袜子。

---

① 网络用语，形容看到不好看的东西。

第二章 定居印度是一种什么样的体验

印度自己制造的服装也很"辣眼睛",我为数不多的几次在印度商场里买服装的经历,简直都要尴尬死了,那些衣服总感觉要配一条大金链子才能相得益彰。印度人不分男性女性中性色,经常会看见男人穿着亮粉色的衣服招摇过市,这种亮粉色在印度还有专属名字——皇后粉(Rani Pink)。印度人对艳丽浓郁色彩的热爱,经常让我怀疑他们的眼球结构是不是跟其他地方的人不一样,所以得把整个世界的饱和度加高。

好在后来,我在谷歌地图上发现哥印拜陀机场附近有一家迪卡侬,跑去实地考察了一次。本人是迪卡侬的粉丝,作为一名钢铁直男[1],我并不怎么讲究穿着,大约八成的衣服都是在迪卡侬买的,可以数十年如一日地穿同一款短袖。印度的迪卡侬的价格和款式与国内完全一样,一些打折促销商品比国内还便宜,这才终于把我从印度"农家乐"审美的"淫威"下解救了出来。

幸运的是,南印度是没有冬天的,温度最低的季节也有20多摄氏度,除非骑摩托车,不然的话厚外套在此全无用武之地,我一年到头最多也就穿一件皮肤风衣[2]。所以在印度这边生活,倒是可以省下一大笔购置服装的开销——短袖短裤能花得了多少钱?

电商缺位的生活,让我意识到了电商最人的好处,其实是

---

[1] 网络用语,指那些性格直爽、不太关心时尚等的异性恋男生。
[2] 一种服饰,人们常用人体皮肤类比此种服饰的特性,使用的布料重量极轻,非常柔软,具有良好的透气性、耐磨性、防风性。

给了你更多的选择。假如没有电商的话，我就只能在非常有限的范围内选购。虽然没有淘宝，但印度总算有亚马逊网站，这大大提高了我的生活质量。亚马逊几乎涵盖了所有种类的商品，我所需要的百分之九十的东西都可以在亚马逊上找到，包括迪卡侬也有亚马逊线上店铺。亚马逊在很大程度上解决了从无到有的问题。对生活在印度的我来说，亚马逊简直是黑暗中的一盏明灯，可以方便地买到各种刁钻古怪的小商品——凉席坐垫、厨房定时器、硅胶刮刀、塑料桌布、磨刀石、蚊帐、食物网罩……这些东西在印度人的日常生活中并不常见，未必能在实体商店轻易找到。

印度电商这两年发展得很快，除了亚马逊网站之外，沃尔玛集团收购并扶持了相当于印度"京东"的Flipkart电商，目前亚马逊和Flipkart基本上瓜分了印度的电商市场。但绝大多数的印度人对电商的热情并不高，他们还是习惯于传统购物方式，使用电商平台购物的以接受过高等教育的年轻人为主。我在印度待久了，也会偏好于传统购物方式，只有那些附近买不到的东西才会上亚马逊买。印度这些电商的最大功劳在于把我从被香料支配的恐惧中解救了出来。

相当一部分印度人主要的精神文明追求是宗教信仰。印度的生活必需品，比如油盐酱醋、锅碗瓢盆，比中国便宜，维持温饱的成本很低。我算了算，按照印度人的生活方式，一天5块钱就能满足温饱（印度的贫困线标准是每人每天在饮食上的花费少于30卢比，还不到3块钱）；那些用来提升生活品质的，比如家用电器等就比较贵，超过五百块的东西在很多印度家庭都算是大件。我们楼里的清洁工阿姨，来问我们借过两次钱，每次都是两三百，我估计对他们家来说，两三百块钱就能渡过一个月的难关。我太太还犹犹豫豫要不要借给人家。我跟她说，人家如果不是没办法，不会来找我们借的，就算接济人家几百块又怎样呢？绝大多数印度人都属于价格敏感型消费者，热衷于货比三家，凡是非生活必需品的消费都会再三思量，目前购买力还十分有限。但由于印度人口基数大，哪怕只有十分之一的人具备较强的购买力，也是一个非常庞大的市场。

印度的饮食文化

我一直都告诉那些想来印度旅行的人，印度没有网上说的那么可怕，最需要克服的其实是饮食问题。很多中国人最后在印度待不下去，往往是因为中国胃没有办法再忍受印度用香料烹制的食物。我认识一个嫁给印度人的中国媳妇，她在印度待过两个月，形容那两个月是她"人生中最黑暗的日子"。后来我跟她探讨了一番，发现问题出在她自己不会做饭，也不知道怎么买菜买调料，每天只能吃可怕的印度当地食物。第一次来印度的时候没有经验，我就差点被印度食物逼疯了，回国坐东航的航班，当我吃到航班上的飞机餐时几乎泪流满面。

亚马逊网络解决了中餐最根本的调料问题，当我发现亚马逊上可以买到李锦记的生抽和老抽、芝麻油、蚝油、料酒、米醋、香醋、鱼露等中餐调料，我就完全不慌了，在印度待多久都行。这些调料的产地有中国、日本、泰国等，有了这些中餐调料做后盾，在印度就可以过得很滋润。我在印度旅行的时候，随身带个烧水壶，带一小瓶鲜酱油，去菜场买点秋葵、豌豆之类的蔬菜水煮一下，哪怕只是让味蕾暂时逃离香料，也足以获得慰藉。

手抓的真相

有人可能会说，我在中国的印度餐馆吃过印度菜啊，我怎么觉得还挺好吃的呢？我可以告诉大家，中国的印度菜其实都是经过大幅改良的，真实的印度食物才没有那么美好。并且中国人对印度的饮食文化也充满了误解，第一个误解就是他们吃东西用手抓，很脏。

我之前就讲过，印度人有洁癖，这种洁癖在饮食上可谓登峰造极。

第一，印度人有饭前饭后洗手的习惯，哪怕是街边的简陋小摊，也一定会提供洗手的水和肥皂，好一点的餐厅里都有洗手液。偷懒不洗手的印度人有吗？有，但这种人会被其他印度人瞧不起。并且大多数小吃摊主还是会注意卫生的。加上印度人辣椒、大蒜、洋葱吃得多，也起到了一定的杀菌消毒作用。

第二，印度人的手只会抓自己盘子里的东西，绝不会触碰菜盆。所以手抓吃火锅并没有问题——印度人可以用漏勺把锅里的东西捞到自己碗里然后用手抓着吃。我们在想象手抓的时

第二章 定居印度是一种什么样的体验

候,简单地把手替代成了筷子,伸手在每个菜里乱抓当然会觉得恶心了。事实上,印度人一定会使用公勺,不管是不是火锅,都绝对不可能直接伸手到菜里。我们中国目前也在推行公勺公筷,因为越来越多的人意识到筷子在自己的嘴巴里放放,再在公用菜盘里放放是极不卫生的。

第三,用手抓是有方法和技巧的,而不是我们以为的抓起来就吃。且不说他们吃饭只用右手,地道的印度人在吃饭时手指不会伸进嘴里,甚至很少碰到嘴巴,手掌心不会沾上食物,更不可以舔手。每个印度人是通过从小训练掌握这些技巧的,就跟我们学习用筷子一样,用得不对家长会打。我的印度铁哥们儿一家三口来我家吃饭,我专门烧了梭子蟹招待他的上海太太。我的印度铁哥们儿在中国生活过,所以能够接受吃螃蟹,但他全程只用右手剥蟹,左手一次都没有上过桌,我看得惊呆了。他说他如果用左手碰食物会非常不舒服,这是从小到大的习惯使然。

第四,在从菜盆里盛菜、盛汤的时候,自己的盘子或碗不可以腾空放在菜盆上面,因为如果你的盘子有东西滴到菜盆里,那么别人就不会再碰这盆菜了。印度人常常会把食物放在地上,你也绝不能从食物上跨过去。

第五,在几乎整个南亚和中东地区,吃饭用手抓都是主流,手抓文明圈的范围甚至比筷子文明圈更大。

肯定有人要说,那为什么好多人跑去印度吃得拉肚子呢?我觉得我对此是比较有发言权的,因为我带过很多朋友在印度

061

旅行，有足够多的参考样本量。

拉肚子的情况有吗？肯定有，有过四五个，严重到影响活动的有两个。但是因为某家餐厅食品卫生问题而集体拉肚子的情况有吗？暂时还没有碰到过。有个跟我"三刷"印度的大姐，第一次到印度被那些网络传言所困扰，什么都不敢吃，回去觉得亏大了。等第二次、第三次再来印度时，她把心一横——管它呢，该吃吃！尝遍了各种印度街头小吃，结果也没事。而上一次有个大哥，冬天跟我一起去喜马拉雅山区的大吉岭，当时的天气冷得需要穿羽绒服，我们在一个很高档的西餐厅吃晚饭，照理完全不存在引起腹泻的条件，结果其他人都没事，他却拉到虚脱。

拉肚子这种事本身就有偶然性，但在印度拉肚子就会掺杂心理因素在里面。其实去任何地方玩都可能拉肚子，这叫作"水土不服"。我以前有段时间，一喝酥油茶就拉肚子，但我绝不会说是因为酥油茶太脏，只会认为自己的肠胃不适应酥油。如果一个人去其他地方拉了肚子，他多半会觉得是自己的原因，或许肠胃不适应，然后很快就忘了这件事。但如果去印度拉了肚子，那他多半会觉得印度乃是"罪魁祸首"，回来跟别人添油加醋地宣传一番——你们看，去印度果然会让人拉肚子吧！先有结论再找证据，总是找得到的。

当然，有些人确实到了印度就腹泻不止，但大家有没有想过，难道去别的国家就没人拉肚子吗？但为什么一提到拉肚子，首先想到的就是印度呢？

归根结底四个字——"过度关注"。过度关注造成了归因上的偏差，印度或许对某些人来说，确实会增加拉肚子的概率，但拉肚子和印度并没有必然的联系。就我个人经验而言，在印度便秘的概率反而更高一些，因为印度饮食中缺乏膳食纤维，你很难找到绿叶蔬菜。

对中国人来讲，最受不了的其实是印度人喜欢用手抓食物，我一开始对此也很抓狂[①]。印度街边有卖一片片切好的西瓜，我们中国人肯定是拿起来用嘴啃，印度人可不是，他们会用手把瓜瓤抓下来吃。

但印度的文化习惯便是如此。我老婆吃饭时会跟我秀恩爱，用手抓饭送到我嘴里，她说他们小时候妈妈就是这样喂饭的。

越是高种姓的印度教教徒，对"洁净"的要求越高。在过去，传统的婆罗门什么时候吃东西、每顿吃多少都有严格的要求，甚至他们只能吃自己家里的东西——当然这种现象现在已经看不到了。餐厅社交文化在印度是缺失的，不同的人有不同的忌口，实在是众口难调。印度奶制品盛行，而且价格低廉，是印度人民重要的动物蛋白来源，比方说奶茶便是印度饮食文化中重要的组成部分，那些完全不吃奶制品的人，在印度会很难找到吃的。印度还有一个耆那教（Jainism），

---

① 抓狂是从闽南语中直译过来的词，形容非常愤怒或者郁闷，但又无处发泄，憋得快要发疯。

他们不吃任何长在地下的东西，诸如花生、土豆、胡萝卜。我简直难以想象他们还能吃什么，但他们自己摆摆手不以为然——习惯了。

如果你有机会乘坐印度和中东出发的国际航班，会发现乘务员送餐都会特别麻烦，许多人都会根据其信仰和习惯预订特制餐食，不同种类的餐食不下数十种，不像中国，有牛肉饭、鸡肉面就皆大欢喜了。印度婚礼或者家庭聚餐，一般采用自助餐制，中国和欧美那种围坐在一起的正式聚餐在印度文化中是不存在的。印度的现代化商场里面，美食广场的生意最好，堂食的品牌餐厅就非常少。大多数餐厅卖的食物，基本上自己家里都能做，也没必要去餐厅吃。

总之，对印度人来说，外面做的东西永远都比不上自家的干净好吃，年轻人受西方文化影响，也喜欢吃炸鸡、匹萨，但这些西式快餐终究成不了主流。

咖喱的真相

中国人对印度饮食文化的另一个误解是关于咖喱的，我在这里先跟大家讲四个故事。

咖喱的故事 1.Curry VS Dumpling

我跟我太太住在上海的时候，我父母总担心我们吃不好（有一种饿叫作"你妈觉得你饿"），经常会带做好的饭菜给我们。有一次，他们拿了一碗咖喱鸡来，因为我爸觉得这个儿媳

第二章 定居印度是一种什么样的体验

妇在上海肯定会想念咖喱，所以就特地做了咖喱鸡给她。

我一看那咖喱鸡的色泽，就知道多半是用在上海这边超市买的咖喱粉做的。我太太嘴巴很刁，一看外观就觉得不对，一尝那味道更是皱眉头："这是什么咖喱啊？这根本就不是咖喱！"她表示无法接受这种奇怪的味道，只好由我来吃。我虽然已有心理准备，但尝了之后还是颇为讶异——照理说，这就是我从小一直吃的咖喱，怎么会突然变得那么奇怪了？而且这个味道我居然一点都想不起来。由于这几年吃的都是正宗的印度本土咖喱，我对中国咖喱的记忆被彻底覆盖，一吃到中国超市里的咖喱，反而觉得十分陌生，那个味道跟印度咖喱完全搭不上边。印度以外的咖喱其实都是被重新发明过的。

"Curry（咖喱）"这个词在印度以外的地方，便有如中国以外的中餐，一来被重新发明，二来被概念化。我太太在国内的时候，我带她吃生煎、小笼包、馄饨、饺子、鲜肉烧麦、鲜肉汤圆……她觉得这些东西就是面皮加肉馅，吃起来都一样，一言以蔽之就是"Dumpling"。而在印度之外的世界人民眼中的咖喱大抵也是如此——黄黄的糊状菜肴，吃起来也没什么太大区别，一言以蔽之，就是咖喱。

换言之，生煎、小笼包、馄饨、饺子、烧麦、汤圆这些东西在我们眼里有多么不同，那些乱七八糟的黄色糊糊在印度人眼里就有多么不同。

咖喱的故事 2. 五种糊糊

我在印度旅行的过程中,吃过的最惊艳的一顿咖喱是在印巴停火线边上的边境小镇卡吉尔(Kargil)。那次是带我爸爸去提亲,顺便带他旅游,一起的还有几个冒充我阿姨、舅舅等亲戚的朋友。

我们那天晚上在当地街上闲逛,逛到一家街边的小饭馆就坐下了。我们一共八个人,点了五个菜,有羊肉、鸡肉、蔬菜、奶豆腐(Paneer)[①]等,于是他们送上来五碗看起来差不多的烂糊糊,卖相实在堪忧。大家一看皱了皱眉头,然而吃进嘴里之后,所有人都惊爆了——这五碗看起来差不多的糊糊,在口中呈现出五种截然不同的味道,不但好吃得惊人,且没有任何两种是相似的!

配着馕作主食,这五碗糊糊最后还不够吃。挑了其中大家评价最高的,我们又加了一份。直到现在,我都不知道这家小饭馆是怎么做到的,怎么可以把五碗看起来差不多的糊糊做出完全不同的味道。

我过去一直觉得,印度餐厅里面就是用同一个糊糊配方(浇头),里面加不同的菜给你,大致相当于红烧鱼和红烧肉的区别,或者只是做一些小的调整,比如加点桂花就成为桂花红烧肉。而那一晚,这五种糊糊我吃出了生煎、小笼包、馄饨、饺子、汤圆的区别。

[①] 一种奶酪。

我已经完全不记得那时候点的菜的具体名字了，后来再去卡吉尔也没能再次找到这家店。但我可以确定的是，这五种糊糊没有任何一个名字里带"咖喱"。结果最后还加了一份，八个人消灭掉六碗。客观来说，这真的是我吃过的最好吃的一顿咖喱。

咖喱的故事3：薛定谔的印度菜

有一年我走马纳利—列城公路，从列城出来，由于山洪把桥冲断了，路上不是很顺，并且又绕路去了其他地方，在没水、没电的山里总共待了七八天。印度的穷乡僻壤基本上找不到肉食，我们出山之后到了西姆拉，才算是回到人间，肚子里清汤寡水，于是上街找肉吃。我们随机在一家小饭馆吃到了一份非常好吃的玛萨拉黄油鸡（Butter Chicken Masala），一行四人都赞不绝口，决定第二天再去吃。

第二天我们要了一样的黄油鸡，然而味道彻底变了，完全没有前一天的好吃。这里可以排除上顿饭前饿了太多天的主观因素，我们四个人都非常确定味道变了。

后来印度铁哥们儿告诉我，印度人做菜是很随性的，某种香料多加一点或少加一点，有就加，没有就不加，一切都是凭感觉，从来没有标准的味道。这一说法在印度被验证了无数次，每次点菜都是一场赌博。如果阿甘是印度人的话，那句台词会变成："生活就像在印度餐厅吃饭，你永远不知道下一顿会吃到什么。"

哪怕你每次点同样名字的菜，印度人也会每次给你端上完全不同的东西，或者让你惊喜，或者惊吓到你。指着菜单图片点菜的惊喜（大部分时候是惊吓）可能更大，印度人会给你一份跟图片上完全不同的东西，然后信誓旦旦地告诉你——这就是图片上的菜。

咖喱的故事4：妈妈的味道

前两年我还一个人的时候，我铁哥们儿当时在上海教瑜伽，寄住在我家里。他身在异国他乡，难免会想念南印度家乡的口味，带了很多香料及其他原料来，自己做印度菜。我偶尔也想吃印度菜，于是我俩一拍即合。

南印度有一种家家户户几乎每天都吃的汤叫酸豆汤（Sambar），这种汤可以配米饭，也可以配蒸米饼（Idly）。名字叫汤，其实就是咖喱糊糊，稀一点的糊糊。酸豆汤的风味基于一种混合香料粉，里面有香菜种子、孜然、黑胡椒、红辣椒、咖喱叶、葫芦巴、肉桂……但不限于这些，当然现在基本上没有人自己研磨了，我哥们儿带来的就是已经配好的袋装酸豆汤粉。

我这个哥们儿对做饭着实不太在行，在上海亲自下厨纯属被逼无奈，然而他又特别固执，非要按照印度的传统做法来做。他把锅留在灶上炖的时候，我过去尝了一下，发现他连盐都没加到位。我按照我对味觉的想象，以及上海人的口味习惯，偷偷帮他重新调味，加了盐、生抽、糖。

炖毕，印度哥们儿一尝，大呼："啊！这就是我妈妈做的味道啊！小时候妈妈做的味道！一模一样啊！"后来他每次做酸豆汤或者其他印度菜，我都会趁他不注意重新调味。这件事我从来没有告诉过他，于是我们两个人就这样幸福地生活在一起。

咖喱的前世今生

考古证据显示，早在公元前 2600 年的古印度文明遗迹中，就已经发现用研钵和杵捣碎的芥菜籽、孜然、八角、罗望子等香料，用以调味。公元前 2000 年又加入了黑胡椒，这些捣碎成粉的混合香料，被认为是最早的"咖喱"的起源。

随着 12 世纪开始的外来文明对印度的征服，以及 15 至 16 世纪的全球地理大发现，美洲作物如辣椒、番茄、土豆被引进到了印度，印度这种用香料调味的烹饪方式也在不断演进。

然而，假如你跟一个 17 世纪的印度人说咖喱，他多半一脸茫然地不知道你说的是什么。除非你问的是印度最南边的泰米尔人，他会告诉你在泰米尔语里面，"Kari"是一种酱汁，跟现在的咖喱并不是同一个概念。

英国人来到印度做生意，发现了印度这种使用混合香料进行烹饪的办法，像是打开了一扇新世界的大门。当时在南印度东海岸的英国人跟泰米尔人进行贸易，这种用于调味的混合粉末被称为"Kari podi"，到了英语中就变成了"Curry powder"——咖喱粉。

14 世纪古英语的烹调文献中有一个词"cury"，源于法语

"cuire"，意思是煮，然而此"cury"非彼"curry"。现代意义上的"咖喱"这个词最早于1747年出现在一个叫汉娜·格拉斯（Hannah Glasse）的英国烹饪作家出版的食谱中，被拼写成了"Currey"。从此咖喱被介绍给了英国人民，并由此诞生了一个新的菜系——盎格鲁印度菜等（Anglo-Indian Cuisine）。

英国工业革命对劳动力的需求极大，忙碌的工人们需要廉价、便携、高热量的食物，于是诞生了以炸鱼、薯条为代表的简单乏味的英式快餐，英国人民也更偏好简单的水煮，令英国菜成为世界食物界的一朵奇葩。咖喱粉这种简单取巧的调味方式拯救了英国人的味蕾，在英国本土大受欢迎。加上一战、二战后大量来自南亚殖民地的移民涌入，也推动了盎格鲁印度菜系的发展。

如今英国最受欢迎的国菜，正是来自印度的玛萨拉鸡块（Chicken Tikka Masala），然而神奇的是，没有人知道这道菜的标准做法。有人搜集了48种不同的玛萨拉鸡块烹饪食谱，发现唯一的共同材料只有一种——鸡肉。这意味着，只要你用上了块状的无骨鸡肉，你也可以随便做一盘糊糊，宣布这是玛萨拉鸡块。

然而这很"印度"——你在印度无论吃到什么名不副实的东西，都不用太大惊小怪。我之前写到的玛萨拉黄油鸡，正是玛萨拉鸡块的一个变种——玛萨拉鸡块盛出锅的时候加上黄油或奶油，就成了玛萨拉黄油鸡。

日本在明治维新期间引进了盎格鲁印度菜系的咖喱。日本

第二章 定居印度是一种什么样的体验

菜跟英国菜一样,在我看来也是一种味道极淡的菜系,因此口味浓郁的咖喱很快就流行起来,并且形成了固定套路的日式咖喱搭配——洋葱、胡萝卜、土豆和肉。特别是当咖喱成为军队和学校食堂的标配后,也成了日本的国民食物,后来又传到韩国和朝鲜。

日本人很擅长把各种食物做成速食形态,用咖喱粉、面粉、动物油做成了块状的日式咖喱。这种块状咖喱做起菜来不但快,而且几乎零失败,引入中国市场之后很受欢迎。相信很多中国人跟我一样,从小到大吃的都是从超市买来的这种日式咖喱。中国美食本身已是天下第一,自古就有各种调味酱,因此对中国人来说,咖喱只是偶尔用来调剂一下味觉的小众食物。中国南部地区有些菜会用到咖喱粉,这是受了东南亚的影响。至于咖喱牛肉粉丝汤这种食物,恐怕是中国的原创,印度完全不存在"咖喱××汤"这种东西。

由于受到日本咖喱的影响,中国的咖喱主要配料也是洋葱、胡萝卜、土豆、牛肉,我们一定会把这些荤素食材搭配在一起炖煮,才觉得这是一份"典型"的咖喱。然而这只是日式咖喱的套路,印度人非常不习惯也不喜欢荤素搭配。印度人如果烧肉,那里面基本上就只有肉(洋葱、番茄算调味料),绝不会像我们这样大乱炖;但如果烧素食,那大乱炖可以有。这是因为在印度社会里面,素食者的比例非常高,荤素搭配起来做,素食者没法吃肉边菜,习惯泾渭分明。

而像中国那样荤素搭配,纯粹是为了提取肉的鲜味,最后弃肉吃菜的做法，印度人更加理解不了。因为在印度菜的做法里，不但香料的味道十分厚重，还经常会加鲜奶、酸奶，能够让素菜也吃出肉菜的浓郁感。我有朋友就说，在印度吃素，感觉不像是在吃素。

尽管印度的咖喱以前不叫咖喱，但早在被英国殖民之前，就已经影响了东南亚地区。泰国咖喱就是在印度混合香料的基础上，加入各种草药和香叶发展而成的。现在东南亚各地用混合香料粉的烹饪方法，都与古印度一脉相承。

从印度传到英国的"Currey"，后来再回传到印度，印度才有了"咖喱"的说法。我们现在说的"咖喱树"，它的叶是一种香料，原名叫"九里香"（Murraya koenigii），原产于印度次大陆。并非"咖喱"得名于咖喱树，而是"咖喱树"得名于咖喱。正如菩提树乃是因为佛陀坐在这种树下证悟，所以才叫菩提树。

我们中国人觉得所有煮成黄色糊糊的菜都是咖喱，事实上在印度的菜单上你很少能看到"curry"这个词，每种糊糊因其不同配料都有不同的名字。印度本土的"咖喱"并不受待见。江浙沪的朋友应该都知道，最出名、最美味的小笼包莫过于上海南翔和无锡的"小笼馒头"，咸甜两种不同的风味各有其拥趸。

万物皆可"玛萨拉"

比咖喱更广泛存在于印度各地的，其实是玛萨拉

（Masala）。玛萨拉才是印度菜的"人间正道"，其重要程度远胜过中餐里的酱油，几乎相当于"盐"和"糖"的地位——印度一切的食物，从牛奶、爆米花到菠萝、西瓜……都可以加玛萨拉。玛萨拉这个东西，偶尔吃一两次还是挺好吃的，要是天天吃的话，中国人一般都受不了，而且有些奇特的组合实在让人无法接受，感觉就好像在水果里加了酱油。我在印度街头买小吃，都会强调一句："不要辣，不要玛萨拉！"（No spicy, no masala！）不然的话，他们最后一定会加一把玛萨拉，这种习惯比中餐厨师撒葱花还强大，因为玛萨拉是不分咸甜的。假如印度有豆花，什么甜豆花、咸豆花都别争了，最后肯定是玛萨拉豆花一统江湖。

玛萨拉究竟是什么？这就好像要追究可口可乐的配料是什么一样。印度人在做玛萨拉的时候极其随意，某个香料多放点或少放点，只是手抖一抖的差别，因此口味千变万化，连他们自己也无从掌握。在印度餐厅里点菜，万万不可凭经验，你最终能吃到什么，全凭运气。

由于玛萨拉本身是可以有无穷多种香料的组合，这也就意味着，印度的黑暗料理有着无穷多种的可能性。

在印度的超市和商店里，有琳琅满目的各种预制调配好的香料粉包，你可以找到咖喱粉，但更多的是各种玛萨拉粉。在印度最受欢迎的是一种叫葛拉姆玛萨拉（Garam Masala）[1]的香

---

[1] Garam 是温、热的意思，Masala 意为混合香料。

料粉，使用了胡椒、茴香、丁香、桂皮、香叶、肉豆蔻、香豆蔻、绿豆蔻、孜然、香菜籽等。对印度人来说，葛拉姆玛萨拉相当于生抽，做什么都可以放一点。这些香料构成了许多印度菜的底味，凡是用到这类香料的食物（不限于上述香料），都可以冠以"玛萨拉"的前缀。

我起初对这些香料十分头大，完全搞不清楚谁是谁，但现在天天跟它们待在一起，总算混了个脸熟。我太太做印度的玛莎拉奶茶（Masala Chai）会放桂皮和绿豆蔻，有时也会放丁香或姜；做羊肉和芸豆，香豆蔻则必不可少，我渐渐也就跟这些香料熟悉了起来。

玛萨拉跟印度这个国家很像——丰富、混乱、随性、刺激，并且有无穷的不确定性。没人能搞清楚所有的玛萨拉配方，就好像没人能够完全了解印度。

玛萨拉跟一般意义上的咖喱最大的区别在于是否添加姜黄粉（Turmeric powder），我们所熟悉的咖喱黄正是来自姜黄粉。在印度，加或不加姜黄粉的混合香料都统称为玛萨拉（Masala），咖喱是玛萨拉的一种；但加了姜黄粉之后，你要是笼统地称其为咖喱（Curry），那印度人多半也不会有什么非议；假如姜黄粉、咖喱叶、孜然、香菜籽这几样东西全了，那基本上就可以毫无争议地称之为印度咖喱了。姜黄粉有上色的功能，相当于我们的老抽，加了姜黄粉之后，咖喱的气息和色泽便出来了。东南亚的有些咖喱不含姜黄粉，因而也就没了典型的咖喱黄。

第二章 定居印度是一种什么样的体验

姜黄粉堪称印度日常生活中的万金油。泰米尔是姜黄的原产地,当地人相信姜黄有杀菌消毒的作用,会将姜黄粉调水刷在自己家门口的地上,还会用于各种宗教仪式。我一开始曾误以为他们这是把牛粪拌了水(那个水实在太像粪汁),觉得他们对牛粪的利用率好像有点高,后来才搞清楚。

关于姜黄,我还闹过一个笑话。哥印拜陀这边市场上偶有杀好的带皮鸡肉卖(这边杀鸡绝大多数是剥皮处理),我一看挂在那里的鸡——鸡嘴、鸡皮、鸡脚都是黄的,心想这莫非是大名鼎鼎的三黄鸡(其实应该是羽黄、爪黄、喙黄)?想不到能在这异国他乡得见。喜滋滋买回家,邻居告诉我,这颜色是因为涂了姜黄粉。当地人习惯用姜黄粉涂在肉食表面杀菌保鲜,其作用大致相当于刷一层料酒,反正他们之后烧的时候也会加姜黄粉。

受过去阿育吠陀草药学的影响,印度人相信很多香料具有药用价值,这些香料往往来自植物的根、果、叶、皮。姜黄在中医里面就是一种药材(虽然西医对其药效有争议),日本明治大学的研究人员认为咖喱叶具有防治糖尿病、预防中风等功效。我之前在上海做南印度的素"咖喱"酸豆汤,就感叹于这种食物的健康——会使用大量的洋葱、大蒜、番茄,增稠的底料是印度小扁豆磨的,除此之外便是香料和各种蔬菜。成品看起来非常浓郁,却并没有什么油脂,洗碗的时候连洗洁精都不需要就能洗干净。

写到这里,我来做一下总结:

1. 咖喱作为一种烹饪方式是印度人最早发明的，但把咖喱作为一种概念传播到世界各地的则是英国人。

2. 与其说咖喱是一种菜，不如说是一个菜系，其中包含了无数种香料搭配的调味方式。

3. 南亚以外的咖喱和印度本土的咖喱早已分道扬镳，在口味和做法上都不尽相同，共通的只有对一些香料的运用。

4. 印度本土的咖喱并不叫咖喱，东西南北不同区域的差异极大。比方说酸豆汤是南印度特色，而北印度的红炖羊肉（Mutton Rogan Josh）则堪称肉食的巅峰。

印度飞饼的真相

除了印度的咖喱不是"咖喱"外，印度的饼也不是"飞饼"。

很多人来过印度之后，跑回去跟人说："印度压根就没有飞饼啊！"他们在北印度跑了一大圈，都没见到飞饼这种玩意。

在知乎上可以搜到这个问题："印度有飞饼吗？"有个回答把印度的一种薄饼——手帕饼（Rumali Roti）称为飞饼的原型，因为这个饼的塑形方法跟中国的飞饼很像，都是又抛又甩。但是如果你们看到这个手帕饼做出来的样子，可能无法联想到国内的飞饼，根本就是两种不同的食物。

真相到底是什么？印度究竟有没有飞饼呢？要把"印度飞饼"的来龙去脉说清楚，必须从原料开始说起。

第二章　定居印度是一种什么样的体验

"Atta"与"Maida"

有人说北印度人爱吃饼，南印度人爱吃米饭。这个说法其实只说对了一半，南印度人确实比北印度人更爱吃米饭，但他们一样爱吃饼，饼跟米饭对半开，只不过南印度和北印度的饼完全不一样。

我有个朋友，跟着我"三刷"过印度，从南到北都走过了，东西两边还没来得及去。这个人肠胃不大好，以前有一次在泰国上吐下泻，严重到去医院挂水，但即便如此也阻挡不住他对印度的热爱。可能这种"真爱"感动了毗湿奴大神，在印度期间他一次都没闹肚子，很得意地介绍经验说："我每顿光吃饼不就行了！吃饼总归是保险的吧，而且印度居然可以做出这么多种不同的饼，吃的饼都不重样！"

在印度，饼可是一种主食，你无法忽视饼的存在。我很早就注意到了印度饼的口感跟中国的很不一样，过去一直以为是因为不放油、不起酥的原因，直到在这里生活，自己去买柴米油盐，才发现问题出在面粉上。

我身为一个上海人，虽然很喜欢下厨，但从来没有点过面食"技能树"①。对北方人来说十分家常的和面、擀面等日常技能，我都不会。我太太受印度文化影响，面粉玩得有点溜（跟我相比）。我以前经常听她说起，有的东西要用"Atta"做，有

---

① 从游戏中衍生出的一种说法，把所需技能按照树状结构依一定次序和逻辑进行梳理，因结构像树，所以叫技能树。此句指的是没学过做面食这种技能。

的东西要用"Maida"做。我知道这是两种不同的面粉,怎么个不同法却不甚了解。

后来才搞清楚,"Atta"是一种用硬质小麦磨制的全麦面粉,含有较多的麸皮,有更高的蛋白质含量,但口感比较粗糙;而"Maida"则是一种去麸皮的精白面粉,漂白过。我查了下我家里用的"Atta"和"Maida",蛋白质含量分别是12.8%和10.8%,大致分别对应中国的"高筋全麦面粉"和"中筋精白面粉"。

在印度,"Atta"是绝对的主流,而"Maida"则是被妖魔化的。

几乎所有印度人都深信不疑:"Maida"这种好吃的精白面粉,吃多了对身体有害。我承认"Maida"确实不如"Atta"健康,精白面粉吃多了,比全麦粉有更高的罹患心脏病、糖尿病的风险,但这些病跟那些饭都吃不饱、很瘦的印度穷人有什么关系?所以这个说法其实就跟"糖吃多了对身体有害""盐吃多了对身体有害"一样,属于抛开剂量谈毒性的耍流氓。

另外一个争议在于,经过漂白,"Maida"中含有四氧嘧啶(Alloxan)。1943年英国的一项动物实验显示,四氧嘧啶会杀死兔子胰腺中的β细胞,从而诱发糖尿病;然而后续的研究发现,即便是高剂量的四氧嘧啶,也不会对人类的β细胞产生毒性,这可能是由于人类和啮齿动物对葡萄糖的摄取机制不同。

假如断章取义只宣传1943年那个动物实验结论的话,就很容易引起吃瓜群众对"Maida"的恐慌。这年头很多所谓的养生

第二章 定居印度是一种什么样的体验

美容的营销都是这样的套路——比如宿便说,其营销核心并非"你如果这样做会有什么样的好处",而是"你如果不这样做会有什么样的恶果"。很多人一被吓唬,就乖乖掏银子了。

印度虽然还有好多人连饭都吃不饱,他们却特别注重原材料的有机天然,很多地方都禁用化肥、农药。因此农作物一来产量低,二来长得歪瓜裂枣,但印度人挺高兴,觉得这是有机纯天然健康食品,好像吃了就能长命百岁似的。与之形成悖论的是,他们却又极度嗜食油炸食品和甜食——那些好不容易天然有机长出来的蔬菜,转眼就裹上玛萨拉面糊扔油里炸了;在家做起甜品来,一碗原料配一碗糖,一副不齁死人不罢休的架势。

这里我先不跟大家讨论这些食品的健康问题。我个人推测"Maida 有害"一说的流行,很可能跟以前印度人穷了太多年有关。过去粮食不充足的时候,精白面粉肯定比全麦粉贵,在家天天吃全麦面粉的印度小孩偶尔吃上一顿精白面粉,自然会被惊艳到,然后跟家里大人吵着要白面吃。可过去印度的那些穷人,负担不起顿顿吃白面,所以"Maida 对身体有害"的说法就流传开了。一两代人下来,就变成了一种根深蒂固的观念。大多数印度人都只吃"Atta",不吃"Maida"。因为谣传经过不断升级迭代之后,有些人甚至认为"Maida"中添加了无数有毒有害的化学似的。

需要说明的是,如今印度"Atta"反而比"Maida"的价格更高,这是社会供需关系决定的。在印度,鸡不同部位的价格是：鸡胸＞鸡腿＞鸡翅，牛羊腿肉当宝贝，排骨被嫌弃。

印度这边还有一种多谷物全麦面粉（Multigrain Atta），将各种各样的五谷杂粮混在一起磨成面粉。有次我太太买回来发现黏性不好，弃之不用。结果这种多谷物全麦面粉成了我的最爱，早上加鸡蛋牛奶拌成面糊做烙饼。

总之，我们这边被宣传为健康食品、相对小众的全麦面粉，在印度被玩出了花。

第一大系：国民主食——"Roti"

来过印度的人一定都知道"Roti"和"Chapati"。"Roti"一词来自梵文"Rotika"，意思是面食或面饼，"Roti"经常译作"印度面包"，这是很不准确的。而"Chapati"一词呢，"chapat"意为"拍打""平坦"，引申出的意思就是"薄饼"。理论上讲，"Chapati"是"Roti"的一种，比方说，"Roti"相当于"馒头"，"Chapati"就相当于中国的"高庄馒头"[①]，除此之外，其实还可以有"花卷馒头""肉馒头"。但在很多场合，这两个词被混用，都用来指称印度的一种全麦薄饼。

"Roti"是印度最常见的主食，有几个特点——全麦面粉制作，不用油，不加任何调味品，不发酵，这可能是世界上最原始的一种面食形态。做法通常是直接把擀好的饼放在一种叫塔瓦（Tava）的铁锅上，这种锅就是一块有着微小弧度的圆铁盘

[①] 高庄馒头是山东省临沂市沂水县高庄镇的传统面食，香软可口，有韧性。

第二章　定居印度是一种什么样的体验

（平的也有），可能是世界上最原始的一种锅。

因其简单原始，"Roti"这种面食人人都能做，同时也是最廉价的主食。2012年我在拉贾斯坦邦"金城"的一个贫民窟，见识到他们的因陋就简——地上挖坑为灶，一个十多岁的女孩子架着塔瓦做"Roti"，另一个女孩子用石头磨辣椒面作为调味料。她们友好地分了一张饼给我，不知道是因为制作环境，还是因为她们用的是劣质面粉，那张饼里面分明混了沙子。

我算了一下，这个面粉的市场价只要两三块钱一斤，一个人一天吃一斤面粉不得了吧？弄点豆子、辣椒、盐，烧个糊糊拌着吃，就能保证饿不死。难怪印度的贫困线标准是每人每天30卢比，也就是不到3块钱。拿着"贫困证"可以买到政府配给的超低价大米、面粉、煤油、白糖，每公斤只需要一两毛钱。

有意思的是，印度人会以一个女孩子的"Roti"做得好不好作为标准，来衡量她能不能成为一名好的家庭主妇。标准也很简单——看你的面皮擀得圆不圆，擀得越圆，就说明你的家务做得越好。我太太说她妈妈很厉害，擀面杖都可以不用，只要用手拍拍甩甩，就能拍出一张"Roti"；而她小时候一直擀不圆，她爸爸笑话她做的是印度地图。她妈妈还担心，连"Roti"都擀不圆，以后可怎么嫁人呀？

我太太一直主张"Roti"是最健康的土食，从全麦、无盐、无油的角度来讲，确实比精白面粉、白米饭要健康一点。但"Roti"最大的问题是它是火烤出来的，印度人习惯先上铁板烤，然后再放到明火上直接烧，经常会有局部焦炭化。

"Roti"的默认做法是什么都不加，跟白米饭一样，一些餐厅里会有加黄油、加蒜蓉的版本。而利用甩面的方法把"Roti"做得非常薄，就成了前文提到的"手帕饼"。

不管从加工还是烹饪方式来看，"Roti"都属于小麦面食的原始形态，在这一基础上进行工艺升级，就产生了一些升级版本。

"Roti"升级版之一："Puri"

在古代，油是很金贵的东西，中国古代在植物油提取技术发明之前，只能用动物油进行烹调。我在印度从来没见过动物油，古代印度比较多的应该是酥油（Ghee，提炼牛奶脂肪做的油）。但无论如何，油炸和煎炒都是工业革命之后才出现在寻常百姓生活中的。油炸的"Roti"叫作"Puri"，"Puri"就是油炸版本的"Roti"。油炸之后整个面饼会膨胀起来，看起来像个气球一样，我过去一直戏称这是印度版的油条。因为需要起大油锅，一般人家里很少做Puri，大多数都是外面的茶摊作为早餐和零食在卖，那锅油也不知道多久换一次，看起来永远是黑乎乎的。

"Puri"来自梵语"Purika"，意为填充、填满，引申出馅饼的意思，那为什么这个"Puri"却是空心的呢？空心是为了让你自己塞馅料吃啊！"Puri"不是单卖的，饭店不会只给你"Puri"而不给你馅料，最常见的馅料通常是土豆或鹰嘴豆。但没有人会真的把那些馅料塞到"Puri"里面吃，都是撕下

"Puri"裹着馅料吃——印度所有的饼都是这样吃的，饼配糊糊就跟饺子配大蒜、泡饭配咸菜一样天经地义。

"Puri"的变种

"Puri"有几个变种，首先是用精白面粉"Maida"做的豪华版"Puri"——发面油饼（Bhatura）。发面油饼有点高级，不但用白面，还要用酸奶来和面，有时会放发酵粉，做完之后看起来就好像白富美版本的"Puri"，又大又好看。还有一种叫"Luchi"，在孟加拉邦附近的印度东部地区比较流行，也是用白面做的，卖相不错，但这些饼单独放在我面前的话，我大概看不出有什么区别。

"Puri"最出名的一个变种就是迷你版的灌汤油炸的脆小球（Pani Puri）。"Pani"是印地语"水"的意思，但这里的"Pani"指的是调味水（Imli Pani），一般要用罗望子、辣椒、各种玛萨拉，再加上土豆泥、洋葱、鹰嘴豆等，那种酸酸辣辣的味道让很多女生一吃就上瘾。电影《摔跤吧！爸爸》里面，两个女儿最爱吃的零食就是这种脆小球。脆小球是印度的一种经典国民街头小吃，看起来很不卫生，然而极其受欢迎。

这玩意怎么吃呢？通常都是小贩推着一辆车，车上有一整袋已经做好的油炸小球、一大锅做好的馅料、各种瓶瓶罐罐的汤汁。做的时候，小贩会从袋子里掏一个小球出来，用拇指捏一个洞，往里面灌各种酸爽的汤汁馅料，再用手递给你，你接过来必须一口闷，让汤汁在你的口中爆浆……他一边做，你一边吃，画面很美有没有？我目前还没有见过不喜欢吃脆小球的女生。

我太太就是脆小球的忠实拥趸，不过她非常介意食品卫生，从来不肯吃街边的脆小球，非要吃餐厅里做的。至于我个人，只是单纯对这种零食无感，倒跟是否卫生没关系。

脆小球有好几个变种，比较常见的有："Bhel Puri"——配膨化大米的版本；"Dahi Puri"——配酸奶的版本；"Sev Puri"——配油炸细面（Sev）的版本。只要印度人愿意，一千种乃至一万种搭配也不成问题。比方说，我往里面塞老干妈，那就是"老干妈 Puri"；往里面塞红烧肉，那就是"红烧肉 Puri"。

"Roti"升级版之二："Paratha"

"Paratha"是加了馅料的油煎"Roti"。

"Paratha"在北印度极为流行，几乎每个饭店都有，也几乎人人都会做，然而在南印度这边却是难觅踪迹，甚至有些闭塞的南印度人都不知道这种食物。"Paratha"是"Parat"和"Atta"这两个单词的组合，"Parat"如今的意思是一种盘子，"Atta"的意思是全麦面粉，这个词的意思就是在盘子里面做熟的多层面饼。

"Paratha"的做法有点像浙江金华永康那边的麦饼，或者安徽的挞粿，步骤都是一样的——和面、捏团、摊皮、包馅、滚平。但"Paratha"做得比这两种饼更薄，滚平的时候基本

第二章 定居印度是一种什么样的体验

上把皮和馅都擀得黏在一起了。中国的馅饼,几乎无肉不欢,就连上海的葱油饼都要加点肉末。但我在印度饭店里看到的"Paratha"都是素的,网上搜到有鸡肉、羊肉等馅料,可我从没在现实中见过。我倒是在自己家里做过牛肉"Paratha"。

"Paratha"最常见的馅料有三种:土豆、胡萝卜、奶豆腐,只要不容易出汁水的食材都可以作馅料。吃的时候主要有三种辅料:黄油、酸奶、腌芒果——在刚出锅的热饼上放一块黄油使其自然融化,再配着酸奶或腌芒果吃。这个腌芒果(Aam Ka Achaar)的味道对我来说非常惊悚,但印度人非常喜欢,堪称印度老干妈。

我第一次吃"Paratha"是2013年在旁遮普邦阿姆利则的一个茶摊,当时我对印度食物的了解还很肤浅,十分缺乏想象力(在印度旅行最大的意义之一就是不断挑战你的想象力)。茶摊做的"Paratha"已经涂好了黄油,同时给了我一小碟酸奶,我看当地人都用手撕下一块饼,然后包着酸奶吃(印度的酸奶是半固体的),觉得难以接受——这种又咸又油的饼怎么能跟酸奶一起吃?!然而尝试之后,我竟然迷上了这种搭配,酸奶刚好中和了饼的油腻和咸辣,简直完美!以至于我后来吃"Paratha"时要是没有酸奶,那就难以接受了。

通过这件事,我发现人的味觉的可塑性是很强的,一开始无法接受的"黑暗组合",吃着吃着居然就爱上了。当然,能接受印度食物,不代表我愿意天天吃,对中国胃来说,最大的慰藉还是一碗干干净净的热汤。

"Roti"这一系的饼,最常见的就是上面这几种,其共同的特点是:全麦、死面。由于对和面、发面、揉面没有任何技术上的要求,在印度,上至八十老妪、下至六岁孩童都能做。

然而,从个人口味上来讲,我从来都没喜欢过"Roti"(我知道有不少人还是挺喜欢的)。在印度餐厅里,我吃正餐点主食的优先顺序是:1.飞饼(喂,你都还没讲到飞饼呢!继续卖关子!);2.馕;3.炒面;4.米饭。如果以上主食都没有,我才会吃"Roti"系的饼。

第二大系:异域来客——馕

馕(Naan)这个词来自波斯语,意思就是"面包、食物",据研究,最早可能是古波斯人在烧热的石头上烤出来的一种面饼。我相信馕应该是最古老的面食形式之一,毕竟小麦这种作物便是起源于西亚农业起源中心区的。烤馕的技艺长期以来历经千锤百炼,如今已臻化境。

不少中国人可能觉得我国新疆的馕和意大利的匹萨看起来那么像,是不是有关系呢?所有以小麦为主食的民族都会烙大饼,然而馕和匹萨并没有可比性。正儿八经的"馕",必须得用馕坑来做——馕坑里的饼可不是水平放置的,而是贴在炉膛上的。你倒是把匹萨贴在炉膛上试试。

中国的烧饼很可能也是馕的一个分支,烧饼相传是东汉时期由班超从西域带入的。做烧饼用的炉子跟馕坑看起来很像。

馕坑是一种底大口小的烤炉,这玩意也是古波斯人发明

第二章 定居印度是一种什么样的体验

的,在波斯语里叫"Tanur",意为泥炉,传到印度变成了"Tandoor",用馕坑烤制食物的方法则叫作"Tandoori",这个词音译成中文就成了"唐杜里"。有一道在海外印度餐厅很出名的印度菜叫作"唐杜里鸡",不明就里的人可能会以为是某个叫"唐杜里"的人做的鸡,听起来很高大上,然而兜个圈子再意译回来,其实就是"馕坑烤鸡"。

虽然世界各地有不同的馕,但我坚定地认为,只有馕坑烤出来的才是真正的馕。

以前在上海的时候,我吃过馕,从来没觉得馕特别好吃。直到去了新疆之后,才明白馕一定要趁热吃。馕是一切面饼类食物登峰造极的终极形态,没有任何一种面饼,能够在不用油和其他辅助调味料的前提下,比新鲜出炉的馕更好吃。

如果你觉得馕不好吃,那只有一个可能——你没有吃到真正好吃的馕。

打馕跟茶道一样,是一种玄学。顶级的馕可遇而不可求,你会觉得那根本就不可能是凡人的双手做出来的食物。一旦吃到,从此其他的馕都成了浮云,而那块馕会成为你记忆中永远的美好珍藏。

我生平曾有为数不多的几次,被某样食物的美味感动到像吃了"黯然销魂饭"那样想要流泪。其中有两次都是因为吃到了天才般的双手制作的"顶级馕",一次是新疆的某个路边馕,另一次是克什米尔的某个弄堂馕。那番滋味,堪称"此情无计可消除,才下眉头,又上心头"。

我最早吃到南亚的馕,是在拉萨的一家叫娜玛瑟德的尼泊尔餐厅,回想起来,那个馕的水准相当高。真的到了南亚,反而未必能找到这么好吃的馕。娜玛瑟德餐厅的馕是水滴形,这是他们拉薄面饼的一种手法,后来在有"亚洲十大餐厅"之称的德里卡里姆餐厅(Karim's)吃到的馕,也是这个形状,非常松软可口。

我有段不得不吃酱油拌饭的日子,最大的享受莫过于跑到列城的老城区,买几个热腾腾的烤馕,看着黄油在馕上融化……这种"碳水炸弹"[①]入口之后带来的莫大的慰藉感,是什么山珍海味都比不上的。

为什么要花这么多的笔墨描述馕的美味呢?因为在了解印度这些饼的制作原理之前,我一直很困惑:大家都是拿面粉做的饼,明明有"馕"这么好吃的做法,为什么还要做"Roti"这种淡而无味的东西呢?如果说"Roti"是小麦面饼最原始的形态,那么馕就是我能想到的小麦面饼最巅峰的形态了。

后来我才明白,馕和"Roti"的差别,简直比小米粥和大米饭的区别还要大。除了需要用馕坑之外,大部分的馕都是用精白面粉做的,会加盐和酵母;有的馕吃起来非常松软且有奶香味,这是因为和面的时候使用了酸奶,乳酸菌发酵饧出来的面团别有一番风味。

我太太在家里也做过馕,用酸奶和面,面团擀薄之后用手

[①] 指高油高糖的食物。

拉长，贴在平底锅里，成型之后用明火燎一下，吃起来居然跟外面的馕还挺像的。

总之，馕作为一种传到印度的食物，自成一派，由于需要馕坑，不是每个饭店都供应得上，跟本土"Roti"系面饼有很大的区别。

第三大系：南印度特色——米饼

无论是"Paratha"还是馕，这类面饼都在北印度更为流行，南印度人有他们自己的心头好。你如果去一些印度餐厅，会发现"南印度菜"被单独列为一个类别。

"南米北面"的传统在印度同样成立——北印度吃面饼，南印度吃米饼。南印度系的饼也是自成一派，而其关键原料就是——发酵过的米浆。

南印度最流行的饼是一种叫作"Dosa"的脆薄米饼。根据对古代泰米尔的文献研究，这种食物在公元一世纪左右就已经出现了（个人对印度的这一历史考证表示存疑）。我第一次在印度吃到"Dosa"的时候，心想这不就是中国的杂粮饼嘛——一块架在灶头上的大铁板，倒一点油，碎米浆往上面一浇，然后拿个勺斗刮平，做好之后是一种略带酥脆的饼。

但是这个"Dosa"吃起来的口味跟中国的杂粮饼可大不一样。首先，"Dosa"的米浆，不仅仅是大米，里面还混有印度人最爱的黑豆①（需要先去皮，也可以用其他豆子代替）；其次，这个米浆要提前做好，然后发酵一晚上，所以"Dosa"吃起来会有股酸酸的味道，很奇怪；第三，"Dosa"被端上桌的时候，通常已经把馅料卷在里面，这会破坏饼皮的酥脆，而最常见的馅料就是玛萨拉洋葱土豆。

由于先要把米和豆子磨碎，南印度这边家家户户都有粉碎机用来做浆，过去的年代则使用石磨，而如今已能在街上买到磨好、发酵好的袋装现成米浆。

"Dosa"总的来说可以接受，有些挺好吃，有些不那么好吃，跟所有"薛定谔的印度菜"一样，都是非标准化的，好不好吃要看运气。我在印度吃过的最好吃的"Dosa"是在亨皮景区里的亨皮村（Hampi），那里有一家专门做"Dosa"的家庭小餐馆，根据游客的口味调整了配方，用的是没有发酵过的米浆，做出来是比较正常的米饼味道，并且还有"香蕉Dosa""蜂蜜Dosa"之类的非传统风味。

饭店里那种大尺寸的"Dosa"需要一块大铁板，一般人家里没有条件做，南印度人家里一般就用做"Roti"的塔瓦锅做小号"Dosa"。既然这是一种公元一世纪就已经存在的食物，自然也有许多变种。

"Dosa"有两个常见的变种："Appam"和"Uttapam"。

"Appam"这种饼简单又美味，在米浆里面加上打碎的椰子

---

① 印地语 Dal Makhani，英语 Black Lentils。

第二章 定居印度是一种什么样的体验

肉,然后就像烙饼一样烙单面,中间部分是软软的椰香米糕,两边是又薄又脆的饼边。"Uttapam"外观上有点像米饼做的迷你匹萨,在"Dosa"的基础上加厚加料,会在上面加各种各样的蔬菜,需要正反双面煎。

南印度人明显对这种发酵过的米浆上瘾,用"Dosa"完全相同配方的米浆,还做出了一种蒸米饼——"Idly",其流行程度跟"Dosa"不相上下。

"Idly"是印度为数不多蒸制的食物,也是到目前为止,我最不习惯也最不喜欢的印度主食。"Idly"的卖相其实相当好,看起来"眉清目秀"的,跟中国国内的米饭饼很像。但是吃到嘴里你就会发现,这确实是米饭饼,不过是"馊"掉的米饭饼。因为"Idly"的米浆发酵过。假如这个饭店用的米浆放的时间长一点,无疑味道会更重。发酵的米浆油煎做成"Dosa",再配上玛萨拉,这种馊味会被盖住,但是蒸成"Idly",馊味则会很明显。这就跟不新鲜的鱼不宜清蒸是一个道理。

倒是喀拉拉邦有一种叫作"Vattayappam"的蒸米糕,味道跟中国的米糕几乎一模一样,没有发酵变酸,没有加玛萨拉,也没有甜得发齁。要知道这种味道"正常"的食物在印度可是非常稀有的,印度人会觉得没有加玛萨拉的食物都是没有灵魂的,所以这种食物很小众。

另外,很多中国人吃不惯印度长条状的籼米,而南印度这边专门做"Idly"用的大米应该算是一种粳米,外观为椭圆状。我试过用这种大米做饭,缺少米饭的香味,黏性也远远不如中国大米。到目前为止，我在印度吃过最接近中国大米口感和香味的，是克什米尔稻米。南亚著名的"Basmati"香米虽然是籼米，某些品牌的大米如果先浸泡，然后再多加点水煮，也有可能做出中国米饭的软烂口感。

墙里开花墙外香——"Parotta"

印度三大系的饼——不发酵的全麦系、中东人带来的馕系、南印度的米饼系——都介绍完了，而中国版本的"印度飞饼"看似跟三大系都没有关系，那是不是可以认为印度真的没有飞饼呢？

不知道大家有没有注意到，中国版本的印度飞饼其实有两种：一种是饭店里面表演的飞饼，通过抛甩把面饼做得很大很薄，然后折叠一下油煎，切成小块上桌；另一种是超市里冷冻的"印度飞饼"，用平底锅加热一下就能吃，那是一种薄而酥脆、层次分明的油煎面饼。

当我人生第一次在班加罗尔吃到"Parotta"的时候，我立马认了出来——这就是飞饼的原型啊！"Parotta"的制作原理和方法跟中国超市版本的"印度飞饼"几乎完全一样：将精白面粉加油盐（或鸡蛋）和面，做成油面团，将面团擀成面饼之后，再利用离心力将面饼甩大甩薄，做成一个类似于花卷的面团，把面团擀平之后在铁板上煎，从而制作出具有松脆口感、层次分明的饼。

后来我发现在印度除了圆形的千层"Parotta"之外，还有

第二章　定居印度是一种什么样的体验

一种折叠成方形的手帕"Parotta",无论是外形还是口感都跟中国饭店版本的印度飞饼无限接近。最大的区别就是中国的飞饼会做得更大,用更多的油,做出来更松脆、更好看。中国版本的印度飞饼抛甩到空中这一形式,确实有可能是受到了北印度"Rumali Roti"的启发,也正是这种浮夸猎奇的抛甩表演,使得飞饼有机会崭露头角、风靡中国。要不然的话,中国有那么多种好吃的饼,飞饼的口味也并无特别惊艳之处,恐怕早已迷失在茫茫"饼"海中。

不过,我没有查找到关于"Parotta"这种饼的起源说法,只知道它最早在喀拉拉邦的马拉巴尔(Malabar)横空出世,如今在整个南印度都能找到,所以这种饼也叫"Malabar Parotta"。"Parotta"这个词据说是"Paratha"在当地语言的异化,然而北印度的这种馅饼和"Parotta"无论是在制作方法上还是口味上都看不出有什么关系,或许是南印度人把"Paratha"这个词直接借用了一下。喀拉拉邦的"Parotta"要明显大于泰米尔纳德邦的,大约有十寸,一个就能吃饱,而泰米尔纳德邦的"Parotta"只有六寸左右,要两三个才能吃饱。

出于对精白面粉"Maida""毒性"的恐惧,南印度人对"Parotta"很纠结:一方面是不大待见它,我南印度的哥们儿整天说这玩意吃多了"有毒";另一方面,几乎每家路边饭店都有卖的,这说明当地人其实还是喜欢吃,但又不敢多吃,只在饭店里偶尔吃吃。我有时不想吃家里的米饭,就会打包几个当饭吃,一个月最多也就吃一两次。

不过，"Parotta"确实也不太方便自己在家做，一来对和面有要求，需要把面粉揉出筋来，还要讲究油水分离，这样做出来才能层次分明；二来制作的时候需要较大的空间来甩面团，甩起来需要经过一定的训练，搞不好就弄得家里一片狼藉。或许是因为这些原因，这种饼从来没机会传播到北印度，如果你只到过北印度，就没有机会尝到"Parotta"。

但是，喀拉拉邦和泰米尔纳德邦恰恰是跟东南亚联系最为密切的地区，有大量泰米尔人、马拉雅姆人移民到马来西亚、新加坡、印度尼西亚等地，一些南印度的饮食习惯也随之传了过去。比如说，"Appam"传到印度尼西亚就变异成一种用米粉、椰肉、棕榈糖做的蛋糕，在当地叫"Kue Apam"。

当年喀拉拉邦的"Parotta"经由南洋辗转传到中国之后，被重新改良，变成了我们口中的"印度飞饼"。由于餐厅、饭店需要的只是一张南亚面孔来彰显自己的"正宗"，于是产生一种非常魔幻的因果——那些来中国做飞饼的印度人，可能在他的家乡从未见过"Parotta"，甚至可能都不知道"Parotta"，到了中国接受了中国厨师的培训后，才学会做"印度飞饼"。于是一个比我们更晚知道"印度飞饼"的印度人，在中国的饭店里给中国人制作一种脱胎于"Parotta"、既是飞饼又不是飞饼的"印度飞饼"。

我在印度吃些什么呢

说完印度的饮食文化之后，我来讲讲我平时在印度究竟吃

第二章 定居印度是一种什么样的体验

些什么。

首先不得不提的是印度的牛肉。肯定会有人表示奇怪——印度的牛不是神吗？不是说印度不吃牛肉吗？印度怎么会有牛肉呢？

你们可能听过印度立法禁止宰牛，吃牛肉会获罪——事实上，印度每个邦都有自己的法律，禁令也各有不同。确实有一些邦完全禁止宰牛；其他一些邦的禁令基本上是限制"私宰"，禁令之下依然有"屠宰许可"，并且允许宰公牛和水牛；只有喀拉拉邦、西孟加拉邦，以及印度东北诸邦对宰牛没有限制。

那为什么许多来印度的人没见过牛肉呢？因为牛肉通常只在某些穆斯林社区才能买到，在餐厅里很难找到。我在加尔各答、德里的穆斯林社区都曾见过卖牛肉的场景，加尔各答的人比较大胆，什么都敢吃，德里卖的可能是水牛肉，具体没有考证。总的来说，北印度尤其是"奶牛带"（Cow Belt），牛肉非常罕见——有些地方不要说牛肉了，连肉都很难找到；但南印度这边吃牛肉极为普遍，我第一次在印度吃到牛肉，就是在泰米尔纳德邦首府金奈的一家四星级酒店的自助餐上。我本来跟很多人一样，以为印度是没有牛肉的，看到牛肉觉得非常不可思议，恍然觉得南北印度好像是两个不同的国家。而泰米尔纳德邦隔壁的喀拉拉邦则完全没有屠宰限制，吃起牛肉来更是毫无心理压力。

印度教对牛的崇拜和保护，最早源于农业社会对耕牛这一重要生产资料的保护，中国和日本古代也有类似的律法，禁止人们私宰耕牛。法律这个东西，随着时代的变更可以随时修改，可印度把对牛的保护写入了宗教，把牛进行了神化……

一方面，印度文明建立在农业基础之上，牛无疑是最重要的生产资料，农业社会的食物产出极为依赖牛的劳动和牛奶。我估计在当时宰牛造成的破坏，相当于现在破坏发电厂。另一方面，作为古代印度神权阶层的婆罗门，却并非统治阶级。他们的土地财产来自统治阶级的封赏，因此牛是婆罗门能够直接掌握的最终的生产资料。而婆罗门具有编纂和解释宗教经典的权力，在古代就相当于"立法机构"，因此他们一再在宗教经典中强调牛的重要性，从道德与习俗上赋予牛以崇高的地位，使其成为圣物。

印度对牛的崇拜可以追溯到三千多年前的《阿闼婆吠陀》，这部吠陀经中谴责一切杀戮，甚至把宰牛的行为等同于宰害一个婆罗门；《摩奴法典》中主张，凡掠夺婆罗门的牲畜，应当被切断肢体；《往事书》里面的大地女神颇哩提毗（Prithvi）的化身是一头母牛，传说中她奉献出自己的乳汁，庄稼才得以从大地上长出来，从此人类过上了富足的日子——言下之意，没有母牛，连庄稼都不会长。因此，牛自古就跟印度社会的经济和印度教的神学绑定在一起。

很多人把印度人不吃牛肉的原因，简单地同"印度神牛"联系在了一起。我给大家澄清一下，并不是所有的印度牛都是神牛，真正的"神牛"仅限于特殊品种的白色瘤牛（Zebu），并且都是母牛。在印度神话中，三大主神之一的湿婆，传说他的坐骑是一头白牛,名字叫南迪(Nandi),几乎所有的湿婆神庙门口都会有一尊南迪的雕像,面朝神庙,作为守护神。而黄牛、水牛等在印度并不是神牛,尤其水牛还跟魔王马希沙(Mahisha)有关。确切地说,"神牛"这一形象其实是"印度人不吃牛肉"这一文化现象的结果,而非原因,真正的原因要从印度文化大背景中去追溯。

其他的农业文明社会,禁止宰牛基本上都是出于比较单纯的现实原因或者经济原因,但在印度教中有更深层次的原因。印度教相信万物有灵,即灵魂存在于所有众生当中,以各种形式的生命相互联系,对动物的"非暴力"(Non-violence)是最高等的伦理价值观。因此在印度,素食主义极为普遍。而对牛的喜爱和尊重,乃是对"非暴力"的一种承诺,是印度素食文化的重要体现。在这一基础上,渐渐发展出对牛"母亲般的情感",并将其神化。据考证,南迪最早其实是一个人的形象,是湿婆的八个下属之一,后来才与白牛的形象融合在一起。

甘地就是母牛的拥趸,他公开表示:

● "哪怕是医生告诉我如果不吃牛肉、羊肉会死,我也宁死不吃。"[1]
● "我崇拜牛,就算要与整个世界为敌,我也要捍

---

[1] 原话为:If anybody said that I should die if I did not take beef tea or mutton, even on medical advice, I would prefer death.

卫这种崇拜。"[1]

● "保护奶牛是印度教的核心事实。"[2]

奶牛的权益被进一步抬升到"非暴力"的象征,被赋予政治意义。

在印度的历史上,有不少时期宰牛都是死罪。但大家应该也知道,来到印度的外来民族就跟走马灯似的换个不停,你印度教教徒不吃,别人要吃啊。尤其穆斯林有宰牲节,他们更加觉得宰牛、吃牛是《古兰经》赋予自己的合法权益,这样一来,难免就会产生宗教矛盾。

从莫卧儿王朝开始,是否禁止宰牛的问题在印度一直反反复复,通常都是分时期、分地域在推行。由于印度教教徒占多数,统治者如果推行保护奶牛的政策,往往能获得民众的支持。莫卧儿皇帝和东印度公司都曾经通过禁止宰牛笼络人心。而另一方面,外来统治者也曾故意杀牛来惩戒印度教教徒。结果从1717年到1977年,印度一共发生过167起宗教暴动事件,其中至少有22例的直接原因是宰牛。也就是说,关于吃不吃牛肉的问题,在印度有很多人为之付出过生命。印度教教徒则发起"奶牛保护运动"(Gau Rakshak),使得宗教之间的矛盾愈发激化。

---

[1] 原话为:I worship it and I shall defend its worship against the whole world.
[2] 原话为:The central fact of Hinduism is cow protection.

第二章 定居印度是一种什么样的体验

1857年发生在印度的针对东印度公司的民族起义也跟牛有关系,这场起义蔓延至整个北印度和中印度,大大动摇了东印度公司的统治,也直接推动了"英属印度"的成立。1857年年初,在雇佣兵中流传着一种说法,东印度公司以猪油、牛油给子弹做润滑油,包子弹的防水纸皮用的也是这些油,而士兵必须用牙齿咬开纸皮才能使用子弹。其实当时到底有没有用猪油、牛油直到现在都是一个悬案(东印度公司说用的是蜡),但大家要知道,流言的传播从来不在于真实与否,只在于能否引起足够的关注和恐慌。这两种动物油犯了印度教士兵的大忌,成为后来军队哗变的导火索。

不过,这些关于到底吃不吃牛肉的纠结和冲突,主要集中在北印度一些比较传统保守的地方,印度最先开始吃牛肉的是南印度的喀拉拉邦和东印度的部分地区。

印度南部的喀拉拉邦过去是海上丝绸之路的一部分,自古以来跟外界就有不少的文化交流,郑和当年就到过喀拉拉邦好几次,还把中国渔网传到了那边,当地人到现在还在使用。乘着海洋贸易的东风,喀拉拉邦也是基督教最早传入印度的地方,后来又传播到整个南印度和东北印度,现在印度有大约三千万基督教教徒,主要就分布在这些区域。印度的基督教教徒宣称自己的基督信仰是超出传统基督信仰范畴的,不受任何教会准则的约束,大大方方吃牛肉吃了好几个世纪,后来当地的印度教教徒受到影响,也跟着一起吃。

我在南印度发现了一个很神奇的现象。据我观察,他们有些人对自己的宗教并没有特别虔诚、深刻的信仰，对印度教的了解还没有我多，可能就跟一些中国人今天拜观音、明天拜关公是一样的。

孟加拉地区则很大程度上受英国殖民文化的影响，东印度公司的总部就在孟加拉地区的加尔各答。需要说明一下，过去的孟加拉地区是非常大的，几乎包括整个印度的东部和东北部地区。在19世纪孟加拉地区的英语学院中，吃牛肉、喝威士忌成了适应英国文化的"时髦"，于是就有一些印度教教徒通过模仿英国人的这些生活习惯来"移风易俗"（Derided irrational Hindu customs），但这种改变并未向西在全印度范围内蔓延，而是仅仅影响了印度的东部和东北部地区。孟加拉地区讲的是孟加拉语，文化上本身就跟传统保守的印地语区泾渭分明，加上其他原因，如今提及"北印度""奶牛带"这些概念时，通常都不包括西孟加拉邦，西孟加拉邦和"奶牛带"相互之间的认同感很弱。

所以如今可以不受限制宰牛的邦，除了以基督教教徒为主的东北诸邦之外，还有西孟加拉邦和喀拉拉邦。来印度旅行的人大多都不会到这些地方，所以很多人会觉得印度人不吃牛肉。

我第一次在哥印拜陀看到公然卖牛肉的情景时，内心是惊恐的。以前在印度看到的牛肉摊都隐藏在穆斯林社区里，而那些地方简直像一个光明正大的牛肉集散中心，在车来车往的主干道边上有近十户肉摊，这怎么可能？

我太太更是吓坏了，她在北印度听说过许多因为宰牛、吃

第二章　定居印度是一种什么样的体验

牛造成的暴力冲突，这样公开售卖牛肉简直就是赤裸裸的挑衅，难道不怕伤害当地印度教教徒的感情吗？要知道在北印度的一些地方，连提起"牛肉"这个词都是莫大的冒犯，像这样把血淋淋的牛肉挂在路边，当地人怎么能够如此安之若素呢？

出于这种不安的心态，我搬来这里的第一个月没敢去买牛肉，对这些牛肉的来源及新鲜度也都心存疑惑。然而当我试着买过第一次之后，便一发不可收。

我一开始怀疑这些是水牛肉，对印度人屠宰黄牛这样的事情，我比较缺乏想象力。我那时候还不知道，泰米尔纳德邦这边允许屠宰公牛和水牛。后来经过我的非专业鉴定，这确实是草饲的黄牛肉，在牛头的上下颚间还能见到草料，可能是散养的。然而，由于印度牛的育种并非是为了食用，所以牛肉偏瘦，几乎没什么油膘，肌纤维较粗（你也可以理解为高蛋白、低脂肪），按照一般方式烧，口感会比较差。

尽管牛肉的品质不算高，但是在印度这边买牛肉有四大好处：

1. 多为"童子牛"。印度牛数量众多，而吃牛肉的人少，这就导致市场上牛肉总体是供大于求，与其把那些没有经济价值的小公牛养大，还不如趁早屠宰，因此牛肉摊供应的多为没结过婚的"童子牛"，大牛通常只有周日才有。从鲜嫩的角度来讲，肯定是童子牛好吃，不用怎么炖，一烧就酥。但小牛肉有个缺点，就是切不出牛排，因此想吃牛排的话，得赶着周日去买大牛肉。我有一次跟朋友抱怨说，印度的牛太小，没有牛

101

排,吃起来不过瘾。他很不解,牛怎么会没有牛排呢?我拍了照片给他看,小牛的肋眼排只有不足手腕粗的细细一股,这在中国是不大可能见到的。

鉴于这些小牛看起来就跟猪、羊差不多大,最好吃的部位其实是肋条和小排。我把牛肋排买回来水煮,然后蘸调料粉,竟然吃出了手抓羊肉的味道。有时候也会切成猪排一样,做葱烤大排。

2. 部位任选。印度牛肉卖起来有一个特点——所有部位一口价,只分"带骨"和"无骨"两种,无骨的一斤贵两元人民币。在印度人眼里,只有牛腿肉是精华,其他的肉都是下脚料。中国这边卖得最贵的牛肋眼、牛菲力、T骨、牛尾剔骨……都不受印度人待见。我去买牛肉却得赶早,去"抢"这些牛排——不是去"抢购",而是去"抢救"。假如我去晚了,这些不受待见的牛肋排就被当作下脚料剁碎,然后便宜卖给一些饭店了。

我第一次在印度买的寸金软骨,就是从下脚料里面"抢救"出来的。当时我刚开始在印度吃牛肉,不了解行情,看到学徒剁的一堆下脚料里面居然都是带软骨的肋排,这种软骨肋排搁在国内的菜场里,肯定会卖高价。于是我弱弱地问他们:"这个价钱一样吗?"当我得知价钱一样后,激动地把所有软骨全都打包回来,回家开开心心烧了一顿糖醋牛软骨。如今只要早点去"抢救",这样的软骨肋排基本上是要多少有多少,我有时候直接就把整块烤来吃。这种童子牛的寸金软骨排,在别的

第二章 定居印度是一种什么样的体验

地方恐怕有钱也不一定买得到。

另外,我发现似乎只有中国人对带骨头的肉情有独钟,包括印度人在内的许多外国人吃起肉来都比较实诚,只喜欢无骨肉块。他们直觉地认为排骨买回去一半都是骨头——这不亏大发了嘛!完全不了解附着在骨头上的肉烧酥之后那种美妙的胶原蛋白的口感。有时候,我邻居会让我帮她捎带一些牛肉,而她的要求是不要有骨头,不要有肥肉!

印度人如果买肋排,会让卖家把骨头拆掉再过秤。有时候我"抢救"得太晚,他们已经把肋排的一部分骨头拆掉了。我只要带骨头的那部分,拆掉骨头的肉会割下来还给他们,估计他们看我就像傻子。鉴于我这种专门买排骨的顾客,简直就是帮他们解决困难的,让他们送我一些筒子骨、牛尾、牛板筋,也从来都是一句话。

他们觉得占了我便宜,我也觉得占了他们便宜——还有比这更和谐美好的事吗?

3. 新鲜。印度由于物流、电力保障的落后,冷链运输、冷链储藏基本上是指望不上的。肉一般都是当天宰、当天卖完,就像中国农村的一些地方,整块肉挂起来卖,下午去晚了,人家就收摊了。因此我在这里买到的都是热气牛肉,只有在大超市里才见过冰鲜肉、冷冻肉。

肯定有人要问:"印度天气这么热,怎么可能没冰箱?没冰箱靠不靠谱啊?"我以前也无法想象,但印度人似乎挺习惯的。我住的这栋楼一共六户人家,有三户家里都没冰箱。他们平时做饭每顿吃多少做多少，不够吃可以少吃，剩菜剩饭也不会浪费，直接倒在门口或搁在天台上喂动物。极其偶尔，邻居会把煮茶用了一半的牛奶、已经敲开的椰子肉，或是一小碟没吃完的甜品寄存在我家的冰箱里。过去几千年都没冰箱、没空调、没厕所、没自来水，日子不也过来了？

所以，大多数印度人买肉都是吃多少买多少，大多数人就买一斤半斤，当天就能吃完，像我这种一次买五六斤肉的人非常少。做中国菜本身就需要对肉进行预处理，我买完肉到家，通常都要处理半天，先要切割、分类，然后该焯水的焯水，该腌制的腌制，目测一周之内吃不完的才会冷冻。像牛排这种，本来也需要排酸熟成之后才更好吃。

4. 便宜。我看过一个数据，说印度人年均只吃3.9公斤肉（作为对比，中国人是59.9公斤，美国人是117.6公斤）。牛又那么多，吃牛肉的人却很少，这一供需关系导致印度牛肉卖白菜价——这里一斤中国白菜可以卖到11元人民币，一斤牛肉才13元人民币。所以在印度，牛肉完全可以当作主食来吃，吃到就是赚到。我经常这样诱惑中国朋友——来印度吃一个月牛肉，能把机票钱吃回来。

我估算了一下，在理想状态下，如果我跟我太太两个人很努力地吃牛肉，一个星期大约可以吃3公斤牛肉（100元人民币都不到），为了消耗这些牛肉，我得每天去健身房进行高强度健身（在这些牛肉的加持下，即将40岁的我，肌肉力量和围度恢复到了十多年前的巅峰）。算下来一年总共能吃150公斤牛肉，就算其中有 100 公斤是我吃的，依然没能赶上美国的人均水平。要是在中国这么个吃法，大概是会吃穷的。

没想到我竟然在印度实现了"牛排自由"，想起来不禁泪流满面。

刚开始在南印度这边吃牛肉的时候，我们颇有些心虚，怕被邻里街坊知道了会有不良影响，万一引发宗教矛盾就麻烦了。每次吃完的牛骨头，不敢光明正大地交给垃圾回收的环卫工，而是偷偷带出去扔在灌木丛里。后来发现，这里吃牛肉根本不是一个问题，我在家烧牛肉的香味，经常把隔壁邻居给馋哭，于是我们索性请她一起吃。她根本无法想象居然可以有这么多种不同的做牛肉的方法，对只爱腱子肉的印度人而言，糖醋排骨、煎牛排、粉蒸牛肉根本就是跨越时空的存在，就连我做的咖喱牛肉也让来自"咖喱国度"的印度人深深折服——秘诀就是加南瓜，利用南瓜的甜味给牛肉增鲜，给酱汁增稠。中国人可能觉得这样稀松平常，但对不擅荤素搭配烹饪的印度人而言，这属于颠覆性的技巧。她有个 3 岁的女儿，热爱我们家做的一切肉食，这说明吃肉虽然不是他们的饮食习惯，但身体是最诚实的。

鉴于印度这边牛肉物美价廉，我在家里试验开发出各种各样针对印度牛肉的做法。

● 草饲牛肉由于脂肪含量低，做厚切牛排一定不能煎太熟。简单腌制，放冰箱熟成排酸 24 小时以上，取出后放置到室温下，大火一分钟内煎三分熟，非常鲜嫩多汁。我太太不敢吃带血的东西，我只能帮她薄切，煎全熟。

● 我经常在家做肉糜，可以用来包饺子、做肉糜炖蛋，然而太瘦的牛肉做肉馅的口感不太好，这个时候就得选牛肚子上的肉。刚好这边的印度人不吃肥肉，于是我就去羊肉摊讨一些免费的羊油（印度的羊没什么膻味，我觉得吃着不过瘾）；再去鸡肉摊讨一些免费的鸡脚，用鸡脚熬鸡皮冻，最后拌在一起做"三鲜"肉馅，肉馅同时包含牛、羊、鸡的味道，层次极为丰富。

● 印度童子牛的个头跟羊类似，骨节粗细也类似猪肉，几乎所有烧猪肉的办法都可以适用：除了用牛软骨做糖醋排骨之外，有时候买了太多的T骨牛排吃不掉，我索性就烧了牛排版的红烧葱烤大排；牛的筒子骨、扇子骨配鹰嘴豆熬鹰嘴豆牛骨汤，味道远远胜过猪骨黄豆汤；牛肉炖白菜、牛里脊炒青椒、牛肉版的木须肉、牛肉版的狮子头……到目前为止，只有五花肉菜式是无法复制的。

● 这么物美价廉的牛肉自然不能藏着掖着一个人吃独食，我盘算过要如何把这些牛肉带回中国，于是成功地将它们做成了牛肉干……

我在国内的时候，并不会做鸡皮冻、牛肉干之类的东西，

第二章 定居印度是一种什么样的体验

也从没想过要做,这些技能都是到印度之后才掌握的。我开通微信公众号之后,引起了特别多生活在海外的华人的共鸣。中国人想要在国外过得安逸,很重要的一点就是"自己动手,丰衣足食",许多国内随处可见的简单食物,你身在国外就不得不想办法自己做。

生活在海外不同国家的华人,拥有的物资丰富程度是完全不同的。如果是在美、加、澳、新这种有华人社区的地方,基本上需要什么都能买到,很多发达国家都有种类齐全的华人超市。印度可能是对定居于此的中国人来说最苦恼的一个国家,这边的饮食习惯几乎跟中国没有任何共通之处,一大堆香料搁在眼前,估计都没几个中国人能认识。加尔各答曾经的华人社区,如今几近凋零,而目前在这边工作、生活的中国人的规模非常有限,并未形成新的社区。据我所知,印度只在班加罗尔有一家华人超市,主要在网上销售,能解决一部分华人对调味料的需求。

李子柒自己动手做各种吃的,那是出于对传统文化的情怀,人家只要上淘宝,就什么都能买到;我自己动手做一些吃的则纯属"生活所迫",毕竟还有很多东西是在印度亚马逊和班加罗尔华人超市买不到的。我觉得,这年头"独立生活"必须重新定义一下,没有京东、淘宝、盒马、美团、饿了么的生活才是真正意义上的"独立生活"。在异国他乡的独立生活,活生生把我自己训练成了"李子捌"。

我来给大家列一下,在印度生活之后我都掌握了哪些技能:

酿米酒、自制蒸肉米粉、红豆沙、酸菜、酸豆角、泡椒、芝士蛋糕、生煎包、酒酿饼、贡丸、芝麻糊、粢饭糕、冰粉、珍珠奶茶里的珍珠……多亏酱油买得到，不然我也得自己动手酿造。这些东西做起来真的没什么难度，但在国内吃现成吃习惯了，手机一下单要什么有什么，谁会想到自己动手做呢？原料凑不齐也没关系，用此原料代替彼原料是常态，比方说，舍不得买华人超市50元一斤的糯米，那就用印度本地大米酿酒、做蒸肉米粉和芝麻糊，图的只是那一口味道，聊胜于无。

如今视频通话那么方便，即便人在异乡为异客，也不至于"倍思亲"。唯有那一口家乡的味道、小时候的味道，才是让异乡客最为牵肠挂肚的。通过交流，我发现很多海外华人都是像我一样的"李子柒"，费很大劲只为折腾一口"家乡的味道"。有些东西我在国内随时能吃到的情况下，可能许多年都不会想到去吃，在异国他乡却给我带来了深深的慰藉。

除了牛肉，在印度还能吃些什么呢？

不同于北印度内陆的许多地方，泰米尔纳德因为靠着海，当地人吃鱼吃得特别多。前面就讲过印度的冷链很落后，因此捕获的河海鲜大部分第一时间就近消费。比方说，在德里很难找到海鲜，但孟买的海鲜却既好又便宜。

哥印拜陀距离西海岸的阿拉伯海滨只有120公里左右，算得上天时地利。但当地人告诉我，这里的海鲜是400多公里外东海岸的拉梅斯沃勒姆（Rameswaram）运来的——为什么要舍近求远呢？因为西海岸属于喀拉拉邦，喀拉拉邦的海产品运到这里属于跨邦运输，会涉及各种手续问题——由于制度问题，印度各邦之间的合作整合的效率非常低下。

不管它是 120 公里还是 400 公里外运来的，好歹还能买到海鲜，不是吗？受供需关系影响，印度海鲜的价格倒是不贵，基围虾、竹节虾、梭子蟹一般都在 20 元人民币左右一斤，大部分的鱼也都在 10 元人民币左右一斤。我在印度买过最贵的鱼是银鲳鱼（也叫白鲳鱼），单条重七两的大鲳鱼 40 元人民币一斤，看来全世界都知道鲳鱼好吃；其次是鲷鱼，30 多元人民币一斤；印度这边还有一种黑鲳鱼，20 多元人民币一斤，肉质不如银鲳细腻。反正价钱不贵，所以我也不挑肥拣瘦，只要鱼看着过得去就行。活鱼就不用指望了，除非你亲自去抓、去钓，否则在印度是吃不到的。活杀是中国吃货们的特殊嗜好，要是你在海边待着的话，有时候倒是能见着活的螃蟹和龙虾，但印度人要是看见活虾活蟹直接下锅是会被"吓尿"的。

中国人活宰鱼虾固然令印度人抓狂，印度人宰鱼的方式却也令我十分抓狂——这里"宰鱼"指的是对鱼进行处理。

我最早见到印度人宰鱼是在加尔各答的鱼市场，加尔各答靠近孟加拉湾，海产品丰富。他们宰起鱼来有一把特制的"铡刀"——一把固定在底座上的弧形刀片，锋口在凹进去的那一侧。宰鱼的时候，人就跟擦鞋匠一样直接坐在这个底座上，锋口对着自己，把鱼往锋口上又推又刮，去鱼鳞、切割都能通过这个玩意搞定。

不是我杀你啊，是你自己往刀上撞的

据说这种宰鱼的方式背后有个逻辑——不是我拿着刀去宰鱼，而是鱼自己撞向刀。我也忘了最早是在哪儿听来的，没有查证过，仅供参考。

如果你"脑补"一下印度人宰鱼的场景，可能会想到一个问题——这种固定的刀怎么给鱼开膛破肚呢？

按照中国人的思路，鱼宰完之后还是整条的鱼，因此我们宰鱼只要一把剪刀就能全部搞定。可是谁规定宰完的鱼必须是整条的呢？你要是给印度人整条烧好的鱼，他们多半不知道怎

第二章 定居印度是一种什么样的体验

么下手,用手抓来抓去的显然吃不利落,一抓一把刺这不是难为他们吗?中国人用筷子夹鱼、挑刺的日常技能在很多外国人眼里无疑是"奇技淫巧"。我太太在吃鱼的时候,就非得徒手挑出鱼刺,才把鱼肉跟饭捏在一起吃,用舌头舔鱼刺她始终都学不会。

泰米尔人宰鱼用的是大砍刀。我第一次在这里买鱼,不熟悉他们的操作,于是让鱼摊主帮忙宰鱼,去鱼鳞的时候看着还挺正常,用的是一把铁刷子。去完鱼鳞之后画风突变,只见他操起大砍刀,手起刀落把鱼嘴巴给砍了!我被这种操作惊得目瞪口呆。他们压根就没有开膛破肚这一流程,直接把鱼剁成一段段,然后再把已经破碎的内脏摘掉,最后把一块块的鱼在水里漂洗一下打包。除非是很小的鱼,否则印度人买了鱼块回家要么油炸,要么做成糊糊,一般只有外面的饭店才会做整条的鱼。

比起大卸八块的鱼,更让我愤慨的是他们对虾蟹的处理。

前段时间,邻居推荐一个海鲜直销给我们,可以电话订货,免费送货上门,保证是前一晚打上来的渔获。我头一回跟他订货,要了海虾、海蟹各二斤,东西也不贵,一共70元人民币。早上送来的时候我简直欲哭无泪——我的虾黄呢,我的蟹膏呢?他们居然自说自话帮我清理好了,交给我一袋光秃秃的螃蟹和虾仁,而虾黄、蟹膏都被他们扔掉了。目测这虾仁也并不是剥出来的,而是头尾各剁一刀,再把虾肉从中间抽出来,因为虾尾看起来是切过的。

111

我只能怪自己疏忽大意，没有跟他们讲清楚，人家是一番好意，也没法怪人家。虾和螃蟹都很新鲜，但没了黄也就没有灵魂啊！我太太不懂虾黄、蟹膏是什么东西，我怕跟她解释完，今后她就不肯再吃了，只好跟她讲，这是最精华的部分。

打这儿之后，我去买海鲜只让鱼摊主帮我去鱼鳞，后续操作全部由我自己来。我在国内其实从来没有自己宰过鱼，买鱼都会让鱼贩顺手处理好，但毕竟看得多了，直接上手全无障碍。而我太太就对这类操作毫无头绪，因为她从小就没见过。

由于在印度教的"洁净观"中，血污属于最不洁的事物之一，在传统印度教社会，只有贱民才会去触碰。印度文化中具有很典型的"君子远庖厨"思想，在印度，几乎没有人会自己在家里处理鱼、肉这些东西。我发现，似乎只有我会在买鱼或买肉的地方，自己动手翻来翻去、挑肥拣瘦，当地人会用异样的眼光看待我这样的行为。即便吃肉的印度人，也不愿意用手去触碰有血污的生肉，他们买肉的时候就在一旁指指点点，动手则完全由摊贩来。南印度对鱼、肉的忌讳不像北印度那么强烈，但心理障碍还是会有的。另外就是大多数印度家庭连把趁手的菜刀都没有，只有那种切蔬菜用的小水果刀，让他们处理也处理不了。我太太十分惊讶于我怎么会完全不惧这类血腥的东西，于是我就跟她讲了一个故事。

我说以前我们家里经常会烧田鸡（在她看来，蛙类根本就不在人类食谱上），清楚地记得在小时候，每次我妈妈在厨房水槽里宰田鸡，我都会趴在水槽边上好奇而又聚精会神地观摩整

第二章　定居印度是一种什么样的体验

个过程，看到田鸡被剪了头、剥了皮还能踢腿蹦跶，总觉得十分神奇……我告诉我太太，现在让我再回想起这些，我也觉得宰田鸡非常残忍，但因为我们从小就看过大人在家里宰鸡、宰鱼、宰田鸡，对这些事情耳濡目染，所以并不会有心理障碍。与之形成对比的是，由于我们中国人从小用筷子吃饭，印度人习以为常的手抓糊糊在很多中国人看来反而会很不适……这些对不同事物接受能力的差异，只不过是成长背景的不同造成的，因此而彼此批评未免狭隘。

这边的海鲜虽然不错，却不是你想买就能买得到。这边大多数印度人只在周日开荤吃肉（这也是为什么成年牛的大块牛排通常也只有在周日才买得到），每个周日早上的鱼摊就像赶集似的，鱼虾都特别新鲜，品种也比较多，但能够买到什么就只能随缘了。邻居推荐的那个海鲜直销，后来几次打电话订货，他都供应不上，于是我就不再找他了，我自己去鱼摊上随缘买。南印度人有节制地开荤，有小部分的宗教的原因，但主要还是出于经济原因——天天吃肉开销太大。

我在当地健身房锻炼，都是挑没人的午后时段去，通常整个健身房只有我跟另一个教练。那个教练看起来还是个学生，练起来很拼，我就问他："你每天吃些啥呢？怎么保证蛋白质摄入？"他说他每天吃鱼，因为鱼肉是最便宜的。他的一个亲戚一周会去两次海鲜批发市场，每次给他带3公斤鱼，每公斤只要10来块钱，这样他一天吃1公斤鱼，来保证锻炼所需的蛋白质摄入。这里的牛肉对我们来说价格低廉，但对当地人来说，如

113

果每天都吃，还是负担不起的。因此，当地批发市场的廉价海鱼相对来讲就成了最实惠的蛋白质来源之一。我邻居说在她老家农村，主要的肉食也是鱼。

印度有钱人吃什么呢？羊肉。我在这里说明一下，印度有钱人不一定是素食的高种姓，素食的高种姓也不一定有钱，两者没有必然关系。

哥印拜陀的羊肉通常要卖30块钱左右一斤，在不同的季节，价格会有所波动；在孟买要卖40多块钱一斤，羊腿比羊排贵。不知道是不是因为最近几年印度吃肉的人多起来了，羊肉涨价涨得让人看不懂，基本上跟中国的羊肉价格持平，甚至更贵。2014年我看到德里菜市场里的羊肉只要6块钱一斤，那时候在德里的卡里姆餐厅里点一整条烤羊腿只要90块钱，现在肯定买不到了。

直到最近我才知道，印度居然有假羊肉。我的另一个邻居告诉我，他从来不吃外面饭店里那种切碎的炖肉，因为你不知道它们是用什么肉做的，他只吃能够分辨出部位的整块鸡肉。我很惊讶：饭店里不就只有鸡肉、羊肉吗？还能是什么肉做的？他告诉我，印度有些人会偷偷屠宰流浪狗，然后冒充羊肉来卖，如果把狗头、狗脚剁了，把狗皮剥了，大多数印度人根本分不清这是什么肉。印度满大街都是流浪狗，偷狗也不会有大动静，对他们来说，这完全是无本万利的生意。所以印度卖羊肉的地方，会保留羊尾巴那段的皮毛，以示自己卖的是真羊肉。

我一听简直惊呆了，这不就是真正的"挂羊头卖狗肉"吗？我万万没想到以吃素食为主的印度人也会做这种事，令我的"三观"颇受震动。

印度真正的大众肉食是鸡肉，鸡则以印度这边养殖的白羽肉鸡为主，活鸡 7 元一斤，宰好 10 元一斤，逢年过节会涨价。有意思的是，我在大卖场的冰柜里看到过按部位分类的冷冻鸡肉，最贵的是鸡胸肉，其次是翅根，最便宜的是翅中，跟中国正好相反。就跟牛排一样，中国卖得最贵的翅中在印度属于被嫌弃的对象。至于翅尖和鸡脚，宰鸡的时候就直接剁下来扔掉了，所以我才会向他们要免费的鸡脚。

印度这边的宰鸡方法跟咱们也不一样，我们在宰鸡之前照例肯定是先烧好开水，开水烫完好拔毛。印度人宰鸡十分简单粗暴，鸡脖子上来一刀，然后往一个专用的槽斗或桶里一扔，任由它在里面扑腾。过几分钟后，把浑身是血、死透了的鸡捞出来，剁去鸡头、鸡脚、翅尖，从脖子处把鸡皮带鸡毛一起扒下来，最后一刀把屁股切了，掏去内脏。

印度大部分的鸡都是去皮的，不过有些地方也能找到带皮的鸡。高级一点的肉店，有类似于国内的家禽脱毛机，脱完毛后看起来白白净净的。徒手拔毛的地方也不少，经常会把皮弄破，而且总也拔不干净，于是他们就再用火烧一下，就跟宰猪的时候燎猪毛一样，那些鸡会被搞得又破又焦。

印度人穷的虽穷，有钱的却十分讲究，嫌弃养殖的白羽肉鸡是饲料鸡，跟咱们中国人一样迷信绿色有机无污染的"走地鸡"。印度的走地鸡很不便宜，卖 30 多块钱一斤，是饲料鸡的三倍多。令我感到迷惑的其实是——饲料鸡也好，走地鸡也好，最后不都是玛萨拉大乱炖吗？吃得出区别吗？印度又没有老母鸡汤这种东西，走地鸡烧成玛萨拉鸡岂不是暴殄天物？

再来说猪肉——我在印度吃过猪肉，也见过猪跑，但在很长一段时间里，我都不敢吃印度的猪肉。

猪肉是在中餐厅吃的，猪跑是在大街上、垃圾堆边见的，但是生猪肉实在不敢买。我第一次在印度看见卖猪肉的，是在孟买的贫民窟附近，一个当地人肩扛着一头很可疑的死猪。为什么说可疑呢？因为那头猪个头不大，四脚朝天、全身僵直，没有洗剥过，身上却是干净的，感觉就好像淹死在水里，然后打捞上来的……我从附近转了一圈回来，看到那头死猪被切开了搁在那儿卖，肉色看起来特别红，跟我们国内放过血的猪肉完全不一样。并且我在印度看见的猪，要么是在大街上溜达的野猪，要么就是在垃圾堆里找食的流浪猪，所以穷人很可能直接从路边逮着猪来宰。

有一个在印度的中国朋友说，他第一次买猪肉时，在肉里面居然切出虫子来（估计是猪肉绦虫），从此落下心理阴影，再也不敢买印度的猪肉了。

但是据孟买、德里的朋友反馈的信息，在印度也能够买到那种放血宰杀、洗剥干净的"农场猪"。从他们发来的图片看，那些宰猪、卖猪的人长得像是印度东北邦那边的基督教教徒。更神奇的是，根据我看到的价目表，他们居然还知道不同部位卖不同的价钱，排骨和带皮五花肉的价格要高于猪腿肉。什么时候南印度人要是突然开窍，明白带骨牛排的好，我就没法利用信息不对称来"剥削"他们了。我在南印度定居之后，家附近是有卖猪肉的，但由于吃不准这猪肉究竟是从哪儿来的，就一直没敢去买。直到我家楼下的邻居娶了一个新媳妇，那个新媳妇是从喀拉拉邦来的一位医生，家庭氛围非常开放，她说她什么东西都吃，最爱吃的就是猪肉。我一听就惊呆了，我说这边的猪肉安全吗？她说这边也是有农场猪的，猪肉没问题，听她说完，我立马就去买了5斤猪肉。我家这边的猪肉可能市场需求不大，所有部位一口价，合人民币15块钱一斤。肥瘦也不能分开买，给你切肉的时候必须搭着肥膘一起卖。那猪肉看起来有点像国内的乡下猪肉，放过血，特别肥——既然能长这么肥，那至少应该不会是路边的流浪猪吧？

没想到我回家一焯水，那猪肉居然有一股扑鼻的异香，烧出来的红烧肉比上海一般的猪肉好吃太多！我把印度猪肉的图片发到微信朋友圈后，懂行的人纷纷说这是没有用过瘦肉精的土猪。自从买了猪肉之后，我立马吃上了无数中华美食，尤其还能自己熬炼猪油，这玩意可是用途广泛。

自此以后，我每天猪牛羊鸡、各色海鲜不断变着花样做，月开销也不过2000块钱。在上海要想吃上同等质量的肉食，至少得花三倍的钱。

总的来说，在印度吃不吃肉、吃什么肉，跟社会环境、家庭环境以及社会地位都有一定关系。

从地域分布上来讲，在北印度，素食更为普遍，在许多非旅游城市，想要找一家供应肉食的餐厅都很难，肉的种类也局限于鸡肉和羊肉；但在南印度，肉的种类相对较多，人们对肉食的包容性更高，哥印拜陀这边甚至还有卖鹌鹑和鹌鹑蛋的。

从社会阶层上来讲，对社会地位低下、食不果腹的穷人来说，肉类是一种廉价优质的蛋白质来源。穷人一方面负担不起正儿八经的好肉，但另一方面又可以得到近乎免费的内脏。那些卖牛羊鸡的地方，一些部位及脂肪都可以白送，可想而知，穷人如果想要开荤，这些下水是最廉价的选择。我在孟买贫民窟里见到过人们在煮一些不知道用什么肉做的血肠；我在旧德里的市场里面也见过卖牛蹄、牛肺、牛脑这些下脚料的，虽然没问价格，但想必会非常便宜。而这些东西，只有一些穷人会买来吃，于是这在某种程度上将肉食跟贫穷和肮脏联系在一起。

与之形成对比的是婆罗门等高种姓阶层，长期受印度教"非暴力"思想的影响，有不少都是严格的素食者。这种文化大背景的上行下效决定了在印度以素食为贵，食素高尚而食肉堕落，真正的"肉食者鄙"。于是乎，一些低种姓的人有钱之后，为了提高自己的社会地位，也会选择素食——以此将自己和其他吃肉的低种姓区分开，从而感觉自己高人一等。

第二章 定居印度是一种什么样的体验

孟买贫民窟里的居民,在煮不知道什么肉做的血肠。

总之,在印度,如果你是一个素食者,大家会觉得你是一个洁身自好、"三观"很正的人,会高看你一眼。素食在印度社会是人的品质的一个加分项。尽管在印度的年轻一代里,这种观念正在改变,大家都越来越不在乎,素食的道德约束力越来越弱,但总的来说,印度人普遍还是会对素食表示赞许。

相应地,在印度抽烟喝酒也会被人瞧不起。我楼下有个邻居抽烟都是偷偷摸摸的,每次跑到天台一个楼下没人看得到的角落里抽,被我撞见会很不好意思。在大庭广众之下抽烟的一般都是印度农民工,他们买烟通常都是买一支抽一支,现买现抽。除了机场免税店和一些高档酒店的礼品店,在印度很难找到卖整条香烟的地方。印度有一种土烟,叫作"Biri"(也叫Bidi),有点像迷你雪茄,在家庭作坊里自己用烟叶卷的,一块钱一包，在农民工群体里十分流行。

　　印度酗酒的主要也都是底层农民工，人群的消费水平决定了高端烟酒在印度没什么市场。之前我的印度铁哥们儿的工地里雇短工干活，工人吃住都在工地上，日工资是700卢比（不到70元人民币）。工人走后，我们有一次去摘芒果，结果在芒果树下面找到几百个威士忌酒瓶，装了满满一麻袋。这种劣质威士忌是250毫升小瓶装的，160卢比一瓶，是印度性价比最高的酒之一（印度的酒比较贵，我偶尔喝的啤酒在这边要140卢比一瓶）。你们想这些工人住在工地上，妻小不在身边，晚上没有别的娱乐活动，唯一的消遣就是大家一起喝酒、聊天，因此酗酒成瘾，之前疫情封城买不到酒而抗议甚至自杀的，便是这些人。事实上，一般的体面印度人相对来说喝酒不多，也没有很多机会喝酒（因为没有餐饮社交文化），我已经有大半年没喝过啤酒了——没有酒搭子，一个人喝也没劲。我在家里酿米酒，主要是为了酒酿，酒本身可喝可不喝。

　　另外，印度卖酒的地方需要专营许可，有些看起来跟黑店似的，柜台前装有铁丝网或铁栏杆，可能是怕醉酒的人闹事，每天的营业时间仅限中午12点到晚上8点。有次我在拉贾斯坦邦的乌代浦（Udaipur），晚上去买啤酒，那时候晚上8点刚过，专营店已经关门了。离商店不近不远的地方，有一个人贼兮兮地站在那里，问我是不是要买酒。原价120卢比的酒（每个邦的酒定价不同），他开价200卢比，我跟他讨价还价到150卢比。谈完价钱，他跑到卷帘门边上说了几句暗号，卷帘门开

第二章　定居印度是一种什么样的体验

了一条缝，把酒塞出来之后又迅速关上，好像什么都没发生过一样——那个场景，真有点像阿里巴巴与四十大盗里的"芝麻开门"。

我在北印度的西姆拉认识了一位在当地经营中餐馆的印籍华裔老人，他在解放战争期间从广东梅县背井离乡来到印度，后来在印度的华人圈子里娶妻生子。他说他的儿子从小被送去印度寄宿学校，在学校里全都是素食，后来他儿子在十多岁的时候回到家后居然无法接受吃肉，他怕儿子彻底变成印度人，忘了中国的饮食文化，强迫他儿子学吃肉。

这种事听着不可思议，吃肉怎么还要学？这是真的，比方说，有的地方的人从小到大没有见过现实中的虾蟹，初次见到这些东西被端上餐桌，他们竟然被吓得不知所措，无法想象这玩意怎么可以吃；我太太在心理上接受不了吃蛙类，我的邻居接受不了吃软骨、肥肉也是类似的道理；有些人最爱的胶原蛋白或内脏，在另一些人眼里是非常奇怪且无法食用的组织……饮食本身就是文化习惯的一部分，如果一个人从小就生活在接触不到肉食的素食文化中，肉食就是洪水猛兽，素食才是人间正道，他在心理和生理上都会排斥吃肉。

一切的文化和习俗归根结底还有一个人口比例的问题，在某种行为的人占大多数的情况下，这种行为就会被正名和默许，哪怕是裹小脚、女性割礼这些残害身体的陋习；反之则可能会被污名化，在印度这种素食国家，即便只是吃肉都自带原罪。

然而在印度吃素食，却绝不意味着健康饮食，印度人日常饮食的特点是高油、高盐、高糖。

别看我现在在印度吃牛肉吃得欢，其实在2016年到2018年我还是一个素食者，吃的是奶蛋素，为什么后来开荤了呢？有两个原因，一是跟我太太结婚后，不得不陪着她一起吃肉，不然生活上会很不方便，她是那种几天吃不到肉就会脾气暴躁的人；二是在印度做素食者实在太难了！

印度不是满大街都是素食吗，怎么会难呢？很多人都说印度是"素食者的天堂"，我有一些信佛的朋友来到印度心生欢喜，因为这里无论到哪儿都有素食，完全不用担心误食肉类。而且因为印度那些糊糊和面食，油大、盐多、口味重，让人感觉不像是在吃素。但我认为，印度在某种意义上恰恰是"素食者的地狱"。

1. 蔬菜品种匮乏。蔬菜品种少不单单是印度的问题，而是中国以外的地方的通病。

我在印度这边连买个绿叶菜都得随缘，每天就只能洋葱、土豆、西红柿搭配着有限的几种瓜、豆、茄子、萝卜翻来覆去吃，蘑菇也只有基本款，唯一的豆制品是一种油榨的豆渣做的"豆腐干"（Soya chunk）。

2. 糖分摄入过高。印度是全世界素食人口最多的国家，却也是头号糖尿病大国。印度人的饮食结构非常不健康，日常饮食中，碳水化合物的比例占到90%，因为对他们来说，米面之类的碳水化合物是最经济，也是最能果腹的，这么高的碳水化合物摄入非常容易产生胰岛素抵抗,造成糖尿病。火上浇油的是,由于素食不耐饥,许多印度人会额外摄入大量甜食以及油炸食品。而且印度人的用餐作息时间很不健康,很多人早上不吃饭,就喝一杯奶茶,每天晚饭都是睡前才吃的,下午必然要喝奶茶、吃点心。

说起印度的甜食,可谓是遇神齁神、遇佛齁佛,唯独齁不到印度人。印度人简直嗜甜如命,我看过我邻居做甜食,糖和其他原料的比例通常是一比一,糖不是一勺一勺而是一碗一碗加的。我们不会主动买甜食,但邻居们有时候会送给我们吃,我得混在别的东西里才吃得下。甜食是印度社交礼节文化的重要组成部分,印度人走亲访友都会带上一盒甜食,就跟我们带水果篮一样;逢年过节家里来客人,也都要用甜食招待别人。

3. 油炸食品泛滥。印度的各种小吃都以油炸食品为主力军,比如三角包(Samosa)、脆小球,以及街边各种各样的油炸点心,连香蕉都能面拖油炸了吃。我个人推测,油炸可能是印度人的一种消毒手段,甭管好坏,炸炸更健康,那个油用了多久我不知道,但炸一下至少会安全一些。印度的甜食之所以那么甜也是同理,既然蜂蜜、糖本身不容易变质,那把甜食做得跟糖一样甜不就不会坏了?甜到连细菌都活不下去。

在印度坚持素食的几个月里,我没有吃甜食和油炸食品,就跟吹气球似的胖了起来,那些玛萨拉糊糊拌着饭、就着饼,吃起来可是妥妥的"碳水炸弹",而且由于缺乏蛋白质、脂肪、膳食纤维,吃完不顶饿,于是就会吃更多的碳水化合物……这让我意识到我恐怕要吃点肉,天天这样吃各种饼、米饭,实在很难说得上是健康饮食。

要我说,绿叶菜、豆制品便宜又多样的中国才是真正的"素食者的天堂"。在中国不吃肉对我来说压力不大,在印度不吃肉会让我觉得没东西可吃。甜食偶尔吃个一两次可以,天天吃的话,患糖尿病、高血压的风险恐怕都会大增,这也就是印度作为一个素食国家却有那么多胖子的原因。

印度虽然未必是"素食者的天堂",却一定是奶制品爱好者的天堂。

我有一个关系很好的老阿姨,去过很多国家,跟我来了三次印度。她说印度的牛奶是她在全世界喝过的牛奶中最好喝的,比新西兰、澳大利亚的强多了。她还说这是因为印度人把牛当神供着,印度的牛的地位高、待遇好,产出来的奶当然好喝。

她这个理论我无法证实真伪,但印度牛奶好喝是真的,也确实不排除跟印度的牛奶生产方式有关。

我们现在喝到的牛奶基本上都是通过工业化流程生产出来的,奶牛被关在很小的一个围栏里面喂养,通过人工授精令其怀孕,小牛一生下来就会被带走,牛奶通过机器收集、消毒、加工……而印度的牛很多是散养的,牛奶公司会到村庄里挨家挨户收购,听说收购价在两块多钱一升。

散养的牛肯定满足不了印度整个国家对牛奶巨大的需求,所以印度也有农场奶牛。在很多国家里,奶牛老了、产奶量下

第二章 定居印度是一种什么样的体验

降以后就会被屠宰,然而印度人出于对奶牛"深沉的爱",政府大笔拨款兴建"奶牛养老院"(Gaushalas)[①],收容照顾那些流浪牛和退役的奶牛,维护"奶牛养老院"的经费主要来自募捐和牛粪销售(印度把牛粪计入 GDP 是有依据的)。所以有人说在印度做母牛比做女人更幸福,不无道理,"幸福感"如此之高的奶牛所产的牛奶,或许真的会更好喝一些吧。

村庄里的生牛奶收购来之后,有一部分会通过工业化流程进行消毒,加工成各种包装奶制品,然后进入市场销售,还有一部分生牛奶未经消毒就会拿出来配送。我所在社区的居民可以订购这种生牛奶,每天有若干名送奶工大叔骑着摩托车在社区里配送,他们在摩托上装一个特殊音调的喇叭,早晚一听到这个喇叭声,大家就知道送牛奶的来了,纷纷拿着家里的瓶瓶罐罐出来打牛奶。大多数人家会按月定购,因为印度人有每天喝奶茶的习惯,我们家的牛奶消耗不固定,跟他零拷[②]也行,不到 5 块钱一升。这种牛奶因为没有经过消毒、匀质,为了安全起见,必须煮开之后才能喝,放凉之后,表面会凝结厚厚的一层奶皮。

有了好奶做保障,就可以解锁各种奶制品,比如酸奶、奶酪、牛奶冰激凌。

在我们家,做面食和奶制品都是我太太的任务,她打小跟

[①] Gau 意为奶牛,Shalas 意为庇护所。
[②] 沪语,是拆零买卖的意思,让商品的起购单位化至最小。

奶制品打交道，拥有制作奶制品的天赋。就像我从小看宰鸡宰鱼一样，她从小看家里人自制各种奶制品，自然而然就看会了。通过自己动手，我发现在关于奶制品的一些知识上，被骗了半辈子。比方说，所谓的"酸奶机"根本就是骗人，任何保温容器都能做酸奶；没有保温容器用被子焐一晚也行。酸奶这玩意，人类已经吃了几千年了，自然不可能是在发明酸奶机之后才有的酸奶。

酸奶的品质是直接跟牛奶挂钩的，印度这边不管用什么奶，做出来的酸奶都是像豆腐一样的老酸奶；如果你做出来的酸奶很稀，说明牛奶本身有问题。做牛奶冰激凌也是出奇地简单，只要把牛奶不断加热搅拌，熬到极为浓稠之后，根据自己的口味调味冷冻即可，根本不需要加冰激凌粉、奶油之类的东西。

总而言之，牛奶的品质是一切奶制品的灵魂，如同好的海鲜只需清水煮甚至生食都极为鲜美一样。

作为一名酸奶爱好者，我每次用勺子挖着吃成本不到一块钱一杯、味道胜过一切零售酸奶的自制"老酸奶"，都会感慨这种生活在印度的"小确幸"。在印度，酸奶是除牛肉之外另一样"吃到就是赚到"的东西，这大概可以算是我朴实无华的印度居家生活中最大的两个闪光点吧。

我在印度当然不可能光吃奶和肉，作为一名中国人，没绿叶蔬菜比没猪肉吃更痛苦。

刚才我就讲过印度的蔬菜品种匮乏，这种匮乏主要体现在绿叶蔬菜上。出国旅行过的人一定都会发现,全世界就咱们中国人吃绿叶蔬菜吃得最多,很多外国人是不屑吃叶菜的。有一个美国人告诉我,他们那边管叶菜叫作"兔子饲料"(Rabbit Food),可能在他们眼里,叶菜不属于人类的食物。

我太太在上海的时候,我烧韭菜给她吃,她惊呆了,怎么草也能吃?!结果很快她就爱上了吃这种"草"。更好笑的是,她跟我一起走在街上,看到路边花坛里的长得像韭菜的草,她以为是韭菜,要割回家吃——这不明明长得一样嘛!在很多外国人眼里,或许绿叶菜跟草的界限也并不是那么清晰。

哥印拜陀的绿叶菜种类非常有限,叫得出名字的只有菠菜、苋菜、生菜、白菜等几种,还有一两种我不认识,也不好吃。有限的绿叶菜并不是每天都有,能不能买到得碰运气。其中生菜和白菜只有在生鲜配送平台和大卖场才能买到,白菜不知道是不是从北印度运来的,南印度这边可能太热了长不出来,一棵白菜有时候要卖20多块钱。在这里随时随地都能买到的"绿叶菜"只有卷心菜、薄荷叶、香菜、咖喱叶,后三种我实在是没本事炒着吃。有一次,我连着好多天买不到绿叶菜,一着急就去菜摊上捋了一大堆萝卜叶回来吃——你说我在印度的日子苦吧,可以无限量吃牛肉;你要说在印度的日子不苦吧,我这不还得捡菜叶子吃嘛!印度的魔幻是日常性的。

印度的网络生鲜配送,是近两年才有的新事物,可以买粮油、蔬菜、副食品以及一些厨卫用品,配送时效大约是隔天到,品质肯定不如盒马鲜生那么高——很多东西我们只要求

"有",不要求多"好"。这个生鲜配送在印度疫情封城期间,简直像救命稻草,配送预约得靠抢,当时最快也要排到一周后才能配送。

另外一件让我无奈的事情是,印度的菜都是等到长老了才收割,大概他们觉得菜长得越大,越可以卖更多的钱,当然也可能在热带的气候条件下,蔬菜本身就容易长老。咱们中国的小菠菜有的不过拇指长,长到巴掌大,中国人就嫌老了,而印度的菠菜可以长到小臂那么长,我第一次看到也是惊呆了,简直是巨人国的菠菜。印度人是一捆一捆地卖菜,看着就跟卖稻草似的,这种过度发育的绿叶菜都得先焯水才能烧,不然会有苦味。

印度人日常吃的一些蔬菜,有不少在国内我都没见过。国内的朋友可能知道有一种保健品叫作辣木籽,中国能买到的只有晒干的种子,在印度则是连着果荚一起烧菜吃。他们会吃大量的瓜类、豆类、根茎类蔬菜,冬瓜、南瓜、苦瓜、黄瓜、丝瓜、西葫芦、刀豆、豇豆……以及各种各样我搞不清楚的萝卜类、薯类,薯类的名字就叫各种"potato"。我太太在中国见到山药时,她自己发明了一个名字——"stick potato"——棍子土豆,倒也贴切。这里的菜市场里有一种根茎,在中国没见过,做菜还挺好吃的,可我一直都不知道它的名字。后来无意中看到图片,才知道原来就是传说中的木薯,国内的甜品一直会用木薯粉、木薯圆子,但木薯的真身我是到了印度才头一次看见。

印度蔬菜有一个特点就是卖相难看,一个个歪瓜裂枣的,

第二章 定居印度是一种什么样的体验

好像还没被驯化过的野生蔬菜。唯一卖相好的只有出口转内销的美国甜玉米，还用保鲜膜包着，我在俄罗斯的时候也吃过真空包装的来自印度的美国甜玉米。但这些蔬菜难看归难看，味道还是不错的，比我们国内的大棚蔬菜要好吃。比方说上海的番茄虽然长得好看，可吃着味道很淡；印度的番茄长得又小又丑，却有番茄味。

这里我又要讲到印度人的理念问题了。印度这个国家虽然还有不少人吃不饱饭，农业现代化程度也非常低，可他们的农业种植理念特别绿色环保，将化肥视为洪水猛兽。由于不肯用化肥，再加上农业补贴水平高、耕种管理水平低，一方面蔬菜长得丑，另一方面小麦、稻子之类的农作物的亩产量也都长期低于世界平均水平。

印度的农作物虽然产量低，价格却特别便宜。大凡农业国家都讲究一个"民以食为天"，印度的消费水平低，蔬菜直接关系到温饱，所以价格必须低廉，在印度10块钱可以买一大袋子各种各样的菜。我之前有一次在一个社区做志愿者，最后一天亲自下厨请大家聚餐吃饭，买了60块钱的原材料，让14个人吃得"菜足饭饱"。在中国菜场买菜，摊贩会送小葱，这里是送咖喱叶和香菜，要知道香菜在国内可不便宜。

大家可能经常看到印度洋葱价格上涨导致民众抗议之类的新闻，我估计大多数人看到这个新闻的时候会不理解——洋葱能吃多少啊？难不成当饭吃？涨价能涨多少啊？涨一倍就已经很多了。

在印度看印度

印度人还真是把洋葱、番茄当饭吃,因为这是做几乎所有印度菜的底料,他们买洋葱经常都是一次买几十斤。我在这边遇见洋葱最贵的时候是 5 块钱一斤,按照中国人对洋葱极低的消耗量来说自然觉得没什么,但 10 斤洋葱 50 块钱对印度家庭来说可是很大的开销,尤其印度洋葱便宜的时候只要 1 块钱一斤——瞬间就要多花 40 块钱。印度人平时被超低的蔬菜价格惯坏了,这就是,洋葱涨价,大家就要上街抗议的原因。说起来,印度人卖菜称重倒还挺实诚的,不会硬塞给你。

在印度,电子秤尚未普及,有些菜农甚至连秤都没有。没有秤的菜农一般都是老农,把家里自己种的一点小菜拿出来卖,品种很单一。他们会提前把菜一堆堆分好,卖起来以"堆"为单位,10 卢比一堆。那些有秤的菜农为了方便计算,特别爱凑整。不过他们凑整起来让我有些哭笑不得,比方说我明明要买 1.2 公斤,挑好了之后,他们会帮你拿掉那 0.2 公斤的菜——宁可少卖一点菜,也要整数,是真正的"四舍五入"。至于那些无法分割的瓜果类,很多时候价格都是自己随便估算的。

在各种歪瓜裂枣的蔬菜里面,倒也有一种例外,那就是印度甜玉米。这种甜玉米卖相极佳,是当地菜市场中唯一用保鲜膜包裹出售的蔬菜。

我第一次在印度的一个景区里吃到这种甜玉米时,深深地被惊艳到了——之前从来没有吃到过如此脆甜爆浆的玉米。这种玉米跟国内的甜玉米和水果玉米都不一样,是我吃过的各种玉米中最好吃的。我在俄罗斯旅行的时候,超市里有一种真空

第二章　定居印度是一种什么样的体验

包装的即食玉米售卖，产地居然是印度，于是恍然大悟，印度甜玉米已然走出国门、行销海外。

很多人都以为甜玉米是转基因作物，其实不然。世界上确实有转基因玉米，但那些主要是用来榨油、做饲料的。甜玉米跟杂交水稻一样，甜味是通过杂交育种自然产生的基因性状，只是一个特别的玉米品种。

再说水果。印度基本上只有时令水果，品种有限，跟蔬菜一样卖相难看，大城市偶有价格高昂的进口水果。这里一年不断档的水果主要有香蕉、椰子、木瓜，因为是当地原产，价格都比外来进口的水果便宜很多。值得一提的是，南印度的香蕉可谓五花八门，我至少见过五种完全不同的香蕉，最小的不过拇指大小，大的却像根棒槌。无论是形状、颜色还是味道，都跟国内吃到的香蕉完全不同，比如说有一种香蕉是红皮的，看起来像是蒸熟了的，我到现在都不是很清楚如何选购。而南印度由于盛产椰子，椰子用途广泛，除了喝椰汁外，椰肉是神庙里的重要贡品。椰子长老之后，里面的椰肉非常厚实，印度人常常会用于烹饪。

每年春夏是吃水果的好季节，三月份左右，当地的条纹西瓜上市，七八毛钱一斤，吃得很过瘾；五月份开始，芒果上市，吃过印度芒果之后，会觉得之前在国内吃的都是"假芒果"，这才是芒果真正的味道。我强烈建议不怕热的人，可以考虑五月到七月间来印度吃芒果，吃到就是赚到。印度不同品种的芒果有不同的特色，有一种芒果熟透之后可以吸吮着吃，口感美妙至极。另外,这里芒果的吃法也不仅限于当水果吃,生芒果就可以直接蘸玛萨拉吃,有些芒果品种是专门用来做腌芒果的,就跟咱们的腌萝卜干一样。

那个时候也正好是印度菠萝蜜上市的季节,以前我在中国吃的菠萝蜜味同嚼蜡,心想这种水果有什么好吃的……吃过真正好吃的菠萝蜜后才明白以前吃的是"假菠萝蜜",并且印度的菠萝蜜最便宜时只要一块钱一斤。菠萝蜜除了果肉可以吃,果核煮熟了也能吃,吃起来有点像菱角。我试过烧汤、烧肉,就跟板栗、菱角差不多。

吃菠萝蜜最麻烦的是切,菠萝蜜切开后会流出一种不溶于水的黏液,怎么洗也洗不掉,估计所有第一次切菠萝蜜的人都因此抓狂过。也是我的邻居面授机宜,我才知道这种黏液虽然不溶于水,却溶于油脂,切的时候要在手和刀上先涂好椰子油,洗手的时候也需要先用椰子油把黏液去掉。

有些中国的水果,我从来没在哥印拜陀见过,比如柚子、柿子、荔枝、枇杷、桃子。还是因为冷链运输落后,进口水果只有在印度的一些大城市才能找到,价格奇高无比。印度不同地区之间的果蔬流通也十分有限,比如一个北方的印度人到了南方,才可能第一次见到、吃到,比如释迦果、番石榴等。

印度不同地区的物产缺乏流通,最主要的原因还是物流效率低下。生活在印度让我深深体会到公路物流网络的重要性,这就像人体内的血管网络,保证了整个机体的高效运作。

第二章　定居印度是一种什么样的体验

行

一讲到印度的交通,很多人的脑海中首先浮现的肯定是挂满人的火车。实事求是地讲,这种情况确实有,但并不普遍。我在印度坐过许多次火车,看到有人扒车顶的情况,一共也就两次。挂火车、坐车顶的现象倒是在孟加拉国极为常见,很多挂火车的照片拍摄地其实是在孟加拉国。

总的来讲,我觉得在北印度旅行,火车算是一种比较靠谱的交通工具,相对来讲效率最高。坐飞机的话,许多航班都要在德里中转一下,支线飞支线的选择很有限。比方说从瓦拉纳西(Varanasi)到克久拉霍(Khajuraho),相当于从合肥到南京,你得先从合肥飞到上海,再从上海飞到南京,绕了一个圈子。

印度的火车是印度殖民文化的重要组成部分,可以这么说,现代印度是英国统一起来的,而英国把整个印度真正统一起来,靠的正是这巨大的铁路网。印度铁路网曾经是世界上最大的单一铁路网,也是英国留给印度最宝贵的遗产,印度的三条山区铁路和孟买的 CST 总站都是世界文化遗产。美国国家地理频道分别拍过两部纪录片《伟大的印度铁路》(*The Great Indian Railway*,2005)和《印度铁路之旅》(*Great Indian Railway Journeys*,2018),不得不说,印度的铁路系统称得上是那个时代的传奇。

印度虽然继承了英国统治者铁路这个遗产,可继承后就没怎么发展过,几十年如一日地吃老本,直到现在,火车的速度还很慢。

目前印度有20多种不同分类的客运列车，2019年才有第一列高速列车"范德·巴拉特快车"（Vande Bharat Express）[①]，测试最高可以达到180公里每小时，印度媒体已经吹上了天。然而这种列车运行的平均不到100公里每小时，从德里到瓦拉纳西的762公里路程，需要8个小时，大致相当于我们中国的T字头特快列车的水平。目前最快的"半高速列车"（Gatimaan Express）平均时速据说高达113公里，所以不少印度人在中国坐过高铁之后都惊呆了，300多公里每小时简直不科学啊！最近中国又有了时速620公里的磁悬浮列车，这对印度人来说绝对是心理层面上的降维打击。在英殖民时期，印度铁路领先中国两个世代，如今中国铁路领先印度两个世代。

印度之前最快的列车是"拉吉德哈尼"特快列车（Rajdhani Express）和"莎塔布迪"特快列车（Shatabdi Express）。"拉吉德哈尼"特快列车属于豪华特快，全部是空调卧铺，大部分平均时速七八十公里，最高纪录平均时速97.8公里；"莎塔布迪"特快列车是一种白天的城际对开列车，大多数总里程不超过500公里，最高纪录平均时速89公里，全部是空调座位，一路上供应好几轮茶点。另一种没那么豪华的"杜伦托"特快列车（Duronto Express），一般平均时速为每小时六七十公里。

根据我的乘坐体会，印度火车速度慢，不完全是机车的运

[①] 意为"致敬印度"。

第二章 定居印度是一种什么样的体验

行能力问题,而是调度问题——说白了就是火车多、铁轨少。英国人走后,印度人自己新建的铁路少之又少,前阵子嚷嚷着要修高铁,一直卡在征地环节。这些年,印度人口可是翻了好几番,火车车次大增,原有轨道的运力捉襟见肘。高档的车次之所以能够开得快,是因为停站少,并且行驶过程中等候通行的时间短,具有更高的优先通行级别。

印度绝大多数的普通列车,平均时速只有50公里,乘坐这种火车,其实相当长的时间都处于等待通行状态。均速50公里每小时,意味着500公里路程需要行驶10小时,既然开得这么慢,不就刚好睡一晚嘛。作为旅行者,乘坐这种夜班火车在城际之间转移的效率非常高,一觉醒来就到了一个新的地方。

但火车也有一个不那么确定的因素,就是晚点。

印度火车票可以很便宜,但也可以很贵。

世界上最豪华的火车正是印度的"王公专列"(Maharajas' Express),14节车厢满员只能载八十几个客人,甚至有总统套房,号称"车轮上的宫殿"。王公专列一共开了4条线路,集中在北印度旅游热门地区,最便宜的4天3晚行程,单人价也要2910美元;7天6晚的总统套房,单人价是23700美元,都够去一次南极的了。我无法为大家提供更为详细的描述,因为我也没坐过。

印度一般的火车坐席主要有硬座(2S)、硬卧(SL)、空调座(CC)、商务座(EC)、头等商务座(EA)和空调卧铺(AC)。空调卧铺又分四等,根据列车级别和坐席等级的不同，票价差别十分悬殊，最贵和最便宜的坐席票价可能会相差二三十倍。当然，假如你挂在车厢外面，连票都不用买。

印度的空调卧铺车厢条件还是可以的，采用封闭式的车厢，乱七八糟的人进不来，安全比较有保障，卫生状况也不错。一等空调卧铺（1AC）的价格堪比机票，却依然一票难求，比我们国内的软卧更加宽大舒适，但大多数列车只有寥寥几个铺位。二等空调卧铺（2AC）和三等空调卧铺（3AC）的区别在于2AC是上下两层，每节车厢48个铺位；3AC是上中下三层，每节车厢64个铺位，但印度卧铺票价的设置很不合理，上中下铺都是统一价，订票的时候可以填写偏好，但不让你自己选座，能买到哪个铺具有很高的随机性。而且印度的铁路轨距是全世界最宽的，我们中国是1435毫米标准轨，印度是1676毫米的宽轨，多出20多厘米，因此车厢也比较宽大，除了横着的铺位之外，过道边上还放了一排竖着的铺位。这种边铺无论在二等车厢还是三等车厢都是一样的，价格却是按照车厢等级来收的。因此，假如你付了二等卧铺的票价，拿到的却是边铺，就很亏。空调卧铺里面的最末等是空调经济卧铺（3E），空间跟三等空调卧铺一样，但是不提供卧具。

我绝不建议选择硬卧（SL）过夜，但白天乘坐的话无所谓。这种级别的车厢没有卧具，甚至连窗都关不了，来来往往的闲杂人等非常多，印度人坐火车常会自备一根铁链将行李锁在座位下面。有一次在路上，我认识的一个女孩子，坐硬卧车厢的时候，整个书包被人顺走，包括证件在内的所有贵重物品

第二章 定居印度是一种什么样的体验

都丢了。在外旅行安全第一，空调卧铺至少相对来讲更安全一些。

有人估计要揶揄，印度火车这么慢，你还觉得效率高？50公里每小时的平均时速在我们中国人眼里或许觉得很慢，但你要是坐汽车的话，平均时速可能只有30公里。相隔两百多公里的地方，往往会花一天的时间在路上，占用了白天游玩的时间，因而印度火车的这种"高效率"是相对于公路旅行的低效率而言的。

印度的长途汽车主要有三种：第一种是国营的长途车，最简陋的基本款，票价非常便宜，当然车况也极差，看起来就像一个铁皮盒子装了四个轮子，前后左右都布满了磕碰剐蹭的痕迹（印度的车没有年检，只有个别邦有报废年限的规定，但就算报废的车一样可以卖到黑市）。车厢跟我们的公交车差不多大，每排却有"3+2"五个座位，最后一排六个座位，如果都是一群从小营养不良、身高不足一米六的印度人坐着，倒也不显得拥挤，甚至可能还可以多挤进一个人，但这样的座位显然塞不下我，有时候我的膝盖不得不顶着前面的座位，座位前后距离之窄，让人非常难受。

第二种是私营的"豪华"巴士，车况比国营的好一些，座位通常是"2+2"，一排四个座位，座椅靠背可以往后放倒[①]，大

[①] 印度人将其称为"Semi-sleeper"半卧铺，按照这个标准，我们中国的大多数长途大巴都算半卧铺。

部分车辆有空调，但大多数也比较破旧。

第三种是私营的双层卧铺大巴，卧铺大巴里面还分几种规格，一种是"1+2"，一排三个铺位，一边双人一边单人，每个铺位的宽度有七八十厘米，舒适度相当不错；一种是"2+2"，两边的两个双人铺位都只有120厘米不到，两个人挤在一起睡那是相当勉强；还有一种是上层卧铺、下层座位的混合布局。印度的很多大巴的内饰都是自己装的，堪称100%私人定制。我坐过很多次卧铺大巴，但从没见过内饰布置一样的两辆大巴。

在南印度旅行，我会推荐乘坐这种卧铺大巴。

南印度由于西高止山脉和德干高原等地理因素，丘陵地带较多，铁路不像北印度那样四通八达，一些目的地之间可能没有火车，或者是班次选择有限。作为生态位的填补，南印度的私营卧铺长途大巴很发达，夕发朝至，我个人觉得舒适性更胜火车卧铺，可以在手机应用程序上直接订票，票价按照距离和车厢配置从几十元人民币到一百多元人民币都有，上下铺有差价。记得尽可能选靠前排的座位，因为大巴的后排比较颠。

最近这几年，印度的公路基建在以肉眼可见的速度发展，但由于基建标准太低，只能说是聊胜于无。印度的所谓高速公路，绝大多数都是非封闭式的，别说非机动车了，就连牛车都能在上面跑，也没有探头监控管理，我好几次看到一些车在高速边上的辅道逆向行驶；为了防止车辆在高速路上随意掉头（中间的隔离形同虚设），印度一些地方的"高速公路"设计成左右两边车道，有不同的高低落差，这些落差至少高达半米，

第二章 定居印度是一种什么样的体验

隔离带可能会被破坏,但这个落差就很难逾越了……总之印度的公路也是充满了魔幻气息。在这样的公路上,最高时速只能达到80公里,很多时候即便上了高速也只能达到时速五六十公里。

印度的公路水平跟二三十年前的中国差不多。我记得2004年和同学一起从上海去黄山旅游,我们包了一辆小面包车,开了整整12个小时,一直在山区里绕来绕去;杭徽高速开通后,行程一下子缩短到4个小时,令我唏嘘不已。印度目前大多数地方的路况就好像当年我坐12个小时的车去黄山一样,隧桥工程非常罕见,大部分山区甚至连个混凝土桥都没有,一般都是简易的钢结构工兵桥。

这跟坐火车卧铺的道理是一样的,正因为开得慢,坐卧铺大巴刚好能睡个整觉。那种坐卧铺大巴睡不着的人,在南印度旅行就会很遭罪——坐日间长途车时间太长,而许多地方坐飞机又到不了,可能要不得不放弃一些非常精彩的地方。如果你是全程包车的土豪,固然可以轻松一些,但有些景点之间还是会花不少时间在路上,如果路上没什么风景的话,白天长时间坐车,人会感觉很累。

说完长途交通,再来说说市内公交系统。

在不少国家旅行的时候,我都会坐当地公交车在市内观光。但这么多年来,我在印度还是只会坐轨道交通,但轨道交通只有几个大城市才有,跑到小地方就不行了。我至今都没有学会如何在印度乘坐市内公交车,因为许多城市根本连公交站台和站牌的标识都找不到。拿我居住的哥印拜陀为例，眼见着很多公交车在马路上开来开去，可我就是搞不清楚我家附近的公交站究竟在哪儿，有哪些公交车，以及这些车能去哪儿……从没见过站牌。在印度坐公交车简直是一门靠世世代代口耳相传才能掌握的玄学。

好在印度的打车软件十分好用，一点不比国内的软件逊色，而且结合了印度国情，可以选择不同档次的交通工具，如摩托车、三轮突突车、两厢轿车、三厢轿车、运动型多用途汽车（SUV）等，而且还有物美价廉的包车服务。对外国人来说，这简直是救人于水火之中的神器。首先，不必担心被宰，有了打车APP之后，我才知道自己以前花了多少冤枉钱。印度的司机一看你长着一张外国人的脸，就会乱加价，而且他们彼此之间很有默契，似乎存在某种价格歧视宰客行规，就算你换别的司机也没用。第二，不必再费劲跟不会英语的司机描述目的地位置，印度的地址往往都十分模糊，很多时候根本说不清楚，有了打车软件让司机跟着导航走就行了，也不怕他耍花样。

目前印度的大城市都可以用打车软件，但一些村、镇级别的小地方可能就没辙了，除非你有魄力重装徒步，否则一般只能认栽。以前在南印度旅行的时候，我乘坐城际之间的国营长途车可能只要几块钱，那时候南印度国营长途车票价一般在每公里一角左右，到了地方之后坐突突车从长途车站到旅馆倒要十九二十元人民币。

那么印度的汽车是不是像传说的那样外面挂人呢？

第二章　定居印度是一种什么样的体验

这个得分时间、地点，一些比较穷的地方在通勤高峰确实会挂人，但总的来说在印度并不普遍。但有一点毫无疑问：印度的超载问题很严重——或者说印度根本没有超载这回事，只要你有本事，往车里塞多少人都行。印度有些地方用一种吉普车拉客，他们"坐满"的标准是12个人，两排座位连司机8个人，后备箱还能面对面坐4个人；坐车顶的现象则常见于北印度一些贫困省份，我见过一种自己改装的载人板车，跟咱们拉货的平板车差不多，但中间有一条横杠专门用于抓握。我见过载人最多的一辆三轮突突车，总共载了15个人，怎么装下的呢？司机左右各2个人，第二排乘客座上装5个人，后面再装5个人。

印度的卡车则都是统一规格的车斗，只论体积不论重量，能装多少是司机的本事。由于路况的问题，印度国内大多数公路都跑不了标准集装箱卡车，我见过高速边上有专门转运的枢纽站——港口卸下来的集装箱，最远就只能运到这儿了，到这儿得卸货下来分装到"印度标准"的卡车上，然后才能继续运送到印度各地。印度的卡车出厂的时候只有一个底盘和半个驾驶舱，所有外壳都由自己定制打造，一辆辆都被印度式审美打扮得花枝招展的，停在一起可以举办选美大赛。这是南亚特色。

另外，印度的公交车一般也都没有门，随上随下，通常到站没有停稳，乘客就迫不及待地上下车了。并且这样也方便挂载，只要有脚踩的地方，就能够搭得上车，车上的人还会帮忙拉你。最常见的就是售票员进出站的时候挂在车门外，方便吆喝。公交不关门也就罢了，最牛的是孟买的城铁也不关门，可以看到很多上班族就挂在门口，城铁跑起来的时候还是挺快的，每年都有不少人摔死，但他们照挂不误，从来没有人去投诉交通部门。

所以，在印度阅兵式上大家喜闻乐见的一辆摩托车载一个排的"杂耍表演"，在印度有着非常深厚的群众基础，他们平时通勤就是这样的。在印度，一辆平板小摩托坐4个人很常见，坐五六个人我也看到过，有时候还能看见人抱着一只羊之类的。

鉴于平时出门坐车就已经足够刺激了，云霄飞车之类的游乐设施在印度是没有市场的，人家想体验云霄飞车直接扒火车就行了，还不要钱。印度的游乐场里最刺激的东西打死你也想不到，是摩天轮。

如果你以为是咱们公园里谈情说爱的浪漫摩天轮，那你就错了，印度游乐场里的摩天轮堪称夺命摩天轮。我这个人坐什么云霄飞车都不怕，但坐了印度的夺命摩天轮之后是吓得屁滚尿流逃下来的。首先，摩天轮座舱是开放式的，就一圈栏杆，没有门也没有保险带；然后它转起来的时候快得就跟风火轮似的，开放式座舱会不受控制地大角度摆动，你得死死抓着栏杆，不然就可能被甩出去……在我被吓得脸色煞白的同时，那些印度人却依然谈笑风生。

这种日常性开挂造就了印度阅兵仪式上摩托车杂耍，他们不用专门从杂技团找人，随便拉个人就能上。摩托车乃是印度文化的重要组成部分。几乎所有印度男生都梦想拥有一辆自己的摩托车——而且不能是平板摩托，必须是骑起来轰隆隆的那

第二章 定居印度是一种什么样的体验

种真正的大摩托。印度人的审美要求男性非常阳刚，所以大家会发现印度男明星里面是没有"娘炮"类型的，而最能烘托出这种男性阳刚特质的，莫过于骑上一辆摩托车了——集爆发的速度、狂野的力量、机械的美感于一体。

像我这种从来没骑过摩托车的男人，在印度属于异类，说出来简直是丢人。

我想过在当地买一辆自行车来骑，但我太太死活不肯，说印度的道路太危险。我对此不以为然，我好歹也算是一名资深自行车骑友，过去每日上下班骑车往返于上海的闵行和杨浦，在上下班高峰的车流中骑行得游刃有余，最不怵的就是车多人杂，有什么能难倒我？因此我偏不信这个邪，觉得她小题大做。

后来我实地骑了一下，发现在印度城市骑行倒也不是说绝对不行，但确实有很多安全隐患：一、车多。特别是摩托车、三轮突突车多，偶尔还会有牛车、马车。他们似乎没有交通法规的概念，也完全没有礼让意识，一个个特别爱抢行，逆行也是家常便饭，想怎么开就怎么开。二、不分车道。很多地方连人行道都没有，人、摩托车、汽车全都挤在一起，不存在机动车道、非机动车道的概念。三、路况差。隔不远来个坑，一会儿一条减速带，避坑的时候指不定后面就会撞上来一辆摩托车，下完雨之后更是可怕。鉴于印度人的灵活性极高，我同他们显然还有差距。

大家可能会觉得，印度的交通状况这么差，事故应该很多吧？

印度的交通"事故"当然很多，但由于在印度，车辆根本开不快，连个正儿八经的高速公路都没有，所以恶性交通事故总的来说不多；然而，人和车又实在太多，加上横冲直撞没有交通法规，剐蹭碰撞是家常便饭。只是按照印度人的定义，这些小事故压根就不算事故，小剐蹭也没有必要去处理，都属于车辆的正常损耗。你如果仔细观察印度大城市里的车辆，会发现车身上都是坑坑洼洼的。

在对待车的态度上，我其实还挺欣赏印度人的，单纯把车当成一个交通工具，漆面受损本来就既不影响行驶也不影响安全，为此搞得心里膈应岂不是跟自己过不去嘛。

我在印度还没拿到驾照，只能被迫坐我太太开的车。刚在这边安家的时候，由于有很多东西要购置，借朋友的车开了一段时间。仅仅一个月的工夫，她就撞过两次人，有一次把连人带助动车都撞倒了。即便这样，对方也就是站起来抱怨一两句，然后拍拍屁股走人。在印度，即便保险杠撞掉了，也就是捡起来往后备箱一塞，回家用胶带粘上继续用。

有人大概觉得我说得太夸张，保险杠都撞掉了，怎么可能用胶带粘上继续用？这个问题我需要来跟大家讲一讲印度民族性格中非常重要的一个方面——"Jugaad"。

"Jugaad"

很多来过印度的朋友都会深深感慨印度的"奇特"，而这种印度式"奇特"有不少时候其实是"Jugaad"思维的体现。

第二章 定居印度是一种什么样的体验

"Jugaad"是一个印地语单词，很难用词义来解释，你可以看作一种解决问题的方法——在条件和资源不足的情况下，用一些非常粗糙简陋的方法来解决问题；也可能是对一些废弃物的回收再利用。"Jugaad"可以算是"完美主义"的反义词——能用就行！因此在这种"Jugaad"思维的指导下，印度就出现了很多不伦不类、让人啼笑皆非的"缝合怪"[①]。"Jugaad"的案例大多数很难用文字来形容，我建议大家可以自行上网搜索一下"Jugaad"，看了图片你就懂了。

之前在中国国内放映过一部印度电影，叫作《厕所英雄》(*Toilet : A Love Story*)。片中的男主角是卖自行车的，把自行车送到客户家里，人家说我们订的是不带横梁的女式车，你怎么给送了一辆男式车。男主说这好办，把横梁锯了就是行，操起锯子就准备把横梁锯断……

当时跟我一起看这个电影的朋友看到这个桥段完全没有反应，而我一边看一边乐坏了——无比传神的印度人的日常生活写照啊！按照我对印度人的了解，他们绝对做得出这种事。按照我们的正常思维方式，肯定要重新再送一辆真正的女式车；把横梁锯断直接改成女式车，则是非常典型的印度人解决问题的"Jugaad"思维方式。

另一部很有名的印度电影《印度合伙人》(*Pad Man*)讲的

---

① 大意是指对各种亚文化及其相关事物一知半解，却喜欢跟风模仿，并且不分场合地胡乱使用。

是一个男人自己制造卫生巾的故事，扮演男主角的演员跟《厕所英雄》的男主演是同一个人。这部片中的男主角在生活中的真实原型，就在我现在住的哥印拜陀。他1998年跟妻子结婚后，发现妻子舍不得买昂贵的卫生巾，当时印度妇女经期用的都是破布和报纸，他深受困扰，因此就去研究怎样制作卫生巾。经过无数次试验之后，他发明了手工卫生巾制造机，价格只需要进口机器的1/500——进口流水线价格为3500万卢比，他设计的土法机器只要6.5万卢比。这也是个很典型的"Jugaad"案例。

我头一回在印度见识"Jugaad"，是2013年在德里的一个小店里买电话卡。当时我还不知道"Jugaad"这个概念，如今回想起来唏嘘不已。那时候印度人用的还都是老式按键功能机，碰巧有一个印度人在小店里买手机，这个小店附送"贴膜"服务。只见那个小哥拿出一张不知道什么材质的透明膜，自带黏性，往手机正面一贴——然而那个膜是没有挖孔的，又见小哥拿出一把刀片，直接就往手机上划，把屏幕、键盘这些地方抠了出来……我可以非常确定那个刀划下去的时候会在机身和屏幕上留下划痕，可无论是店家还是买家，看起来都毫不介意。照我说，与其这样，还不如不贴膜，但那时候的印度人大概觉得贴膜是一种时髦。

强迫症和完美主义者多半会被这种"Jugaad"这种行为逼疯，我碰到过好多中国人在跟印度人合作一些项目的时候，都被他们弄到抓狂。印度人对细节的不在乎，着实令我大跌眼镜。

第二章 定居印度是一种什么样的体验

我的消费理念是买自己负担得起的最好的，与其总要花精力修修补补，还不如一步到位一劳永逸。有些东西多花三分之一的钱，往往能够延长一倍的使用寿命，且有着更好的使用体验。在我持之以恒的说理之下，现在我太太总算开始慢慢意识到，很多时候"Jugaad"既浪费钱又浪费时间，还得不到好的体验。

有些人把"Jugaad"视为印度人的"创新精神"，并概括出"节省、灵活、包容"等优点，但我并不这么认为。"Jugaad"的核心是通过东拼西凑、粗制滥造的低成本改装来临时性地解决一些问题，在大多数情况下，在这个过程中并没有发明新的东西出来，更多的是模仿出一个低配版来。印度人确实在实践"Jugaad"的时候产生了许多千奇百怪、脑洞大开的点子，然而无法否认的是，"Jugaad"归根结底是物资匮乏条件下因陋就简、妥协的产物，其根源是普遍性的贫穷。他们一方面能够从互联网上看到许多新事物，另一方面又无法在现实生活中获取，于是就地取材另辟蹊径。在很多时候，"Jugaad"虽然省了小钱，但由于其破坏性的做法，造成了更大的损失。"Jugaad"是印度民族性格的一种体现，印度人对"Jugaad"的不断实践又反过来加强了这一性格。以至于即便是一些有钱的印度人，做起事来也很"Jugaad"——因为"Jugaad"已经演变成一种对"凑合""将就"的接受能力。印度人在对"Juggad"经年累月的耳濡目染中渐渐形成了思维定式，在很大程度上影响了印度的民族性格。

147

在印度看印度

如果你跟印度人打过交道，你就会发现，他们对"标准""质量"这些东西总是满不在乎。印度人就觉得误差这种东西是必然存在的，在他们的词典里没有"一丝不苟"和"精益求精"这两个词。各种事情都是得过且过，能用就行，60分能通过的，就绝不追求100分。这种"标准化"观念的缺乏，造成了"印度制造"的质量实在有些一言难尽，我不得不说这是印度发展工业的一个巨大障碍。印度的民族性格差不多相当于"严谨、认真"的反义词，这种民族性格恐怕是很难在一两代人的时间里改变的。

可印度不也创造了辉煌灿烂的文明历史吗？不也留下许多精美绝伦的文化遗产吗？

这点我无法否认，印度有许多令人叹为观止的奇迹，这只能说明印度的民族性格古今有异。让印度人按照传统的方式，慢悠悠地做一些东西，比如雕石头、织羊绒围巾，他们仍然可以做得无比精美。但同时我也观察到，印度好看的几乎都是老东西，新的东西就不敢恭维了，尤其细节往往粗糙得吓人。这是因为许多印度传统的标准已经丢失，而现代印度人也并没有特别刻意要去继承这些传统。

我觉得"Jugaad"或许还跟印度教的世界观有关。印度教相信轮回，轮回是无始无终的，每个人都只是这一世的过客。对他们来讲，人生就好像住酒店，谁会去装修酒店的客房呢？凑合着住就行了，反正早晚都得搬。你要跟一个印度人说，这事不能"将就"，我们要"力求完美"，估计印度人会像看怪胎一样看你——咱们都是这个世界的过客，有啥是不能将就的？此外，日子过得好也罢不好也罢，印度人都很淡定。我们对面的邻居家，有一栋三层楼带露台的小别墅，有一次我跟男主人寒暄，说你家的这栋房子真"nice"啊！他回答说："哦，谢谢，这是神的礼物。"

这就是很典型的印度人的生活态度，日子过得好，他不觉得是因为自己的努力，反而归功于"神"。可以推想，生活在底层的人民，也不会把贫困的处境归咎于自己的懒惰，一切自有"神的安排"。他们甚至觉得，小婴儿如果笑，是因为神在让他们笑；小婴儿如果哭了，那也是神在让他们哭。从好的方面来讲，你可以说他们懂得感恩，但从反面来看，他们碰到困难也很扯皮。有时候 我跟印度人表达对某些事的担忧，他们就会说："有什么好担心的？你只要耐心等着神的旨意就行了！"这也决定了印度人除修寺庙之外，做事情很少会认真负责——寺庙修得不好，神是会怪罪的，马虎不得；其他事情做没做好，那是神的旨意，做不好就说明不该做。再说，就算不理想，我们不是还有"Jugaad"嘛！

生活在这样一个国家，自然也磨出了好脾气。

而生活本身，不就是一场修行吗？

第三章

我在印度这一年

关于印度的很多问题，我是在 2020 年爆发新冠肺炎疫情之后才看清楚的，这也让我放弃了过去对印度的许多幻想。我想起以前玩户外时的一条金科玉律："长虐线"[①]是人品的试金石。想要知道一个人究竟是不是靠谱，就跟他一起走一次"长虐线"，因为在条件最艰苦的情况下，人会把自己最丑陋的一面暴露出来。平日里顺风顺水，很多矛盾可能像雷一样埋在那儿，碰到逆境才会炸。

患难见真情，患难也能见真面目。

在危机中化险为夷

2020 年，无疑是整个世界历史的一个转折点，也是很多人一生的转折点，对另一些不幸的人来说，则是终点。

我想经历了这一年的大概会有三种人，第一种人得以将自己的生活继续维系在原有的轨道上，但降低了各种期望；第二种人原有的生活脱了轨，不得不面对各种各样焦头烂额的破

[①] 网络用语，形容户外活动中那些既长又有挑战性的线路。

事，不得不暂时停止了前行；还有一种人在这场危机中机缘巧合地化险为夷，意外地跨越到另一条生活轨道上。

幸运的是，我是第三种人。

2019年的12月31日，由于原来的签证每次只能待不超过90天，而申请的新签证还没有下来，于是我在元旦期间飞回上海一趟。从哥印拜陀回上海的联程航班需要在斯里兰卡科伦坡转机，跨年的那晚我独自一人在科伦坡机场附近的转机酒店里迎来了2020年。

我在上海可支配的短短五天里，忙着跟各路朋友碰头，没有一天是闲着的。1月7日晚上，我拖着40公斤行李又从上海飞回印度，完全没想到在印度一待就是一年，是我有生以来出境时间最长的一次。我回印度的时候一切还风平浪静，尚未听到任何关于疫情的消息，这种平静在两周后的农历新年前夕被彻底打破。

疫情刚刚传出的那段时间，最为人心惶惶，很多人都以为这是当年致死率极高的"非典"卷土重来。我在过年时早就安排好了要接待一拨来印度的朋友，这些朋友大致有两种看法，有的人觉得这时候刚好来印度避风头，有的人则担心坐飞机有暴露的风险……但最后所有人还是都按计划过来了，并且刚好赶在印度海关禁止中国人入境前（2020年2月2日起，中国护照上原有的印度签证被作废，一旦离境就无法再使用）。

整个二月份，印度都没有新增病例，印度那时候防得很严，取消了大量的中国直航航班。几个朋友索性延长了行程，把印度当作"避难所"。但到了二月底、三月初，大家都觉得这样"避难"下去也不是个办法，陆陆续续回了国，他们算是赶上了回国的末班车。那时候回国还算容易，只需要在家隔离14天。

三月份开始，全球形势急转直下。起初许多人都以为这场疫情只是局部的、暂时的，会像"非典"一样在夏天来临之际结束。即便全球疫情爆发之后，包括我在内的不少人也都依然乐观地以为应该不会持续太久——毕竟几乎没有人亲身经历过这种蔓延全球的疫病大流行。我朋友还在跟我计划着九月的旅行，我说，谁知道九月能不能好？他说，九月肯定好了，要到九月再不好那还了得！这世界都要完结了……

如今看来，这个精密运作的世界实在要比我们想象的更脆弱。世界不同地区之间的交流前所未有的密切，也为病毒传播提供了前所未有的便利，无人能够置身事外。

与此同时，我正在等印度移民局给我新签证，因为我的签证到2020年3月30日就会过期，移民局承诺三月底前会把新签证发给我，然而我没等来签证，却等来了封城。

封城之后，我最大的压力来自于经济。

四月份的时候，我太太怀孕了。这个倒是在计划中的，我们从2019年年底就开始计划了。

而那个时候我银行卡上的余额是181元人民币，支付宝里还有500多元人民币，手上的印度卢比现金也不多。

自从大家都用手机拍照之后，我就很少再教摄影和后期课程了，只带过几次一对一的街拍课。我的收入来源基本上是建立在环球旅行畅通这一基础上的，环球旅行戛然而止，也就等于断了我的生计。当时我想到的出路是变卖资产，包括实物资产和照片。

然而我盘点了一下能卖的实物资产，可能只有三件：第一件是我带到印度的大疆无人机，反正在不能旅行的情况下我完全用不上；而且印度这边无人机有价无市、奇贵无比，挂到印度二手网上之后，来询问的人趋之若鹜，最后这台飞了两百多次的二手无人机，卖出了比国内全新品还要高的价格；第二件是我存放在国内的绘图显示器，一万多块钱买的，看看二手价才三千多块钱，想想就算了；第三件是我这些年收藏的数百本摄影画册，我离开上海时存放在学生的别墅里，我当时想，要是日子过不下去了，那也只能忍痛割爱。

关于卖照片，一般的朋友可能不大了解，主要是卖给图库网站。我有个朋友在图库公司工作，很久之前她就一直撺掇我卖照片。然而我从来不是一个商业摄影师，尽管照片拍了很多，具有图库商业价值的却很少。而且我并不急于展示自己的照片，我觉得拍照片这件事，更像是一门长线投资，照片会随着时间而增值。很多照片我并不是为现在而拍的，而是为十年甚至二十年之后拍的，现在拍了只是当作资料存在那里，因此对卖照片这件事情我始终提不起劲来。碰上这种情形，颇有种逼上梁山的感觉。

想不到的是，还没等我开始卖照片，我在微信公众号写的

第三章 我在印度这一年

日记倒是先火了。

从 15 岁到 30 岁之间，我曾是一个文字表达欲望特别旺盛的人，写了几百万字乱七八糟的东西。从 2011 年开始，突然觉得写文章这件事未免有些张扬外露、言多必失，便不再多写了。2006 年到 2018 年期间，我极为专注于摄影，尝试用摄影语言表达。直到后来出现了革命性的双摄手机，全民"摄影大师"的时代开启，让我深感摄影这件事变得越来越庸俗化，因此对摄影的热情消却。当我与我太太结婚后，回首这些年的漂泊跌宕，写作欲望重新燃起，于是在 2019 年年初，我又开始写作。

人总得通过某种方式来自我表达和宣泄，我在生活中不怎么喜欢说话，所以要么用文字，要么用照片代替言语表达。

我之所以会写印度，第一个原因是如今坐困愁城比较有时间，按照我原本的生活状态，连坐定下来的时间都很少。哪天全球旅行全面恢复的话，我的微信公众号估计又会变回佛系更新的死样子。第二个原因是我发现很多自媒体在写印度的时候，都是出于想象。

鉴于关于印度的文章胡编乱造的实在太多，我想那索性我自己来写吧。我那时候完全没想要蹭热点。

在印度疫情严重的时候，许多国内的朋友都劝我回国避一避。那段时间一方面回不来，因为从三月份开始，中国海关禁止外国人入境，我不可能把我太太一个人丢在南印度，并且当时除了政府包机也没有别的航班；二来我自己也不想回来，说白了还是经济原因，如果回到上海要继续保持我在印度这样的生活条件，得花三四倍的钱。

我也是花了不少时间才接受我太太将要在印度生孩子这一现实的。按照我原来的计划，等她怀孕五六个月的时候带她回国，在上海我爸妈家旁边租个房子，把孩子生在中国，如果我需要出差的话，我妈可以帮着照顾一下。然而随着疫情的形势越来越严峻，我太太的肚子越来越大，这个计划变得越来越不现实……关键是这个计划需要资金做后盾，在我完全断了收入的情况下，就算能回国也没钱回印度，光是回国的机票钱就够我们在这里生活一年的。因为天价机票等经济因素被困在国外的中国人，据我所知还不少呢。

在很多中国人眼里，印度的疫情非常严重，印度的实际情况跟大家想象的并不一样。会不会得病，得了病会不会死，在印度这种气候炎热的地方，对于占人口大多数的青壮年来讲，得病的概率要比老年人小一些；但是失业、经济收入中断则是极为现实的问题，这些带给人的压力要远远大于感染病毒的可能性——归根结底，所有的应对策略都是风险和收益之间的平衡，只有衣食无着的人，才愿意铤而走险；把自己的命看得特别重的人，哪个不是温饱无虞的？从理性角度来讲，我之所以愿意在印度承担暴露在疫情下的风险，是因为就我的个人体质而言，这样做属于低风险、高收益，我算了一下，可以省下十几万元的开销。

有人可能会反驳说："生命是无价的，你不能为了省钱，拿自己的生命冒险啊!"我觉得吧,这是"何不食肉糜",君不见为了几百块钱就难得团团转的人,没有到过这种窘迫的地步,你怎么可能理解他们?其实我们每天出门上班不也得冒着路上遇到车祸的危险吗?人在经济压力之下,不得不做出权衡与妥协。

……

最难熬的是四月、五月和六月。

哥印拜陀算是印度最舒适的城市之一,大多数季节都很宜居,不像印度其他地方那么炎热。从三月中开始,38℃,甚至超过40℃的天气就成了常态,一直要等到雨季开始才会缓解。

那段时间正好印度封城,我们住的地方没有装空调,一来没钱装空调,二来也没地方买空调,只能以血肉之躯硬扛高温。以前在国内,房间温度到了29℃就觉得一定要开空调了;而在四月和五月的印度,房间温度要是能降到29℃,我就觉得通体清凉。清晨的温度偶尔能低至28℃,那简直能让人的幸福感"爆棚"。然而从9点开始,温度计上的数字就会一路狂飙,又得开始战高温。我每天要洗三四次澡,晚上睡觉的时候,房间的地板、墙壁都是热的,只能用冰箱制冰块来降温;好多次想要睡到屋顶上去,又怕被蚊子咬死……而且印度还没有凉席,我也不知道自己是怎么熬过来的,反正就这样过来了。经历了这两个月之后,我十分感叹人体的强大适应力:我们只是被现代科技宠坏了。

后来我太太一直说我是幸运儿,2020这一年待在印度简直是中了大奖（Jackpot）。

三月底开始封城之后，我在家闲着没什么事，每天整理照片、玩玩电脑游戏、看看美剧电影，以及继续我的写作，整个四月我写了两篇文章，一篇8000多字，一篇17000多字。四月底，《定居印度是一种什么样的体验》一文发在微信公众号上之后，得到的反响完全出乎我的意料，是我微信公众号目前为止唯一一篇10万多阅读量的文章。我原本以为这么长的文章根本没几个人会认真读完，没想到因为这一篇文章涨了好几千粉丝。

这种反响还是令我挺受鼓舞的，关键是它让我意识到，在这个快餐化阅读的时代，还是有人看长文的。在获取信息方面我是个比较传统的人，不看短视频也不听音频，始终觉得阅读才是获取资讯最为系统、高效的方式。我很高兴在这个浮躁的时代，依然有人能够静下心读我写的长文。正是出于这个原因，我把写作长文作为自己的一个特色保留了下来。

得到关注后，一直有人教我各种各样的营销之道，如何吸引更多的读者。我知道他们也是一番好心，希望有更多人看到我写的东西，然而我对自己的定位很清楚——人的精力是有限的，一个人一次能做好一件事就很不容易了，专注于营销势必会让我无法专注于写作本身，所以我还是专注于我擅长的事情好了。对我来说，哪些人在读我写的东西，比有多少人读我写的东西更重要。我通过微信公众号这个平台，认识了许多真正的大咖，许多大学里的老师、学者都主动联系了我，甚至有一些我仰慕已久的知名人士也联系了我,令我颇有些受宠若惊。

在这种受到认可的鼓励下,五月份我基本上进入了"全职"写作状态,一个月发了六篇。那时候我有四五千订阅读者,一篇能有十个左右的人赞赏。我并没有觉得我能靠写文章挣钱,主要还是为了把我所知道的真实的、第一手的关于印度的信息分享出来,反正疫情期间闲着也是闲着,写东西总比玩游戏强,有钱没钱都不耽误。

四五月份,由于封城,我们的日常花费都被压缩到最低限度。那段时间最大的心理压力在于不知道这种情况会持续多久,不知道什么时候才是个头。

我太太很喜欢吃羊肉,但在这边,羊肉明显比别的肉贵得多,要 30 多块钱一斤。由于从小生活在物质匮乏的地方,我太太是很节约的那种人,嘴馋但又舍不得买。虽然我也觉得贵,我还是会跑去买半斤到一斤的羊肉,让她一个人吃,过个羊肉瘾。可我太太就算吃上了羊肉,也是吃得很纠结,好几次她跟我说:"我觉得我一个月只要吃一次羊肉就可以了。"我听了只能默默心酸。

生活固然窘迫,但我从未放弃过乐观的态度。我一直都跟我太太讲:"我们真的很幸运,疫情爆发的时候身在印度,每个月只需要很少的钱就能生活。你想想假如没有搬来印度的话,我没有了收入来源,连上海的房租都付不出怎么办?我们在印度这边的项目,地是自己的,没有租金和人工压力,就算暂停一两年也不会赔钱进去。你想想那些印度的农民工,没了工作和收入只能走路回家，我们至少在这边还有吃有喝、有地方住……"

是的，我们的处境完全可能更糟。

我们的公寓底楼有一个邻居，原本是做婚礼摄影师的，疫情之下，完全断了生计。他前些天去银行贷款，由于之前还有30万卢比（约26500元人民币）的贷款没还，贷不出钱，只好把这里租的房子退掉。他们的那个房子跟我的这个房子是完全一样的面积，却一共住了7个人——一对老夫妻、一对中年夫妻、一个未出嫁的小姨子、两个小孩子。家里也没什么家具，那么多人就睡在地上。搬走之后也不知道他们会到什么地方去挤一挤。

我的另一个邻居，薪水被降到了原来的40%，并且公司已经发通知说，到2021年年底前都别指望能恢复到原来的水平，一副你爱干不干的样子。但在这样的形势下，谁敢任性辞职呢？只有我隔壁在银行工作的夫妻没受影响。

给我们楼里做清洁的阿姨先后来向我们借过两次钱，第一次2500卢比，还了之后第二次又借了3000卢比。虽然我们手头也不宽裕，但我还是很爽快就借给她了。我太太总是担心她不还钱，我说借钱出去的时候，就做好了人家不还钱的心理准备，要不然就不会借。人家得多困难才会开口来跟我们借钱，而且就算她不还，也不过是两三百元人民币的事情，就当帮人家渡过难关好了。

见过身边太多的窘迫，让我深深地明白，受这次疫情影响的人何止亿万，在这亿万人当中，我算是非常幸运的一个。身边都是远比我更为不幸的人，我哪有资格抱怨，满心只是感恩。就拿我的印度铁哥们儿来说，他们一家也被困在这里，他没法回中国上课，就没有收入。除了一家三口的开销，他每个月还有房贷和车贷要还，由于他的银行账户属于海外印度公民账户，享受不了印度封城期间免还贷款的政策……有一阵子他寝食难安，连儿子下个学期的学费都拿不出来，考虑让儿子退学去免费的公立学校上课。他当时做的最坏打算是如果还不上贷款，房子被银行收走，妻离子散，他就去我们工地上的棚屋住。后来他总算想办法把新贷款办了出来，这才解了燃眉之急。

除了变卖资产之外，我当时做的最坏打算就是想办法再借3万块钱，省吃俭用的话能够活一年，一年后怎么办，我就不知道了。

有一件事我必须要提，在我最窘迫的时候，有一位来自广西的读者大哥给了我莫大的精神支持。五月份我微信公众号的阅读量还只有几百，这位素昧平生的大哥非常神秘，既不留言，也不追更，感觉他在慢条斯理地读我的旧文，然而读完后每篇文章都会赞赏20元钱，就好像做了"已读"标记一样。他有一个举动让我格外感动，当时我有一篇文章写的都是历史，不太吸引人，发了之后一个赞赏的人都没有，他读完之后，作为第一个赞赏人，特地给了50元钱。这种来自陌生人的雪中送炭式的体贴，让我真心觉得无以为报，这无关钱多钱少，而是在传达一个信息——请继续写下去。

到了五月底，我们封城前所余的印度卢比现金快花完了，三个多月花了 7000 多元钱，其中 3000 元钱是房租，其他除了饭钱，就是我太太的产检。我从支付宝借呗里面借了 9000 多元钱出来，换了 10 万卢比，寅吃卯粮，实属无可奈何。六月份我一共写了六篇文章，三个月前后总共写了 14 篇文章，一共入账 3000 元左右的赞赏，订阅人数增加了很多。

虽然仍旧入不敷出，但前景至少比一开始要光明得多，让我觉得似乎有希望通过写文章把生活费挣出来。为了提高码字效率，我花了一笔"巨款"——3500 元——买了一台外接显示器，这是我 2020 年买过的最贵的东西——让我终于不用每天缩在笔记本的小屏幕上工作了，对我的视力和效率都是极大的解放。

真正的转折点是在七月初，我写了那篇 27000 多字的《印度要想赶上中国，究竟差了什么？》，受到广泛关注，之前《定居印度是一种什么样的体验》也再次被大量转发，读者也增加了很多。这些读者的质量都很高，经常会在评论里和我进行良性互动，我也从他们那里学到许多东西。

于是这更加坚定了我保持自己写作长文的决心，如今想来，倒有一种"士为知己者写"的情怀因素在里面。

你要说我写文章完全没有功利心，那是不可能的，因为我眼下毕竟要吃饭。我在印度每个月的生活费不超过 3000 元人民币，所以当我发现有希望靠写作把生活费挣出来时，给自己定的目标就是 3000 元，只要达到这个目标，起码温饱问题能解

第三章 我在印度这一年

决。对我来讲,微信公众号依然是我自言自语的一个地方,现在只是碰巧有人喜欢看我的自言自语,碰巧这种自言自语可以变现,碰巧我这阵子刚好有时间自言自语,那就多写一些自言自语好了。我常常想,这种流量变现的模式也就是这几年才有的,假如早几年没有这些平台的话,处于如今这种情况下的我又该何去何从呢?所以在我看来,通过微信公众号写文章的收入更像是一笔意外之财。

有几位读者赞赏起来非常大方,累计赞赏数百甚至上千元,对此我心里非常过意不去。我的文章就算写得再好,也不值这么多的钱,买一本几十万字的书,不过几十块钱,敢问我何德何能?

我太太是个财迷,她最关心有多少赞赏,总是跑来问:"赚多少钱了?"多的时候她觉得不可思议,少的时候又要问我为什么这么少。有时候我跟她说,这篇文章我在发之前就知道不会有很多钱。她问,那你为什么还要写?我告诉她,假如我写蹭热点的文章,就会有很多钱,而我写文化类的文章,看的人就少,但这是我自己想写的东西,跟钱没关系。

为什么我不爱蹭热点?因为我希望自己写的东西是具有生命力的,就算过十年再读,依然能够历久弥新。文字难道本来不就该是这样的吗?

比起强迫自己做不喜欢的事,更糟糕的是强迫自己做自己喜欢的事。我一直都把爱好跟谋生分得很开,摄影是我的爱好,所以我以前的谋生手段是教摄影;写作是我自15岁起的一个爱好，假如变成了谋生手段，我怕自己会失去这个爱好，而这个损失是金钱收益所无法弥补的。能够通过自己的爱好谋生是很多人的梦想，可如何才能确保生计不会毁掉这个爱好呢？这中间的平衡，归根结底是功利心的平衡。

我不得不承认，我内心深处有一种"臭知识分子"的清高，会让我在潜意识里把创作和经济划清界限，不想让人觉得自己汲汲于功名；可换个角度来考虑，这种清高难道不是因为在乎别人对自己的评价吗？功利心未必一定是钻钱眼里，在乎别人对自己的评价也是一种功利心。所以一个人只要活着，如果想完完全全做到没有"功利心"，近乎于佛法中的"去我执"，需要非常长的时间来修行，要分别达到"从心所欲"和"无欲则刚"的境界。

所以有一件事可以确定，等这场大混乱结束之后，我一定不会把写作作为我的谋生方式，因为这从来不是我的初心。

在有限的功利心的驱动下，我每天努力码字，从七月份开始，终于在日常开销方面暂时走出了经济困境。作为印度疫情封城期间娶了拉达克太太并生活在印度的中国人，我本人也受到了一定的关注，做了专访，上了电视，甚至有两位图书编辑来找我出书……这一切都是我之前完全没有想到的。我一直都感慨自己的运气，假如上述任何一个条件没有具足的话，我多半依旧坐困愁城。就这样，我在这场危机中时来运转地驶上另一条轨道，如果没有这些机缘巧合，大家应该就读不到现在的这本书了。

此后的生活就轻松多了。手头宽裕一些之后,我每个星期都给我太太买一次羊肉。另外又花了一笔"巨款",买了2020年消费的第二贵的东西——床。之前我们都是睡在地上的床垫上,但我太太的肚子一天天大起来,需要一张床让她方便一些。

留在印度这边的中国人,总的来说不多。印度封城的时候,使领馆的相关数据是3100人,先后撤了几批,零零散散转机走了一些,后来富士康回来了一批,到了2020年底,还有一两千人。

薛定谔的印度

我和我太太是2019年年初在上海注册登记结婚的,之前申请签证的时候还不够资格拿印度的OCI。OCI的全称是"Overseas Citizenship of India",即海外印度公民。由于印度宪法禁止双重国籍,然而印度又有非常多的人移民海外,因此在2005年搞出了这个不伦不类的OCI——名义上是"海外公民"身份,事实上更像是一个永居卡,类似于绿卡的性质。这里再说一遍,绿卡跟入籍是两码事,绿卡就是一个长期签证。

印度OCI的权利是可以不用签证往返印度,不用进行外国人登记,可以开银行账户,可以跟印度人一样上学、工作等;但是没有任何政治权利,也不能购买田地,需要许可证才能去那些限制外国人前往的区域。所以它跟国籍差很远,主要是为了照顾那些已经移民欧美的印度人。

由是之故，我每次到印度还得申请签证。理论上讲，在这本书出版的时候，我已经有资格拿OCI，但最终印度政府会不会签发还是个未知数。

印度这个国家有些奇怪，没有家属签证，像我这种情况适用的签证叫作"Entry VISA"。然而南亚其他国家的难民，适用的也是这个"Entry VISA"。总之，只要你能够主张足够的居留在印度的理由，你就可以申请"Enrty VISA"，这就导致这个签证的审查非常严格。

2019年10月我来印度之前，去上海印度领事馆问了一下，工作人员说这个签证需要等两个月。但我当时的时间不够，赶着回印度，于是继续使用原来的一年多次旅游签证，一到印度马上就去申请签证转换。

由于印度移民局的办事效率极低，过了半年都没弄好。2020年2月底，我去金奈移民局进行"面试"，3月的时候，移民局说保证会给我新签证，紧接着印度爆发疫情封了国，整个印度停摆，签证被搁置。我当时就预计到，签证的事可能要悬。果然到了7月的时候，移民局毫无预兆地在他们的申请网站后台把我原来签证转换的申请删除了（也没说拒签），直接给了一份"Exit Permit"（离境许可），要求我在国际航班开通后的一个月内离境（虽然2020年年内都不一定会开通）。

等了十个月，突然来了这么一个操作，可谓始料不及。我太太立马打电话给移民局，质问他们为什么这样做。

在我们家里，我是一个特别佛系的人，而我太太则是与天斗、与地斗、与人斗，其乐无穷，平时一直都是我唱红脸、她唱黑脸这样搭档。凡是需要跟人争吵辩论、讨价还价的事情，她都会主动请缨，而且她一直认为自己比我更懂得如何跟印度人打交道。

经过我太太电话和邮件的狂轰滥炸，移民局说是因为材料里的某件公证书少了领事认证。

关于认证公证这档子事，大多数朋友在日常生活中不太容易接触到，我先解释一下。在咱们国内，有时候需要证明某个文件的真实性和合法性，首先得去做"公证"。公证之后，这个文件才具有法律效力。

但是如果这个文件要在国外用的话，怎么办呢？那就得先翻译成使用国认可的语言，然后做公证。

可外国人怎么知道这个公证书是不是真的呢？这个文件要在使用国生效，就得先拿到该国使领馆做的"领事认证"。

可领事怎么知道这个公证书是不是真的呢？在领事认证之前，要先把公证书让外交部做一下涉外认证，然后各国领事才会帮你认证这份文件，使其具有在该国使用的效力。

所以一份中国的文件或证书要在国外使用，必须遵循以下步骤：

1. 在文件签发地的公证处进行涉外翻译公证，要跟他们说明这是涉外文件，这样就会给你一份用于涉外认证的密封副本；

2. 公证完成之后将密封副本送去做涉外认证，在上海是送到出入境管理局办理；

3. 拿回贴有外交部贴纸认证完毕的文件，最后送使领馆做领事认证。

这个"公证＋双认证"的流程，在世界各国都差不多，虽然繁琐但还算是比较合理的。我那时候在上海把前两步做完了，拿着外交部认证过的文件去问印度领事馆，领事馆的人说"这样就可以用了"——然而正是这句话让我产生了误解，领事馆人员的意思是"这样就可以在上海的印度领事馆用了"，但并不是说"这样就可以在印度用了"。我理解成后一个意思，所以当时就没有做领事认证。

在印度，领事认证有时候需要，有时候又不需要。我一开始交材料的时候其实审核已经通过了，还信誓旦旦地保证会给我签证。过了十个月才突然跟我说材料有问题。

于是在7月的时候我又赶紧把公证书快递回上海做领事认证。因为当时大多数快递都停摆了，于是我用DHL把文件寄了回去，花了两百多元人民币。平时用DHL寄包裹也只要两百多元人民币，而文件通常都是包裹的半价[①]。

快递的时效性很好，中间在曼谷中转了一下，只用了四天就到了上海。领事认证也很顺利，送进领馆当天就认证好了。我心想，反正都要从上海再把文件寄回来，一样是寄，不如几样东西一起寄。后来证明这种想法纯属"想当然"。

我在这边确实有些需要的东西：第一是一副眼镜，原来那

[①] 德里平时有申通快递可以用，起步价30块人民币，在南印度没这个福利。

副眼镜在二月份下海游泳的时候被海浪卷走了，后来一直戴的是备用眼镜。为什么眼镜都要从中国买呢？因为我家这边配不到变色的近视镜片，而印度的太阳又有点大。在市中心的商店或许能找到，估计价格是国内的三四倍，而且还得花时间。第二是我四月份的时候把原来的手机屏幕摔碎了，后来一直用备用手机。在印度显然很难找到华为的屏幕配件，必须从中国买。

这两个都是易碎品，我让我妈找点衣服包一下做缓冲，因此包裹里面只有四样东西：一份文件、一副近视眼镜、一块手机屏幕及一些衣服，总重 0.47 公斤，还不到 500 克，正好是承运的起步价。

鉴于在非常时期，我最早先尝试走中国邮政渠道，邮政倒是收下了，普通快递的邮费是 163 元。结果在海关安检的环节被退了回来，说是包裹有磁性。然而一共就这么几件东西，可以确定不含磁铁，除非金属都算有磁性，说不定人家就是不想承运。那好吧，大不了联系其他快递，既然 DHL 能够寄过来，那总能寄回去吧？

然而情况并没有这么简单，国内 DHL 说只接受印度注册客户的预约包裹，我们在 DHL 上注册并填好信息之后，最后却下不了单，大意就是无法承运从中国寄到印度的包裹；接着我找了 FedEx 和 UPS，直接就说由于种种原因寄不了；最后找了顺丰国际，填好信息之后下单时却说"交通管制"寄不了。

就在我打算放弃的时候，突然灵机一动：没办法直接从中国寄到印度，那我从第三国中转一下不就行了？

盘算了一下，刚好有朋友在曼谷，从那边中转的话，从路径上来看显然是最合理的。跟朋友都说好之后，安排了顺丰国际取件，从上海到曼谷预估费用93元，实收217元，看来非常时期国际快递价格都翻了倍。不过顺丰国际时效性不错，三天就到了。

倒是从曼谷寄出来费了一番周折，找了当地的DHL，没想到DHL对于内容物有着近乎偏执的分类填写要求，光是眼镜下面就有十几种分类。当然也少不了要声明价值，我朋友声明的总价值为900铢，合197元人民币。但让我没想到的是，从曼谷寄到哥印拜陀，快递费居然要3168铢，合694元人民币，是上海寄到曼谷的费用的3倍还多。

两段的快递费加在一起九百多元钱，即便是如今这样的非常时期也令我大跌眼镜。但这还没完呢，快递到印度以后，印度海关打电话给我太太（收件人写的是她），问这里面究竟是什么东西。由于DHL的包裹内容分类里面并没有文件、证书一类（理论上文件都是单独寄的），当时就填写了一个类似于"纸制品"的分类，印度海关对此非常困惑。里面的每一样东西，海关都询问再三，并且还要详细写下来用邮件发给他们。

最后印度海关还是开出了2919卢比的税单，合人民币272元，是声明价值的150%。我的这些东西，从淘宝上买也就六百多元，就算印度海关火眼金睛明察秋毫，它也至少征了50%的税，也不知道按的是什么标准。

所以这个包裹从上海到南印度总共支出了1183元，赶上机票打折的时候，都够单程飞一趟了。在我经济拮据的七月份，这笔钱出得还是非常心疼的。

不管怎么样，现在我的申请文件已经无可挑剔，于是继续向移民局申诉。金奈移民局倒也确实在做事，收到我的申诉之后，派人上门来调查了三四次，了解了我的实际情况。按照他们的说法，之所以不发签证，完全是因为当下的疫情。可他们又反复调查我生活在这边的钱是从哪儿来的，我说我写微信公众号挣生活费，于是他们要了我的微信公众号文章链接。我说我跟这边的中国家庭换钱，于是又要了我所有的换汇记录，大概是想通过我挖出地下钱庄洗钱的线索。

这些事情着实有些风声鹤唳、草木皆兵。我拿不到签证，我只能希望真的是因为疫情。

讲这个关于签证和快递的故事，只是想从侧面给大家看看，在疫情等大背景下，"逆全球化"的操作会给普通人的生活带来什么样的影响。有不少跨国通婚的夫妻，或者在跨国公司工作的职员，目前都面临分居、失业等状况。有些中印家庭的夫妻一年没见，或者孩子生下来一直都没见过爸爸……什么事都有。相比之下，我已经足够幸运，至少衣食无忧、夫妻团聚。

从没想到会把孩子生在印度

这一年的生活起伏的运程，正与我太太的孕程暗合。最为艰难的四五月，印度本身在严密封城，现金日益捉襟见肘，对未来一筹莫展，每天还要硬扛近40℃的高温，彼时我太太也正被早孕反应折磨得瘦了好几公斤。随着她的早孕反应渐消、状态渐好、肚子渐大，气候也变得舒适宜人，我们的生活也随之渐渐有了转机。或许这个生逢2020年的小生命代表着某种预兆……

在更早的过去，我甚至没想过会有自己的孩子。

我早年对结婚生子十分恐惧，害怕自己的一生被"套牢"。尤其是生儿育女，这意味着你和世界上的另一个人产生了一种无法撤消、无法割断的联结。"不可逆"是这一关系中最令我不安的——就算与那个人分开，两个人的结合依然会以孩子这种形式存在于这个世界上，你将永远都不能完整地属于你自己。因此，两个人交往是一回事，共同创造一个新生命则完全是另一回事，这项"工程"中所存在的各种不确定因素、极其巨大的成本令我感到无比畏惧。

然而，人到了某个年龄段之后，大概自然而然就会改变许多想法，与各种各样的人与事达成和解。作为我，先是与父母和解——30岁之前的我无比叛逆，总恨不得自己是从石头缝里蹦出来的，最好没爹没妈、了无牵挂，等到后来想要对父母好一点了，却发现他们不知何时竟已老了；随后与我未来的孩子和解——我已经准备好接受你的到来，把下半生大把的时间和金钱交给你，养你伴你，跟你斗智斗勇。

我毕竟年长我太太八岁，在与她共结连理之时，便已经做好了生娃的准备；倒是我太太，花了颇长一段时间才接受了自己的新身份、新角色。当然我也不想结婚后马上就生娃，一来要享受一下二人世界，二来跨文化婚姻有许多需要克服的障碍、需要培养的默契，得要一起旅行生活一段时间来彼此磨合。直到我们在南印度安顿下来，生娃的事才被排上日程表。最着急的其实是我们两边的父母，我太太那个地方的人由于没有婚前性经验，缺乏安全意识，大多数在结婚后马上就会怀孕。她的几个表亲都是如此，她家人难免会想她没怀孕是不是因为我们有什么问题。

正式开始尝试造人之后，却由于我接二连三的旅行错过良机。二月底、三月初的时候，喜马拉雅文化专栏作者林泉和她的先生罗布来到南印度，住在我家里。林泉告诉我，2019年，她在北京的一个朋友那里住了一段时间，她走后，朋友的太太就怀孕了，于是罗布就说，会不会他们走后，我太太就怀孕了。

当然这只是巧合，他们毕竟没有那么神，否则岂不是可以悬壶济世、专治不孕不育，想生娃的家庭就请他们去住两天……我那时候才从北印度带队回家，当月并没有怀上，验出怀孕是4月7日那天，正是印度封城最严格的时期。

印度封城期间造人成功，令我喜忧参半。

喜的部分就不必说了，忧的部分主要是三点：一、听说许多人在疫情封城期间造人，岂不是正好赶上了疫情的婴儿潮，到时候会不会生孩子的人太多？二、疫情期间大家最不想去的地方就是医院，可怀孕之后少不了跟医院打交道，平添风险；三、不知道什么时候才能回国。

在印度看印度

那个时候，我的思维定式依然是打算回到国内生，于是让我父亲在上海打听，像我太太这样的产妇哪些医院能够接收，需要多少钱，最晚可以什么时候过去建档……了解下来得知，确实只有个别医院有接收像我太太这样产妇的资质，普通分娩的费用在两万元人民币左右。我当时觉得，还有四五个月的时间可以观望，如果九月之前疫情能够结束，依然有希望回国生；九月之后，我太太进入孕晚期，就不太适合长途飞行了。

不管在哪儿生，产检总要先做起来。我们第一次去产检是2020年4月29日，去了医院才知道查得晚了，按道理一得知怀孕马上就应该去医院检查，以避免宫外孕等情况。但那段时间正是印度疫情最为风声鹤唳的阶段，我们不太敢出门，我每个星期只出去买一次菜，而我太太已经有一个半月没出过门了。

然而，当我们硬着头皮出门，走上社区主街道的时候，才发现外头闲逛的人远比我预计的要多，明明店铺都没开，也不知道他们逛什么。我估计这些人可能是在家憋坏了，要出来透口气，因为不少印度家庭的居家环境非常局促，许多口人挤在一个小房子里，让他们居家隔离本身就是强人所难。那时候社区的主出入口已经被封死了，车辆进不来，但人可以从边上的小路走。

我们去的是我们镇上最好的一家私立医院。那段时间我们虽然没有收入，但我觉得怀孕生孩子是人命关天的事，这个钱绝对不能省，哪怕砸锅卖铁也要给我太太提供这里所能找到的最好的条件。以我太太抠门的性格，她自然是有些纠结的，她

第三章 我在印度这一年

总琢磨着去附近另一家便宜的医院，但被我一票否决。

我太太在镇上最好的私立医院待产

就我自己在印度的就医体验而言，印度的私立医院和私人诊所并不贵。某些印度博主说印度穷人去免费的公立医院等死，而私立医院只有土豪才看得起病，这是以讹传讹。在印度，免费的公立医院属于最低医疗保障，因为印度没有公共医保，公立医院解决了"有"的问题，但保证不了"好"，普通小病看个门诊还是很实惠的；而私立医院也分三六九等，大多数私立医院是面向普通老百姓的。印度虽然贫富差距大，但也不是遍地土豪，专做土豪生意的医院应该有，但绝对是极少数。

以我太太这次在我们住的这个镇上最好的私立医院生产为例，从第一次产检到生完孩子出院，总共花费了大约一万元人民币。其中3000元左右花在大大小小的产检和孕期服用的药物；住院生产的全部费用是82211卢比，按当时的汇率合人民币7284元，包括顺产转剖腹产、在医院最好的套房病房住了6天、新生儿黄疸治疗，以及第一针疫苗、各种药物、新冠病毒检测、医生的新冠病毒防护服等费用。

我们这个花费在印度并不具有典型性，属于相当高的标准，基本上用的一切都是在当地能够找到的最好的。这家医院的接生套餐价格有四个等级，单纯接生套餐是普通病房15000卢比，多人间22500卢比（我也不知道普通病房与多人间的区别），单人间35000卢比，套间45000卢比，剖腹产在这个基础上另加10000卢比。我们因为先经历了顺产生不下来，转为剖腹产，所以又多加了10000卢比，整个套餐是65000卢比。如今非常时期强制要求做新冠病毒检测（4000卢比），并且要求支付医生的防护服费用（2500卢比），我觉得这纯属医院赚钱的名目，从头到尾压根就没见医生穿过防护服，在纱丽外面套个袍子就来接生了。至于疫情防控，更是连样子都不装了，之前几个月去产检的时候，还在座椅上贴胶带让大家分开坐，门口也有人测体温；而我们12月份去生孩子的时候，这些措施全都解除了。

我没有在国内陪伴生产的经验，很难结合硬件、服务跟国内医院进行具体比较。硬件设施不如国内是肯定的，但总体而言，个人觉得也算物有所值。疫情之下，我肯定不能让我太太住多人病房，单间是最低标准。可我看了一下单人间的病房只有十几平方米，于是果断提前预订了套房，就连我那么抠门的太太后来都觉得这 10000 卢比的差价很值。套餐默认是 3 天就出院，这个 40 平方米左右的套房，含护理费只要 3000 卢比一天（264 元人民币左右），比住酒店还便宜，于是我果断让我太太住了 6 天才出院。我之前也有过一次在印度住院的经历，私立医院的单人病房只要 70 元人民币一天。说句玩笑话，以后在印度没钱住酒店的话，可以考虑去住院。

回过头来继续说产检的事，头两次去产检，医院管得很严，家属不得入内。那段时间气温都在 37℃～38℃，我只能躲在墙根底下的阴影里，到正午的时候连阴影都找不到，一度让我对去医院产检产生心理阴影。等到允许家属入内的时候，天气也已经不那么热了。

我们第一次产检的时候，胎儿已经 10 周了，印度的产检跟国内差不多，B 超看看胎儿发育情况，了解下孕妇的状态如何，然后给你开点营养剂。

在印度，由于宗教关系，各种禁忌特别多，很多人不吃这个不吃那个。有相当一部分人吃素食，每天就吃些米饭、豆子和蔬菜糊糊；就算吃肉的人，大部分一周也只吃一次肉，所以这边的胎儿普遍偏小偏瘦，大部分生下来的时候都不超过 5 斤。我一看医生给我太太开的营养剂——叶酸、铁、锌、钙、B 族维生素、DHA[①]，全都是针对饮食中缺少绿叶蔬菜和鱼类肉类进

---

① DHA，即二十二碳六烯酸，是人体所必需的一种多不饱和脂肪酸，在鱼油中含量较多。

行的补充。我太太在营养均衡方面应该没什么问题，吃些营养剂提高保险系数那就吃呗。我太太的早孕反应很严重，每次吃了补铁的药丸都会吐，后来我也尝了一下，果然有种泛恶心的感觉。前三个月她瘦了好几公斤，幸好第12周之后，早孕反应就消失了。

我们的产检就是每个月让医生看一下再开点营养剂，通常花费都在一两百元人民币，最多的一次有一个检查要六百多元人民币，到最后一个月则是每周产检一次，所以产检的花费总共在3000元人民币左右。除了37周左右羊水偏少之外，每次的检查结果都很好。

在当地居委会（Panchayat）登记了怀孕之后，居委会派人送来4公斤"蛋白粉"，并且每个月月初会再给3公斤，我觉得可能印度的孕妇营养不良的情况非常普遍。为了防止你变卖或者给别人，包装袋他们还得回收。我太太尝了之后说这不就是糌粑嘛！我研究了一下这个所谓的"蛋白粉"，果然是杂粮炒麦粉，只需冲泡便可即食，蛋白质含量为11%，跟一般的面粉相当，只不过它里面混了各种豆子、杂粮以均衡营养。我太太不爱吃糊状的东西，后来都是我每天当早饭吃。

在我的精心照料下，我太太可能是整个社区里面膳食营养最好的孕妇，她的增重曲线完美符合医生的要求，怀孕前是52公斤，生产前是62公斤，生完一周就回到了54公斤。

经过了两次产检，我意识到印度生娃要比国内便宜太多，听说上海的医院全自费产检一次就要花一千元左右，于是动摇了回国生娃的念头，觉得回不去也挺好的，能省好多钱。因而渐渐接受了把娃生在印度的现实，甚至心底盼着最好回不去。在这种失业情势下回国，恐怕只能举债生娃，而把他生下来还只是养育"吞金兽"①的万里长征的第一步。

印度这边如果在公立医院生娃，政府会倒贴钱给你，不仅所有产检、接生免费，所有的营养剂也都免费，所以印度人口那么多是有原因的。

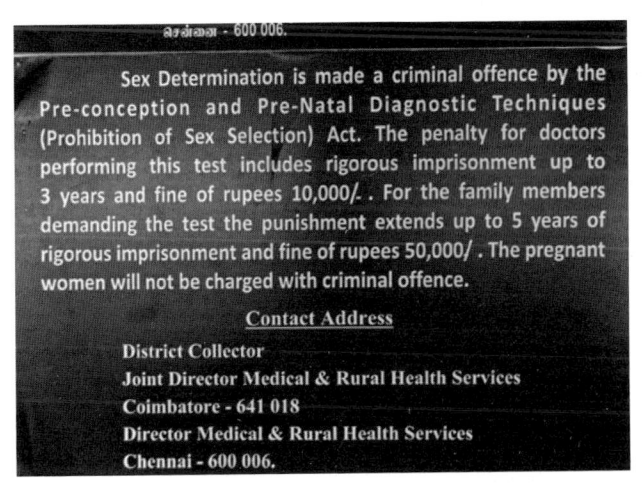

> சென்னை - 600 006.
>
> Sex Determination is made a criminal offence by the Pre-conception and Pre-Natal Diagnostic Techniques (Prohibition of Sex Selection) Act. The penalty for doctors performing this test includes rigorous imprisonment up to 3 years and fine of rupees 10,000/. For the family members demanding the test the punishment extends up to 5 years of rigorous imprisonment and fine of rupees 50,000/. The pregnant women will not be charged with criminal offence.
>
> **Contact Address**
> District Collector
> Joint Director Medical & Rural Health Services
> Coimbatore - 641 018
> Director Medical & Rural Health Services
> Chennai - 600 006.

针对性别歧视的问题，印度有一个《孕前和产前诊断技术（禁止性别选择）法案》，医院里把这贴在墙上。孕妇家属要是敢问医生胎儿性别，可能会被送进监狱。

与我太太关系最好的闺蜜是2019年怀孕的，2019年夏天

---

① 这里代指孩子。形容养育孩子特别费钱。

我见到她的时候，肚子已微微隆起。她 2020 年 1 月的时候在公立医院分娩，由于生产困难，又找不到医生，孩子最后胎死腹中，她因此患上了严重的抑郁症。我们知道这件事的时候非常震惊，但也可以想象，她在的地方只有一家公立医院，到了冬天，有时候连个值班医生都找不到，她这样的情况不是第一个，也绝不是最后一个，同样的惨剧后来又发生在她的另一个朋友身上。而就在前些天，在我太太的村里面，一位产妇虽然把孩子活着生了下来，自己却死于生产后的大出血——原因也是找不到医生。

我太太待产的私立医院

这种事情在印度恐怕时时刻刻都在发生，我们的娃生下来之后，办理出生证需要填一个表格，上面有一栏填的是：这是

第三章 我在印度这一年

第几个活下来的宝宝——简简单单几个字,看得我触目惊心。印度的免费医疗听起来很美好,除了医疗资源的分配不均之外,背后还有医生责任心的缺失,对医疗事故的扯皮,发生这种惨事之后,你甚至都不知道去哪儿申诉、找谁问责。所以印度的公立医院,看看门诊是挺好的。

我太太怀孕之后,有朋友来关心地询问:"男孩女孩知道了吗,外国人应该能告诉吧?"

医院 B 超房门口贴着一张大大的告示把我给吓到了:性别选择是犯罪!医生如果私下进行性别鉴定,最高判处三年有期徒刑,罚款 10000 卢比;要求做性别鉴定的家庭成员最高判处五年有期徒刑,罚款 50000 卢比;孕妇本人不予起诉——还没等你开口问,就先把你的嘴堵上了。

印度总体来说依然是一个农业社会,传统观念上极度重男轻女,再加上嫁女儿有嫁妆负担,由于性别选择导致的男女比例失衡长期以来都是印度社会无法回避的问题。听我的邻居说,如果你们生的是一个男孩,整个社区都会很高兴并祝福你,母凭子贵——这简直是在用社会舆论来影响老百姓对婴儿性别的偏好,尤其是在一些落后地区,生女儿会被看作一种诅咒。

而我、我父母和我太太,之前都希望能生个女儿。直到他被抱出产房前的最后一刻,我都希望是个女孩。我总说:"儿子有什么好的!看我就知道了。"我要是生个儿子的话,多半跟我一个德行,整天野在外面,有儿子就跟没儿子一样;而我父母也受够了我，不想再来一个跟我一样的儿子；我太太之所以想要女儿，是因为我们将来打算生二胎，觉得第一胎生女儿会比较好。她这种想法源于农业社会的家庭会把家中长女当免费童工使唤，她自己小时候就是这种免费童工，从很小开始就帮家里干一些简单的家务活。

希望归希望，但我一早的预感就是生儿子。

我的预感有两方面原因，一是因为有一次去产检，医生提到这个宝宝的时候，用了"he"来指代，很可能是医生说漏嘴；二是因为我们家族或许有某种无法解释的"高概率生男基因"（我知道这种说法不科学），据我所知，我们家族四世 12 口人就出了我姑姑一个女孩。

在距离预产期 10 天的时候，医生根据 B 超情况，将预产期往后调整了，让我太太 15 号傍晚带着东西住进医院。结果等到 15 号一直都没动静，我们拎着大包小包去了医院。

我太太直到生产前都还挺灵活的，连医院都是自己走着去的，步行十分钟路程，后来证明医院离家近非常重要，她吃不惯南印度的食物，住院期间的三餐都是我在家做好给送过去的。她在整个怀孕期间也没有买过任何孕妇服装，印度的衣服本身就宽宽大大，孕妇直接穿出门毫无违和感。

决定在印度生产之后，自然还要考虑如何坐月子和带娃。在印度请阿姨也不是不可以（月嫂这种职业在印度是不存在的），但最大的问题是语言不通。我一开始打算让我妈过来帮忙，当时没想到国际航班会停那么久。后来眼瞅着我妈过来

第三章　我在印度这一年

的希望破灭，那就让丈母娘过来吧。我的丈母娘尚未退休，但她那种上班本身也挺随意，轻轻松松请了一个月假，而且可以延期。

我原本还颇自负地认为，就算没人帮忙，我们自己也带得了孩子。一来我不用上班，可以做全职奶爸；二来所有的带娃知识都能在网上找到，有不懂的东西看视频学就行了。现在想起来，多亏丈母娘来了，要是没有丈母娘帮忙的话，赶上我太太剖腹产这种意外状况，我同时得照顾一大一小，肯定会把我搞得焦头烂额。而丈母娘是一手带大三个娃的老手，有她在，我就轻松得多。我这人一贯认为"术业有专攻"，信任让专业的人做专业的事情，对带娃的问题也不存在"一定要怎么样或一定不能怎么样"的执念，所以带娃这件事情，我基本上不插手掺和，一早就做好了分工——丈母娘和我太太负责照顾娃，我负责做饭、购物等后勤保障。这样我晚上就不用起夜了，有足够的精力为她们准备一日三餐，还能继续写文章。

所以15号住进医院的是我太太和丈母娘两个人，而我对印度不靠谱的"吐槽"[①]从这里终于要正式开始了。

首先要"吐槽"的就是这家医院的病房里，除了床单枕头以外，什么都没有。我太太一开始要带毯子、衣服过去，还被我嘲笑，我说既然住院，这些东西肯定用医院里的啊，不然弄

[①] 带有调侃意味的感慨或疑问，还有"挖苦""抱怨"等意思。很多时候，带有相当的戏谑和玩笑的成分。

脏了，我们岂不是还得自己换洗？我太太说你不了解印度……事实证明我真的还不够了解印度，除了没毯子之外，病号服、热水之类的也一概没有，我太太得穿自己的衣服、盖自己的毯子，得自己想办法烧热水。这大概就是印度的病房比宾馆还便宜的原因。

医院之所以没有这些东西，可能就跟印度租房不带家具是一样的道理——由于印度教的洁净观，印度人会觉得别人用过的东西脏。住宾馆你不可能随身带寝具，但去医院是可以的。

入住当晚，我太太打了催产针，随后开始宫缩、阵痛。我16号早上去送早饭的时候，宫口刚开一指，吃过流质早饭后，10点左右，我太太就进了产房，那时候护士允许我跟进去看了一下，按照说好的，等开到两指，就可以实施无痛分娩。

这个"无痛分娩"，我们彻底让医院给坑了。

由于我太太是疼痛敏感型体质，我很早就跟她讲以后生娃，我们选无痛分娩，之所以心心念念要在上海生，也是因为上海的很多医院都有无痛分娩。在早期产检的时候，我们问医生这里有没有"无痛分娩"，医生说有。事实证明有些印度人忽悠起人来是不分性别、年龄、学历、职位的，你无论问他们什么事，都是没有一定说有，不懂一定说懂，不会也一定说会。很多印度人什么都肯答应你，等要他兑现的时候，就会搬出一堆借口。

我们当然也知道很多印度人不靠谱，反反复复确认了几次，问得越多，越觉得这里的医生可能从来没有做过无痛分娩，毕竟印度这些小地方的产妇可能根本都不知道"无痛分娩"这回事。尤其是在咨询处登记的时候，有一个工作人员居然以为无痛分娩就是剖腹产，把我吓了一跳。再去跟医生确认，医生依然言之凿凿说他们会无痛分娩。

为了这个"无痛分娩"，医院还多收了我一万卢比，然而当我在产房里看到他们准备"无痛分娩"时，我就知道情况不妙。

无痛分娩确切地说叫作分娩镇痛，通过脊椎导管持续给药，从而减轻分娩的痛苦，产妇可以自己操作一个镇痛泵。但印度这个医院的所谓"无痛分娩"，就是给你注射一次性的常规麻药，我太太说只管用了一个小时，然而从宫口开两指到全开之间有四五个小时，药劲过之后就跟正常分娩一样，疼到怀疑人生。

印度的医院，生产过程中家人不允许进产房，我们只能在外面焦急地等待。下午快到2点的时候，一个护士出来告诉我说，宫颈已全开，应该还有半个小时就能生。我听到后松了口气，赶紧把好消息告诉了丈母娘；丈母娘也松了口气，说她早上5点就开始念经念到现在。

左等右等，等到3点，突然有个护士来叫我，看她的表情严肃凝重，我心知不妙。护士把我带进产房，医生跟我说，由于你太太没有办法配合我们用力，一个多小时前宫颈就全开了，但还没有生出来（羊水已经破了），胎儿快要不行了，要立刻转剖腹产。她指着胎儿心电图说："你看，现在胎儿心跳已经低于安全值（绿色区域），所以很危险。"我当时有点愣住了，对此完全没有心理准备。医生继续说："你可以自己去看，连头都已经可以看到了……"我这时候才注意到我太太弓成一个大虾似的，在产床上低声哀号，那个场景让我联想到了一些恐怖电影里被恶鬼附身的受害者，无法控制自己的身体和意志，旁边的医生和护士则好像手足无措的驱魔师。

我努力冷静了一下，跟医生说，如果只能剖腹产那就剖吧，不然胎儿要窒息的。

离开产房前，我忍不住又看了一眼我太太扭曲的身体，情绪崩溃地哭了出来……

在怀孕期间，我太太每次一想到要把这个宝宝生下来，她就会说："哎呀，我怕死了！你不怕吗？"我说这有什么好怕的，每个人都是这样生下来的，每个妈妈都会经历，又不是只有你一个。她又问我："如果让你进产房陪产，你敢进来吗？"我说这有什么不敢的，电影和电视里很多丈夫都陪产的。

直到那一刻我才明白，确实每个人都是这样生下来的，只是那些没及时生下来的都死了；也确实每个妈妈都会经历分娩，只是那些没挺过去的都死了……她们根本没有机会告诉别人她们的故事。

直到那一刻我才知道，我过去以为自己可以无所畏惧地待在产房里，事实上我待不了，因为我完全无法忍受自己看见我太太受折磨的样子。我会哭出来并不是因为害怕会发生什么不好的事，我非常信任现代医学能够处理这样的状况，然而我太太的每一次呻吟和抽搐，都会像一把钝刀一样割在我的心头。

第三章 我在印度这一年

我完全记不得上一次哭是什么时候的事了。我太太说她从来没看见我哭过,但那天我哭了三次,这只是第一次。

深呼吸稳定住自己后,我去护士台签了手术同意书。护士跟我说:"转去剖腹产那就很快了,15分钟后,你就能见到孩子了。"

事实证明,印度就算是医生和护士这样的人,也毫无时间概念,他们说的"15分钟",必须根据"印度时间"进行转换,至少是30分钟到60分钟。

下午4点整,一个护士抱着一个新生儿出来了。她恭喜我生了个男孩,这臭小子看起来比我想象的要大得多,长着一头浓密的头发,眼睛也已微微睁开,并不像别的新生儿那么皱巴巴,难怪会生不下来,后来称重是7斤2两,跟我出生时一样重。护士把臭小子交到我手上让我抱了一下,见到他的那一瞬间,我感觉到自己有一部分永远地改变了。

但老实说,我当时并没有特别开心,也不怎么关心生的是男是女,因为我还在担心我太太的状态如何。护士只是简单地告诉我她现在很稳定,然后把我儿子抱了回去。当门关上之后,我在医院的回廊里又如释重负地哭了一场。

事后我回想,假如我们是在上海接受了真正的无痛分娩,我太太或许就不会痛到身体失控而无法配合医生,或许便能够正常分娩,不必受这次开膛破肚的无妄之灾;然而假如我们在我太太家那样的地方,碰到这样的情况,很可能就会像我太太的闺蜜一样,由于找不到医生(尤其她生孩子的那天是当地的

189

新年初二），没有办法及时转去剖腹产，导致孩子窒息而死。

幸运与不幸，都是相对的。这就是我们的世界，同一件事对生在不同地方的人来说，可能更简单，也可能更困难。有些人所困扰和烦恼的，是究竟该让孩子去上哪个早教班；而有些人用尽全力，也没能让自己的孩子与这个世界见上一面。

当我太太被推回病房的时候，已经是晚上7点。我实在无法想象她这一天是怎么熬过来的，一想到她所经历的这一切，心头就会猛然一紧，于是当我看到她的时候，又第三次情绪失控，大哭了起来。

跟我太太结婚两年多，跟她分开的时间只有40天，其他日子里每天都朝夕相处，搬来南印度之后，她甚至都从来没单独出门过。照理说，这种相处的密度很容易相看两相厌，我确实有时候会嫌她烦人，然而2020年12月16日这天让我意识到，我已爱她如至亲。

女人的每一次分娩，都是到鬼门关去走一遭，这一点从古至今都没有变过。我只恨自己不能替我太太生，我的耐痛能力比她要强得多。

然而，这里的几乎所有人都只关心孩子怎么样，很少有人想到问一声妈妈怎么样，这让我很生气。奈何印度的社会文化本身就缺乏对女性最基本的尊重。

印度也有"月子"，叫"Jaappa"，但印度月子跟中国月子的性质完全不同，他们认为刚生完孩子的产妇是在"不洁期"（Asaucham），因此产妇和婴儿有10～40天的隔离期

（Purudu），禁止丈夫与其同房，同时会吃一些特殊的膳食，以增加母乳，但并没有更多的养生防护。我太太生完才三天，医生居然就叫她洗澡，我觉得这可能是因为南印度属于热带，在他们的观念里，不存在"寒气"之类的东西。

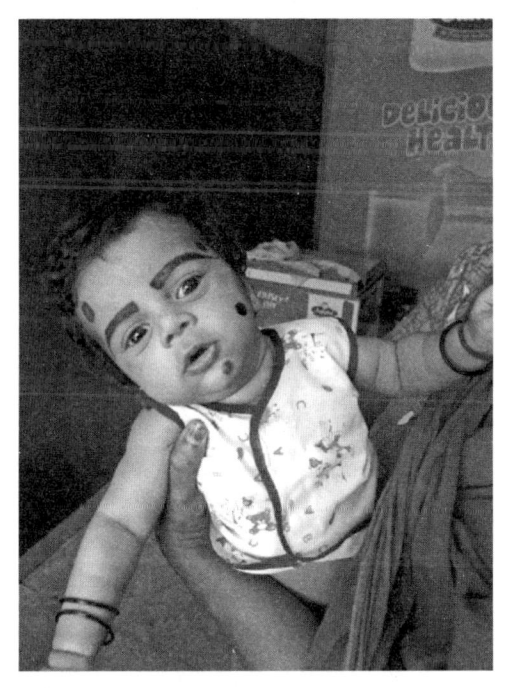

南印度地区会给新生儿脸上画丑妆

南印度这边有颇多关于新生儿的迷信，比如新生儿出生前不能准备任何东西，那时候我朋友让我提前准备好待产包，结果印度当地人对我们说，他们觉得准备任何东西都是不吉利的，等小孩儿出生后直接在医院买就行了。又如不传播新生儿照片，要给新生儿脸上画丑妆，等等，据说是因为不想让人议论新生儿的长相，免得引起一些"邪灵"对新生儿的注意。我觉得这与过去医疗水平低下、孕妇营养不良以及新生儿夭折率较高有关，因此人们发明出各种迷信方法来"提高新生儿存活率"。可他们对待新生儿的动作又很粗暴，护士有时候拎起娃来就像拎小猫小狗似的，看得我着实有些后怕。

虽然我之前一直心心念念想要个贴心的"小棉袄"，但这世上总是怕什么来什么。我从他出生的那一刻起，就做好了他将来要"造老子的反"的心理准备。当然，当我和他见面之后，我的想法立马转变成了"儿子也很好啊，以后他要造反就造反吧"。

这应该是开天辟地头一遭有黄种人小孩在这个医院出生，举院上下都很好奇，护士们都觉得这个小眼睛的孩子特别可爱，印度人的眼睛一生下来就特别大。我儿子跟我长得非常像，尤其眉宇之间的神态和我几乎一模一样，看到他趴着吃奶的样子，仿佛看到一个迷你版的我，这种感觉非常魔幻和不真实。但我儿子比我小时候好看，出生第一天就能看见若隐若现的双眼皮，等过段时间长开之后应该会越长越像妈妈。更让我觉得魔幻的是，看着我丈母娘给他把屎把尿。我犹记得五年前我第一次遇见我太太时，她跟她妈妈都穿着传统服装，怎么可能我儿子将来会叫她"外婆"呢？

我妈说我从小肠胃好，出生第五天就开始吃奶糕了，吃饱了随便在哪儿都能睡，也不怎么哭闹。我儿子的脾性或许也像我小时候，能吃能睡不爱哭，非常好带，再加上有丈母娘这样的老手在，我每天负责做饭即可。

孩子出生第一天，我太太奶水很少，护士调了点奶粉给娃喝，让我们准备一个带盖子的杯子，后来多亏我印度铁哥们儿来了，才搞清楚护士让我们买的其实是一个当地特有的喂奶工具——那玩意长得就像医院里验尿用的采集杯，自带一个尖嘴，适合伸到新生儿的嘴里喂奶。我这才想起我们觉得理所当然的塑胶奶瓶，并非自古以来就有，想必在没有奶瓶的过去，印度人便是用这个东西喂奶的。后来才知道，国内的医院里也会用。

印度医院给娃喂奶的工具

不得不说，南印度这边由于处于热带，养娃真的会方便很多。首先换尿布不用担心娃会受冻着凉；其次一年四季都不用穿外套，在小孩衣服的花销上可以省很多钱；同样的帮宝适尿片和雀巢能恩奶粉比国内淘宝价便宜30%左右。唯一要担心的是被蚊子叮咬，所以这里的婴儿床都是带蚊帐的。

有几个朋友问我，作为新手奶爸有什么感想。坦白说，有那么一点欣喜，但感到更多的是责任。我终于体会到了为什么我丈母娘对我太太说——给予生命是世间最大的功德。养儿方知父母恩，只有自己养了娃，才能明白自己是如何从这样一团混沌的血肉成长为现在的模样。

生逢2020年的每个人，人生都会被这一年打上深深的烙印。我儿子只是千千万万生于这个特殊年份的孩子之一，我也只是千千万万在时代的狂澜中用力活下去的人之一，我们并不比其他人更特殊、更非凡。这一年里无疑还有许许多多人的故事都远比我的更波折跌宕，我只是恰好戏剧性地滞留在了印度，恰好懂得如何把自己的所见所闻讲述出来，我明白这个世界上真正在负重前行的永远是沉默的大多数。

虽然2020年已经过去，然而对我来说，真正的生活才刚刚开始。

第四章

德里

虽然谈了很多关于我在印度的生活，但大家千万不要因此就觉得："哦，原来印度就是这个样子啊！"我所能代表的仅仅是南印度哥印拜陀的某一个社区，如果是在印度其他地方生活，肯定会有别样的体验。

印度是一个没有人能够完全了解的国度，我有一个走过一百多个国家的朋友认为，从旅行的角度来讲，印度的多样性是世界第一的。单单一个印度，比整个欧洲还要丰富多彩，从历史上来看，印度本身就是许多小国家的集合，许多邦都有自己独特的语言、服饰、建筑、文化，旅行到另一个邦时，就好像来到了另一个国家。这种多样性正是印度最吸引人的地方。

哥印拜陀在印度只能算是一个三线城市，人口才一百多万。按照我的分类，印度只有两个一线城市：孟买和德里。孟买是一座既魔幻又真实的国际大都市，是世界上我最喜欢的城市之一；德里是这个世界上我最讨厌的城市，没有之一。那些经济比较发达的印度大城市归为二线城市，比如班加罗尔、加尔各答、金奈、海得拉巴、艾哈迈达巴德、勒克瑙、巴特那等。以上城市分类仅代表个人观点。

肯定有人会好奇："你为什么那么讨厌德里啊？德里不是印

度首都吗？"

因为我曾得过"德里恐惧症"，现在还有后遗症。

2012年，我第一次来印度，当时我还没离开印度的时候就发了一个誓："这辈子再也不会来印度了！"虽然我半年后就经不起诱惑又来了，并且之后一次又一次地来，但是每次当我降落在德里机场，还是会勾起我对德里的恐惧感。

上海飞德里的航班时刻表，除了冬季的几个月以外，都是"红眼航班"。每当凌晨一二点抵达深夜的德里，一走下飞机廊桥，德里机场那股潮湿长霉又夹杂着怪异香水味的气息就扑面而来，这种独有的气息立刻会勾起我对德里的糟糕回忆，令我的情绪变得紧张起来。我的理性随即会提醒我："我并不需要在德里停留，我只是来这里中转的，我甚至连机场都不用出。"身体才会脱离这种紧张状态。

你是不是要问："天啊！德里对你做了什么，让你有这么大的心理阴影？"

德里不是对我做了什么，而是对我们做了什么。像我这种德里恐惧症患者，是可以组成一个互助小组的。

● 我恨德里人，我甚至都不会在那边转机。

——我的南印度铁哥们儿

● 我那时候去德里出差，坐上突突车之后，就把一支笔紧紧攥在手里，并且故意放在司机能看到的地方，保持着攻击姿态，让他知道我随时可以攻击他，这样他

第四章　德里

就不敢搞鬼了。

——我的南印度好邻居

● 我第二次去印度是因为工作，无法跟大部队一起去。所以我就晚到了几天，他们先去瓦拉纳西，我在德里等他们。他们到了德里想先买好后面的火车票，知道有外国人购票窗口。但他们到了地方，遇到了骗子，说："那个外国人购票窗口已经关掉了，你们要买的火车票我可以带你们去买。"他们稀里糊涂地就跟着那个骗子走了很长一段路，到了一条小马路上的一个地方，被告知火车票都卖完了，只有飞机票。同行的人立马感到不对劲，想办法脱了身。我到了德里，有了他们的经验，又去了火车站帮大家买票，也遇到同样的事情。我连续问了好几个人，最后一个穿制服的保安帮我顺利找到了那个地方。

——印度强哥

● 有一次，我坐突突车去国家博物馆。司机很严肃地对我说，国家博物馆遭到恐怖袭击，已经被炸平了。我先是惊呆了，然后想了一下，他要是说博物馆今天休息关门，我还是会信的；但是说恐怖袭击这个事，实在没理由相信。司机说，别担心，我带你去另一个更有意思的博物馆。最后我是用谷歌地图走路去的。

还有一次，朋友先到德里等我，他们想去体验火车站附近的小旅馆，给了我一个旅馆的名字。我从机场打车，到了月光市场附近，司机说路窄车不好开，让我坐人力三轮车。谈好价格并出示地图后，我带着一堆的徒步装备和行李爬上三轮车，旅馆名字我忘了，姑且叫"泰姬旅馆"吧。一路上，三轮车夫一直在说旅馆很远、很难找，走着走着就随便指着街上的一家旅馆说："到了，就是这家。"我说地图显示还没到，他说就是这家，我说这家旅馆的名字完全不是"泰姬旅馆"，你继续往前走。没走多远，他又指着一家旅馆说是这家，我说不是。指了三四家以后，他说："泰姬旅馆很远，又不好，你别去了，我给你推荐一家。"我说："就是我们现在停在这里的这家旅馆吗？"他说"是。"我说不行，必须去"泰姬旅馆"。最后费了很大周折才到了泰姬旅馆，我也不是很高兴，给了车钱，但没给小费，他也没要。

我和朋友会合后就出去吃晚饭了，很晚才回来，结果发现车夫就在旅馆门口的三轮车里睡着了。可能是我走了以后他也没拉到客，好像也没有住的地方，就睡在三轮车里了，当时心里又有些不忍。总之吧，德里很多小商小贩就是这样，其实自己也挺惨的，但是干活也不好好干，有机会就坑蒙拐骗。

——喜马拉雅文化专栏作者林泉

以上案例都比较有印度特色，至于那些被偷被抢、欠钱不还、被骗订金之类的可能发生在任何国家的事情，更是极其普遍。大家看完以后应该能够想象到了吧，早年在德里，每次出门都是一场大冒险，给我当时单纯的心灵蒙上了巨大的阴影。我第二次去德里的时候，刚在手机里装好新买的印度电话卡，在从手机店走回酒店的路上，手机就被人偷走了。

而当地司机的套路也是五花八门：到了目的地以后多要钱属于"基本套餐"，比如出租车会跟你说行李要另收费；突突车谈好的明明是总价，到了目的地就变成"人头价"，或者索性就耍赖"敲竹杠"；升级套餐则会把你往各种"黑店"带。

德里三轮车夫贫民窟

随着打车、订票APP的普及，才终于把我从被"德里恐惧症"的支配中解救了出来，可以免去很多跟当地人斗智斗勇的麻烦。但我现在还是有些"德里恐惧症"的后遗症，使得我很不喜欢德里。

什么地方都有好人和坏人，遇到好人不应彻底否定当地的恶，遇到坏人也不应彻底否定当地的好，但德里的可怕绝非我危言耸听，而是印度举国上下的共识。令印度闻名于世的强奸案亦多发于德里，特别是当年的黑公交轮奸案，触发了一场女性维权的革命。

深入剖析德里的乱象，可以挖出很多印度的社会问题。

首先就是地域歧视。印度的地域歧视现象很严重，从大块上讲，印度可以分为德里、北方邦、比哈尔邦、东北诸邦、北部印地语区及南部达罗毗荼语系地区。

1. 印度南北相互鄙视，北方人管南方人叫"Madrasi"，这是一个非常有歧视性的词；

2. 德里土著有着一种帝都人的优越感，而北印度的印地语区，除了德里就是农村，所以德里人藐视一切外来的北印度人；

3. 印度东北诸邦的人会被北印度一些地方的人称为"Chinky"，也是一个歧视性的词；

4. 北印度的比哈尔邦（Bihar）和北方邦（Uttar Pradesh），是印度最穷的几个地区，印度人认为那里的人又穷又坏。

在北方邦和比哈尔邦，这两个地方的人们由于贫穷，受教育程度低，传统陋习特别根深蒂固，完全不尊重女性。印度报道的强奸案、荣誉谋杀之类的，就大多发生在北方邦、比哈尔邦及德里。印度人对比哈尔人不待见到怎样的地步呢？比哈尔人堪称印度公敌,几乎全印度其他地方的人都讨厌比哈尔人,他们总说"比哈尔人可以为了钱做任何事",听他们的语气,就好像全印度的坏事都是比哈尔人做的。

德里声名狼藉落得万人嫌,很大程度是因为这里有太多比哈尔邦、北方邦的外来务工人员,在德里为非作歹的也主要是这些人。为什么他们专门去德里呢?德里是印度六大城市里唯一一个主要讲印地语的大城市,另外五大城市加尔各答(讲孟加拉语)、孟买(讲马拉地语)、海得拉巴(讲泰卢固语)、金奈(讲泰米尔语)、班加罗尔(讲卡纳达语)因为语言壁垒的缘故,他们很少去。

这些外来务工人员到了德里,也干不了什么体面的工作,通常都是体力劳动,且大多居无定所。德里的贫民窟和孟买的贫民窟是有本质区别的:孟买的贫民窟更像城中村,是外来务工人员在孟买打拼的一个过渡空间,为他们提供了最基本的栖身之所,里面的人都是正常体面的城市居民;德里有城中村式的贫民窟,但也有一些贫民窟完全由流浪汉组成,乃是滋生罪恶的温床。

印度比较"奇葩",一方面印度是《爱经》(*Kama Sutra*)的故乡,另一方面印度社会又特别保守,在街上男男手拉手的现象很多,但男女手拉手却很少。印度的性压抑到了什么程度呢?在印度公共场合,情侣、夫妻很少会手拉手或者有亲密举止;女性裸露腿部会被视为轻浮、挑逗,几乎看不到穿短裙的女性；女性日常的旁遮普服①会配一条纱巾用来遮住胸部曲线，也不嫌热……我觉得越是把本来很自然的一些事情人为地搞得不自然，男人就越容易对女性浮想联翩，从而诱发性犯罪。

印度男人们常常手牵手，男女情侣在公共场合倒是往往要保持距离

有压迫的地方就有反抗，有压抑的地方自然也就有爆发，因此不少印度男人，女生跟他稍微走得近一点，他就要人家做他的女朋友。外国女生通常不清楚印度男女交往的界限，有些很平常的举动，在印度男人看来就成了性暗示。而且北印度社会又非常传统保守，如果一个女生抽烟、喝酒、夜间外出，他们就会觉得这个女生很不自爱。既然她不自爱，那人们也就没必要"爱"她了。再加上社会文化不尊重女性，导致强奸案的多发。然而每当发生性侵犯事件之后，印度社会舆论又总是会将错误归因于女性的"不检点"，进一步压抑了人性。

很多人问过我，新德里和德里一样吗？德里（Delhi）、新德里（New Delhi）、老德里（Old Delhi）分属三个不同的词

---

① 印度民族服装，由三部分组成，即长衫、长裤和披巾。

第四章　德里

条，虽然口头上德里和新德里都可以指称德里国家首都特区（National Capital Territory of Delhi，简称NCT），但新德里确切地说，只是德里很小的一块地方，是过去由英国人规划的新城区。德里的一些开发区、卫星城、富人区、大学区的治安都还算不错。

新德里火车站[①]是全德里甚至全印度最危险的地方，这里新手游客众多。这里是偷盗、抢劫、坑蒙拐骗的多发地，游客在这里特别容易中招。我每次到这里，都会感觉周遭的人像饿了很久的狼一样直勾勾地盯着我，他们看你的眼神很明显就跟别的地方不一样。

老德里有着非常浓厚的旧时代气息，这里的人们生活在古老王朝的尸骸之上，你可以把这看作一种"迷人"的历史韵味，但同时这也是个藏污纳垢的地方。电影《小萝莉的猴神大叔》取景的地方就在老德里，小女孩被卖去的妓院就在老德里的月光市场。我太太是在德里大学念的本科，学校的区域非常安全，大名鼎鼎但也鱼龙混杂的月光市场连她都只去过一次。想当年我还专门住在老城区，幸亏没遇到什么坏人。

所以德里这个城市我是能避则避，实在避不了也尽可能不去那些游客出没的区域。老实说，德里值得看的景点本身也不多，大部分都只有"打卡"的价值，跟印度其他景点相比非常鸡肋。另外，我对冬天的德里会"加倍恐惧"，前面我就讲过，

---

① 德里有四个主要火车站，特指新德里站。

印度的空气污染情况非常严重，而德里则是重中之重，API[①]指数爆表是家常便饭，经常占据全世界空气最差的城市榜首。因此，德里几乎就没有特别舒适的季节，不是夏天热死，就是冬天呛死，只有春秋季的一两个月能喘口气。

听我这样描述完，估计很多人已经瑟瑟发抖，其实只要遵循以下几点，在德里基本可保平安无事：

1. 女性不要暴露着装，免得引人产生非分之想；

2. 警惕任何主动过来跟你搭讪的人，最好不要理睬；

3. 出行使用打车软件，且不要绑定信用卡，采用现金支付，否则可能会被重复收费；

4. 尽可能不要使用信用卡，印度信用卡的盗刷情况非常严重，就算对方没有得手，万一信用卡被锁定也很麻烦；

5. 用手机应用程序网上订票，或者加点钱让淘宝代购火车票；

6. 不要在大街上边走边看手机，户外使用手机的时候要找一个相对安全的地方，以防飞车党抢劫；

7. 财不露白，务必将贵重物品藏好；

8. 最保险的当然就是有当地人接应。

然而，前面我就说过，由于印度的多样性，评价印度时很容易犯的一个错误就是盲人摸象，德里的乱象丛生在印度并不具有典型性。德里属于印度坑蒙拐骗的重灾区，德里、斋普

[①] 空气污染指数。

第四章 德里

尔、阿格拉组成的"旅游金三角"也需要格外谨慎小心。但只要离开了这几个旅游热门城市，印度的大部分地区并不比别的国家更危险。

由于有过去在摄影圈子的背景，我这些年也兼职带一些国内的朋友来印度玩，赚点外快。一部分是摄影爱好者，还有一部分是历史文化爱好者，都是朋友圈组织起来的小团，回头率很高，很多人都跟我来儿次印度。印度之大、之丰富，一次两次是看不完的。每次都会有从未来过印度的新人，出发前尤为诚惶诚恐，对治安、饮食、卫生有各种担心。

中国人对印度普遍的恐惧，跟一些自媒体的以讹传讹有关。

我在2012年秋天去瓦拉纳西的时候，恒河上真的有浮尸。然而2013年春天我第二次去的时候，以及我后来多次去瓦拉纳西，都再也没见到过浮尸，印度政府确实下了大力气整治这种现象。

而且，春天瓦拉纳西的恒河水体居然是清澈自然的蓝绿色，接近于国内江南古镇小河道里的水色，完全不同于秋季的奔涌浑浊——我后来才知道，印度这边不叫春季、秋季，而是旱季、雨季。九月是雨季的尾巴，汛期水位又高又急；三月乃是旱季，恒河既缓且清。印度封城期间，有条新闻说由于封城，恒河上游部分流域的水质达到饮用级别。这个新闻其实是在蹭热度，旱季的恒河水本来就很清，尤其上游那段都在山里，没有机会被污染。

总之，就我所到过的恒河流域段，除了汛期泥沙较多，目前的污染状况远远没有网上流传的那么可怕。

　　作为北印度平原地区的母亲河，恒河对印度教意义重大，许多印度教神话都是围绕恒河展开的，关于恒河的来源就有好几个不同版本的传说，概括来说，恒河本质上象征着毁灭之神湿婆（Shiva）在凡间所显现的持续流动的巨大能量。在印度教的文化中，流动的水被认为是纯净且具有净化力的，因为它既吸收杂质也将杂质带走。印度教的很多仪式里都需要使用恒河水来进行净化，很多信徒就会千里迢迢跑到某个圣地朝圣取水，然后灌装回家，当宝贝一样每天用来清洗家里的神像、神龛，喝几口恒河水当然就是由内而外的净化。只不过进入工业化社会之后，恒河"自净"的速度跟不上污染的速度，才让这些传统文化看起来与现代文明格格不入。

第五章

从头细说恒河

我头一次去印度是在2012年被小伙伴忽悠去的,当时我对印度这个国家几乎一无所知。隐约知道有粉、白、蓝、金四色城这么一回事,但搞不清楚具体在哪儿,因为这些地方在地图上并不叫"白城""蓝城"等,甚至连泰姬陵在哪儿都不知道。但恒河边的圣城瓦拉纳西,我是知道的,听起来很牛的样子,于是我雄心勃勃地定了个目标:"去印度两个礼拜,我至少要在瓦拉纳西待一个礼拜!"

离开德里第一站,我去的就是瓦拉纳西,住了两天就被现实狠狠打了脸,最后连滚带爬地逃出了瓦拉纳西——恒河上浮尸逐浪,街巷里屎尿横流,牛狗猴无所不在,坑蒙拐骗前呼后拥。

可后来,瓦拉纳西成了我在印度最迷恋的地方之一,前前后后去了不下十次——因为那里是恒河文化的集大成之地。

第二次去瓦拉纳西的火车上,我遇到一个看起来非常知性优雅的印度老妇人,于是向她请教:"为什么恒河明明这么脏,印度人还要奉之为圣河,在里面喝水洗澡呢?"她说:"你不能从物质层面上来理解恒河,恒河的洁净是精神层面上的,而不是物质上的。"

所以，其实印度人自己也知道恒河水脏，但他们依然有勇气畅游恒河、畅饮恒河水。印度人十分忌讳屎尿之类的秽物，唯独对恒河百无禁忌，这背后的缘由就很值得探究一番了。

了解恒河文化，是理解印度教世界观的一把钥匙。当你明白为什么恒河在印度会成为一条圣河，也就能够理解印度的一些奇特现象了。

恒河之水天上来

印度教的传说，恒河原本是一条在天界的河（很可能就是银河）。关于这条河如何从天界下凡，有一个细节丰富的故事：

> 从前有个国王叫萨迦拉（Sagara），有一天就问他的上师："我凭什么这辈子能做国王呢？难道上辈子做了极大的善事？"上师跟他讲："你上辈子是个很穷的婆罗门，有一个女儿。你什么彩礼都没收，就把你珍爱的女儿献给了别人家（Kanyadaan，一种印度教的婚礼仪式），这是天底下最大的功德之一。"萨迦拉听了以后惊呆了，心想我只不过是嫁了一个女儿，这辈子就当上了国王，要是多嫁几个女儿那还了得！立马动起了投机取巧的歪脑筋，决定通过苦修（Tapa）向辩才天女（Sarasvati）索要六万个女儿。
>
> 天帝因陀罗（Indra）一看萨迦拉动了真格，心里

第五章 从头细说恒河

有点慌：这件事要真让他办成了，这功德大得足以逆天改命，到时候连自己天帝的位子都得让给他坐。因陀罗就去跟辩才天女串通，当萨迦拉提要求的时候，后者坐在他的舌头上，让他把 Putri（梵语，意为女儿）说成 Putra（儿子）。后来因陀罗的阴谋得逞，老母鸡变鸭，萨迦拉得到了六万个儿子。

萨迦拉国王不死心，后来又组织了一次祭祀（Ashwamedha Yajna）来求福报，祭品是一匹马。因陀罗再次从中作梗把马偷走，栽赃给圣人卡皮拉（Kapila）。萨迦拉派他的六万个儿子出去找马，却找到了正在闭关冥想的卡皮拉，把卡皮拉吵醒了。由于他们不尊重伟大的圣人皮卡拉，遭到了诅咒，瞬间化为灰烬（参考《夺宝奇兵之法柜奇兵》），且永世不得超生。

萨迦拉有个孙子叫跛吉罗陀（Bhagiratha），得知这六万个叔叔的悲惨遭遇，跑去喜马拉雅苦修了一千年，请求恒河下凡净化罪孽，救赎他的叔叔们。恒河女神表示，她的力量太大，如果直接冲击下来是要毁天灭地的，只有湿婆能承受。跛吉罗陀找到了湿婆，又用自己的苦修换取了湿婆的帮助。湿婆把头发散开，让恒河水冲击到自己头发上，于是恒河水的巨大冲击力便随着头发散开了。像一个导流系统一样，将恒河水分散到不同的源头支流，最后这些支流又汇到一起。

213

恒河降临的故事虽有不同的版本，一些细节说法有差异，但基本上大同小异，上面这个版本是我参考不同的中英文版本后自己理解组织的。南印度泰米尔纳德邦的默哈伯利布勒姆（Mahabalipuram）有一块世界上最大的单块岩石浮雕，其主题便是描绘"恒河降临"（Descent of Ganges）的场景。

许多印度人都极为笃信神话故事——咱们觉得这是神话，但印度人自古就不修史，于是就把史诗故事当成历史（关于这点，后面的章节还会细说）。仅仅是通过恒河下凡这个神话故事，就能解释印度的很多社会现象。

1. 嫁女儿不收彩礼是极大的功德。印度早期有彩礼制度，结果最后变成了事实上的"卖女"。后来一些婆罗门想出了"Kanyadaan"制度①，鼓励大家白给女儿不要收彩礼，还把这种制度的合理性编进神话里。结果矫枉过正，彩礼原本可以平衡男女双方家庭的不对等，没彩礼可收就导致父母不愿把女儿随便嫁掉，都希望找个更高种姓的好人家。从此好人家变得抢手，攻守之势异也，妥妥演变成了嫁妆制度（另一种联姻的平衡方法）——解释了为什么其他地方嫁女儿至少不会让女方"亏钱"，印度却是嫁女儿赔钱；

2. 苦修是万能的，几乎可以实现一切愿望——解释了为什么印度会有这么多变着法儿折磨自己的苦行僧（Sadhu）；

3. 在印度很多人的道德观里，做善事可以是纯粹为了求善

---

① Kanya 指未婚少女，daana 意为礼物、捐赠。

报的利己主义，为了利己而损人也是没问题的，即便是天神也有这样的道德问题（就跟希腊诸神一样）。释迦牟尼当年在婆罗门教基础上创立佛教的时候修正了这个问题：在佛教中如果你做善事的目的本身是为了求善果、求回报，被称为"有漏福报"，是不作数的；

4. 恒河有着超强的净化力，可让罪人升天解脱——解释了为什么印度人对恒河水这么痴迷。

这种"超强的净化力"，所反映的是印度义化对水的清洁作用的依赖。

大多数人对印度的印象就是脏，其实脏只是印度的表象，并没有看到其本质。这个我在之前关于"种姓"和"洁净观"的章节里都写过，他们只是对干净的定义与我们不同；另外一个重要的原因在于过去印度人口远比现在少，在野地里大小便、在河里洗澡也不至于造成环境污染。这些年随着城市化和人口爆炸式增长，才变成了一种不合时宜的传统。

"清洗"是印度文化中的重要组成部分。

大家想象一下16世纪一个印度教教徒的生活，每天早上出门，提着一罐水去树林里上厕所，然后到附近的小河里沐浴更衣，洗漱干净之后，去寺庙中祷告。每天的主食是各种谷物和豆子，不吃肉食，每顿吃多少、做多少都有规定，不会有剩饭剩菜留到下一顿。

各种古代文明里面，罗马是特别注重公共卫生的，超前地发展出公共浴室和公共厕所，对罗马帝国来说，这些都是文明的象征；印度则特别注重个人卫生，但这纯属环境所迫——你倒是在这么热的地方不讲卫生试试，各种传染病、皮肤病、寄生虫病分分钟可以致命。

我第一次跑去瓦拉纳西的时候，发现当地有很多狗都患有皮肤病，因为那边天气炎热加上环境肮脏。假如印度人真的像一些传闻中那么不讲卫生，恐怕他们自己已经先被恶心"死"了。印度人只是把公共卫生搞得很糟，个人卫生却毫不含糊。

由于地处热带，印度人很早就观察到，如果生活和饮食不讲卫生的话，容易让人生病的现象，同时也观察到传染性疾病的现象。因而在宗教经典中定义了大量"洁净"与"不洁"的事物，并且采取最原始的传染病隔离措施——种姓，以及不可接触的贱民制度。这在各种古代文明里面是绝无仅有的。

印度人对个人卫生和居家卫生的执念是融入生活的方方面面的（仅限个人和居家），如果你来过印度，就会发现印度人超级喜欢洗刷。他们热衷于清洗各种东西，因此生活中离不开水，而水在印度也被认为是非常神圣的东西，印度到处都有免费的饮用水[①]，坐飞机也可以带水过安检。绝大多数农业社会的生活核心就围绕着一个"吃"字，但印度社会的生活核心除了"吃"还有"洗"，水的重要性不言而喻。

有人肯定要说："印度的水那么脏，用脏水洗东西不是越洗

[①] 印度的免费饮用水大部分是过滤水，不同地方的水质不同。我没喝出过问题，但依然不建议游客饮用。

第五章 从头细说恒河

越脏吗？"

恒河水真正变脏也就是进入工业文明之后的事。20世纪90年代开始，人口大量增长，印度在经济上进行了改革开放，新兴工业野蛮生长，却没有相应的环保措施。特别是恒河沿岸有个叫坎普尔（Kanpur）的城市，制革业发达，有150多年的历史。这个地方早期可能规模也不大，对恒河的污染留下的记录很少。要知道制革和造纸一样，都是超高污染的行业，需要大量用水，而印度的特点又是家庭作坊式的生产居多，难以集中管理和治理，坎普尔在污染恒河这件事情上出了名。再加上其他各种生活和工业污水的排放、传统的丧葬习俗，从1990年到2012年，恒河一度非常可怕。

但那个时候，印度人照旧用恒河水洗刷，于是就出问题了。一份2011年的报告指出，当时正值瓦拉纳西的朝圣季，朝圣者和当地居民每天要往恒河排放2亿公升未经处理的污水。在瓦拉纳西的恒河段观察到每100毫升水样里有150万个大肠杆菌，而作为洗澡用水的安全标准是500个，超标3000倍；观察到的峰值超过1亿个，超标20万倍，彻底爆表（网传超标100倍的数据是在更上游的地方）。在恒河洗澡、刷牙、洗碗的人群中，水源性和肠道性疾病的发病率高达66%，包括霍乱、痢疾、甲肝、伤寒等，印度人也并非传说中那样百毒不侵。

这下大家就明白为什么2012年我会连滚带爬逃出瓦拉纳西了吧？

这是我在瓦拉纳西见到过的最脏的小巷

新任政府上台之后，下了大力气整治恒河。新任政府领导人是非常虔诚的印度教教徒，对恒河的感情很深。而抛尸恒河的现象，在2012年之后我就再也没有见到过了。恒河以肉眼可见的速度重新变得干净起来。

印度政府虽然办事效率低，经费也难免会被贪污不少，但治理恒河这件事，他们这十年来至少一直在做，恒河的水质也确实大有提高。

那么从前的恒河有多干净呢？当时英国人殖民印度期间，

曾用恒河水补给远洋船队的淡水，并且他们发现恒河水可以放置很久而不变质。现代研究的解释是因为恒河水的含氧量特别高，自净能力非常强。古代的印度人无疑更早就发现了恒河水不易腐坏的特质，一传十十传百，恒河水的这种"不腐"特质自然被爱讲卫生的印度人顶礼膜拜，其净化能力也从物质层面上升到了精神层面。

而早在公元前4世纪，当时的孔雀王朝就已经在恒河流域开凿运河、修建水坝以用于水利灌溉。后来的印度统治者也都在不同时期修过运河，让恒河水得以恩泽更广大的区域。再加上夏季消暑等用途，印度人在生活的很多方面都对恒河有着巨大的依赖，对恒河的感情实在是要比其他大河文明深厚得多，对恒河的崇拜和献祭也就成了一种广泛存在的文化现象。

印度人对恒河的这种崇拜甚至发展成了全民臆想，毕竟不是所有人都住在恒河边上，于是一些当地的河流也会被假想为恒河；而凡是印度教仪式中有需要水的环节，这些水都会被假想成恒河水（Ganga Jal）。毛里求斯有个圣水湖"Ganga Talao"，就被当地的印度移民通过各种"神谕"和仪式变成了"恒河的一部分"。对虔诚的印度教信徒来说，只要是水，就具有恒河水的全部属性。

恒河对印度人的意义实在太重大了，恒河作为一条圣河，在印度教世界观中的宗教意义主要体现在以下几个方面：

1. 恒河从天界降临，因此它是连接凡间和天界的通道，通过恒河可以建立起与神沟通的纽带，获得来自天界的赐福与力量。

2. 恒河最终沉入海洋之下的冥界，因此它也是连接凡间和冥界的通道，具有救赎亡者的力量。将逝者进行水葬，或者将骨灰沉入恒河，便能获得救赎。通过恒河可以建立起与先祖沟通的纽带。

3. 结合前两点，印度教认为恒河同时在天界、人界、冥界这三个世界中流动，成为印度传统中的"往来三界的使者"[①]，是神灵、凡人和亡灵世界的交界点（Tirtha）。

4. 印度教相信流动的水是最具净化力的，它可以吸收污物和杂质并将其带走。而恒河的净化力不局限于物质，更可以净化心灵和精神，能洗净沐浴者的罪恶。

5. 湿婆大神用自己的头发承接恒河的降临并不是一个偶然事件，而是至今都在持续发生。恒河作为一种连续的、移动的、难以预测的能量，被视为毁灭之神湿婆的力量在人间的显现。恒河是直接与湿婆相连接的纽带，通过恒河水可以感受、品尝、吸收湿婆的能量。

6. 恒河女神在印度教中具有母亲般的品质，她接受一切、包容一切、宽恕一切，被视作众神的母亲，具有永恒的神性。

从前的印度人不懂得大气水循环的原理，结果为一条河编织出如此之多瑰丽梦幻的故事，着实令人叹为观止，估计李白

[①] Triloka-patha-gamini，梵语 Triloka 指三个世界，patha 指道路，gamini 指旅行者，合起来意为"往来三界的使者"。

也不得不服。

能够说出这么多名堂来，这跟印度教的泛灵论息息相关。理解了恒河崇拜，你才能进而理解为什么印度人会去拜一棵树、一块石头等自然界的事物，在印度教中，这些都可能被认知为某种能量的显现、某个神灵的化身，或者是沟通另一个世界的桥梁。

我们总觉得印度这个国家很不可思议，跟现代文明似乎格格不入。印度教是最古老的宗教之一，很可能在四千年前就已起源，印度教的世界观亦基于一些相对原始的对世界的理解，核心可以归纳为四点——灵魂永存、万物有灵、善恶有报、转世轮回。在这种世界观的指引下，难免就会有一些不为无神论者所理解的行为和现象。

恒河溯源

来过印度之后，我对印度文化产生了浓厚的兴趣，后来看了纪录片《恒河》，令我对恒河有了全新的认识。通过这部纪录片，我才知道恒河的起源，以及与恒河相关的诸多印度教圣地。然而纸上得来终觉浅，纪录片的关注点侧重于生态更甚于文化，我对恒河的兴趣，则主要是集中在宗教和文化方面，于是决定自己去实地走访一番。

在游历印度的过程中，我有幸去了恒河流域一些比较有代表性的地方，远远谈不上全面，但多少比游客稍微深入那么一些，勉强能对这条传奇的大河分条析理一番。

毫不夸张地讲，恒河的旅程如同史诗般波澜壮阔。虽然长度只有2700公里，但流域面积极为广阔，很多名不见经传的支流在当地其实都是非常重要的大河。喜马拉雅南麓、德干高原北部发源的大部分河流都会汇入恒河，我们在笼统意义上所讲的北印度，基本上指的就是恒河平原再加上拉贾斯坦。

我过去也和许多人一样，以为恒河的源头在中国。之所以会有这样的认识，跟那个关于冈仁波齐的说法有关。传说我们西藏的冈仁波齐就是佛教中的须弥山，在山脚下向四个方向发源了四条以动物命名的大河——狮泉河（森格藏布）、象泉河（朗钦藏布）、马泉河（当却藏布）、孔雀河（马甲藏布），这四条河最后变成南亚三大河——恒河、印度河、布拉马普特拉河。

狮泉河是印度河的上源，这条河夹在世界上最高的两条山脉之间——喜马拉雅山脉和喀喇昆仑山脉。狮泉河（Sengge Zangbo，音译为森格藏布）是藏语的叫法，印度人直接管这条河叫印度河（Indus River）。印度河在喜马拉雅西端的南迦·帕尔巴特雪山（Nanga Parbat）下拐了个弯，一路奔向阿拉伯海。

象泉河发源于玛旁雍错附近，流经札达县之后，进入印度境内的喜马偕尔邦，最后在巴基斯坦境内汇入印度河。所以狮泉河和象泉河其实都是印度河的上源。

马泉河是雅鲁藏布江的上源，喜马拉雅北边和冈底斯山脉发源的河流，大多汇入雅鲁藏布江。雅鲁藏布江在喜马拉雅东端的南迦巴瓦雪山（Namcha Barwa）下拐了一个大弯进入藏南，然后再进入印度的阿萨姆邦。印度把这条河叫作布拉马普特拉河[1]，最后跟恒河在孟加拉湾交汇。

剩下的孔雀河便是传说中的"恒河源头"，孔雀河在阿里普兰县附近发源，流经普兰县后进入尼泊尔后叫作加格拉河（Ghaghra），全长1080公里，最后汇入恒河。然而孔雀河并不算恒河的上源，只是庞大的恒河流域的一条支流。

恒河真正的源头在加瓦尔喜马拉雅山脉（Garhwal Himalaya），隶属于喜马拉雅山脉的一部分。加瓦尔山脉由于地处喜马拉雅山脉南麓，每年季风带来的水汽造成了大量的降水，孕育了多条活跃的海洋性冰川。7075米高的萨埵班特峰[2]周围的冰川流向四面八方，是许多条支流的发源地，北部的支流进入中国，然后汇入了象泉河，其他的支流汇聚到一起，最后形成了恒河。东、南、西方的三条主要支流源头附近各有一个印度教圣地——伯德里纳特（Badrinath）、凯达纳特（Kedarnath）、甘戈特里（Gangotri），这正是恒河源头最值得探访的三个地方。

要说明的是，传统意义上的恒河源头圣地有四个，除了这三个源头之外，还得加上一个亚穆纳河（Yamuna）的源头亚穆

---

[1] Brahmaputra 梵天之子，Brahma 意为印度教三大主神中的创世神梵天，putra 意为儿子。

[2] Satopanth，Sato 意为真实，panth 意为虔诚的身影。

纳源（Yamunotri），并称"小四圣地"①。之所以叫小四圣地，是因为印度还有另外一套"大四圣地"的朝拜路线。但我那次由于时间关系没去亚穆纳源。

恒河源头的小四圣地，其实分别对应了印度教最重要的三个派别：

● 伯德里纳特代表毗湿奴派（Vaishnavism），崇拜维护之神毗湿奴；

● 凯达纳特代表湿婆派（Shaivism），崇拜毁灭之神湿婆；

● 甘戈特里和亚穆纳源代表性力派（Shaktism），源于人类文明早期对女性生殖力的崇拜，崇拜印度教中的女神。

基于"洗刷"在印度文化中的重要性，探访恒河的各个圣地，其实就是跑到不同的地方看人洗澡，就一种旅行的体验而言，也是挺魔幻的。

伯德里纳特

首先我去了伯德里纳特（Badrinath）。

伯德里纳特是三圣地中唯一一个能够坐车到达的，海拔

---

① Chota Char Dham，Chota 小，Char 四，Dham 法所。

3100 米，位于阿拉克南达河（Alaknanda）源头附近。伯德里纳特距离中印边境非常近[1]，距离西藏扎达县不到一百公里，但并没有公路与口岸，是国境线上一座非常高的山口。

加瓦尔喜马拉雅地区公路路况之差，堪称印度之最。这里的情况就有点像川藏公路，每年夏季大量降水，地质灾害频发，而冬天的时候又会被大雪封山。关于印度的基建水平，我在前面已经描述过，大多数公路只有每年 5 月至 10 月可以通行，朝圣也仅限于这几个月。

我去的时候刚好赶上了 5 月底、6 月初的朝圣旺季，无数的香客涌向恒河源头的几个圣地。有一段路几天前刚刚发生过大规模的山体滑坡，我当时挺担心去不了的，好在赶到那儿的时候已经清理出一条单车道，两侧车辆轮流通行。在路上也遇到几次暴雨，山上的泥石滚滚而下。这种事情早些年在雨天走川藏线见过很多，风险肯定是有的，但太过担心也没有必要。

伯德里纳特名字中的"Badri"是梵语中一种枣树的名字。传说毗湿奴曾在此苦修冥想，他的妻子拉克希米（Lakshmi）化身为一棵枣树为他遮风挡雨，因此而得名。然而研究学者并没有在这个地方找到枣树，有些名不副实。

当地的伯德里纳特神庙是印度教教徒前来朝拜的中心，神庙下有几处硫磺温泉，理所当然被视为神迹，朝圣者蜂拥而至在此洗澡。

---

[1] 属于印方实控范围，且位于我方主张的传统习惯线印方一侧内的位置。

值得一提的是，据记载，伯德里纳特神庙在公元 8 世纪之前都是佛教寺庙，这座寺庙的外观构造有着很典型的早期佛教精舍风格（Vihara）。印度教的改革家商羯罗（Adi Shankara）驱逐了这里的佛教教徒，并将原本的佛教寺庙改成了印度教寺庙。

说起商羯罗这个人，很有必要科普一下。他在历史上是一位非常重要的宗教改革家，是他创立并发展了现代意义上的印度教。商羯罗还仿效佛教的僧团制度，开创了印度教学术研讨的风气，巩固了印度教的地位，让印度教得以快速发展，甚至传播到包括巴厘岛在内的东南亚地区。他的改革直接或间接导致印度本土佛教的式微，并使印度教得以全面复兴。

因此你只看一眼伯德里纳特寺庙，就会发现它与其他印度教寺庙的不同之处。然而时过境迁，如今这里再也找不到任何佛教的痕迹。每年有大量的印度教教徒来此沐浴狂欢，在印度教"大四圣地"的名录上，伯德里纳特赫然在列。当年商羯罗占据此地之后，曾在此长期居住。

在伯德里纳特山上有许多修行地，苦修主要以打坐冥想为主。我的印度铁哥们儿在成长为一名瑜伽大师的过程中，曾在伯德里纳特苦修过一年之久。他居住在山洞之中，衣衫褴褛，须发及胸，靠朝拜者的供养为生。我爬上伯德里纳特的后山时，遇见很多住在洞中的修行者，难以想象他当年也是其中一员。对正统的婆罗门家庭男子来讲，云游修行是人生中必须经历的一个阶段。按照印度教传统，排在前面三个的种姓作为

"再生族"，一生中有四个行期（Ashrama）：

- 梵行期（Brahmacarin），从儿童到成年前，跟随上师（Guru）学习吠陀和各种仪礼；
- 家居期（Grihastha），成年后结婚育子，履行世俗义务；
- 林栖期（Vanaprastha），老年时弃家隐居森林，从事各种修行，为解脱做准备；
- 遁世期（Sannyasin），晚年舍弃一切财富，云游四方，以期早日解脱。

林栖期和遁世期便属于云游修行的阶段，苦行僧叫作"Sadhu"，一般被尊称为"Baba"，有自己独特的装束和修行方式。问题是如今已经没什么森林可以去了，大部分印度教教徒也都已经不再遵守这些古老的传统，或只是走个简单的形式。

凯达纳特

去的第二个圣地是凯达纳特（Kedarnath）。

凯达纳特是我在印度到过的最美的地方之一，当我清晨望见凯达纳特神庙时，四个字在脑海中闪过——盗梦空间。这地方看起来如梦似幻，好像电影里才会有的场景。

抵达这里却并不容易，公路只通到山脚下海拔 2100 米的一个小镇，需要徒步 20 公里左右才能抵达海拔 3600 米的凯达纳特，垂直爬升 1500 米。当地有小直升机可以坐，单程票价只要 400 元人民币。然而在朝圣旺季，一票难求，所以就算有也是白搭，我只好自己徒步上去。

这种四个人抬的轿子，应该是最高级的，具体价格没问

最便宜的运输设备是这种背篓，好像是 2000 卢比，相当于 200 元人民币不到

和大量朝圣者一起徒步进凯达纳特，让我见识到了印度人神奇非凡的一面。人头攒动的壮观场面，会让你觉得这是香客在节假日踏青去灵隐寺[①]，而不是在白雪皑皑的喜马拉雅艰难跋涉。印度人为了前往凯达纳特，如同八仙过海各显神通——有被人背上去的，有被轿子抬上去的，有骑马上去的，早早预定好行程的富人则是呼啦一下坐直升机飞上去。但最多的，还是跟我一样自己走上去的。

凯达纳特海拔 3600 米，无疑算是高海拔了。而且徒步这一路全都是上坡，其体验类似从西当温泉徒步进雨崩村，连我这种擅长上坡的资深老"背包客"也感觉走得非常"虐"。对我们

---

① 位于中国杭州。

来讲,这种难度的徒步,登山鞋、背包、冲锋衣应该都是标配吧?只见那些印度人,身着日常的纱丽,穿着夹脚拖或凉鞋,甚至光脚,扶老携幼,行李顶在头上……这样浩浩荡荡地在海拔超过3000米、两边都是冰川的泥泞陡峭山路上徐徐前行。

我自认也算是个见过大风大浪以及各种古怪的人,但还是为印度人的徒步朝圣方式感到震惊。假如不知道他们是来朝圣的,我肯定以为这些人是在逃难。

我最大的疑惑是,他们难道不冷吗?大多数印度人都没有额外的衣物,因为在他们家乡,可能一年到头都不需要穿外套,从海拔100米到4000米穿的都是同样的衣服。他们的全部装备就是一条毯子,白天当衣服,晚上当被子,还有些人会套一件一次性雨衣御寒。看他们骨瘦如柴的样子,也不像是有可以御寒的脂肪。

20公里的上坡路,我从中午11点半走到傍晚5点半,花了六个小时左右,到了山上费了不少周折才找到一个很破的住处。在往返凯达纳特的路上,只看到一对外国情侣,极少有外国游客会来这里。

虽然很艰辛,但这里是印度最值得一来的地方。

恒河的另一条支流曼达基尼河(Mandakini)发源于凯达纳特。2013年北印度气候反常,降水量是往年的3倍,冰川大量消融,在朝圣季引发了巨大的山洪,遇难人数总共有5000人左右。凯达纳特是当时的重灾区,建筑被大量冲毁,我在2017年去的时候仍是满目疮痍。在那场洪水中发生一件事,无神论者视之为巧合，有神论者则视之为神迹——一块从山上冲下来的巨石，不偏不倚挡在凯达纳特神庙前面，正好把山洪挡住了，使得神庙幸免于难。这块巨石如今也成了信徒们膜拜的对象。

五月，在海拔 3600 米的喜马拉雅山中，我清晨得穿羽绒服出门，而印度人就直接光着膀子在刺骨的河水中洗澡了，我把手放在水里一会儿就冻得失去知觉。以前听说去西藏冈仁波齐朝圣的印度人，会直接在玛旁雍错冰冷的水里洗澡，我觉得难以置信。印度有些人不是我们能用常理所想象得到的。

凯达纳特神庙除了是恒河源头圣地之外，内里还供奉着"光之林迦（Jyotirlinga）"。印度教的神庙内部是不许拍照的，大部分神庙的核心区域甚至不对非印度教教徒开放，所以我没有在神庙内拍过照片。去过尼泊尔或印度的人大多知道"林迦（Lingam）"，一讲起林迦就一脸坏笑——由于林迦在解剖学上是一根阴茎位于阴道内的形象，很多人一口咬定这是生殖崇拜。

这种认识不能说是错误的，只是有些狭隘。林迦的形象确实起源于此，但对很多印度教教徒来说，林迦是湿婆力量的象征。就好像对基督教教徒来说，十字架是耶稣的象征，而不是古罗马的一种刑具。甚至印度的佛教也有受到林迦形象影响的证明，有学者认为早期的佛塔就受到了林迦造型的影响。

林迦在印度到处可见，但凯达纳特的"光之林迦"比较特殊。印度教有一个传说，有些人可能看过这个传说的中文版本，跟我从英文翻译过来的不太一样：

创世之神梵天和维护之神毗湿奴，曾经互相争论谁更厉害。为了解决这场争论，湿婆化身为一道刺穿三界的永恒光柱（Jyotrilinga），梵天和毗湿奴分别前往光柱两端寻找尽头。毗湿奴找不到尽头，回来认了输，承认还是你湿婆最厉害！梵天回来后，撒谎说自己到了尽头，湿婆勃然大怒，诅咒梵天：即便他贵为创世神，也不会受到崇拜。所以现在整个印度只有一个供奉梵天的神庙，普遍无人崇拜梵天。

在这个故事中，"光之林迦"被视为湿婆无穷力量的象征和示现。全印度供奉"光之林迦"的神庙，一共只有12个，凯达纳特的地位可想而知。

甘戈特里

作为恒河正源的甘戈特里（Gangotri），自然是压轴的地方。

恒河源头的几个圣地，看着直线距离很近，真要一一造访却很不容易，因为每个地方都需要走回头路出来。加上路况奇差无比，我全程包车花了9天时间才紧赶慢赶走了三个地方。

伯德里纳特和凯达纳特及沿途的旅游配套设施都非常差，完全为印度香客所设计，整个行程也没有找到一家带花洒淋浴的酒店——印度人习惯用水桶洗澡。到了甘戈特里，才终于像是到了一个旅游景点，这是我一路上看到外国游客最多的地方，但仍然不超过十个人。

甘戈特里有一座神庙，大多数朝圣者到这个神庙就算完成任务了，实际上需要继续徒步19公里才能到达恒河真正的源头，这段路不能骑马也没有挑夫，更没有直升机，只能自己徒步进去。这里有雪豹等珍稀动物，需要申请许可证才能进入，每天限量150张许可证。

限量许可证难不倒我。奇货可居意味着只要肯花钱就能解决问题，我下午一到那边就找了个中介，搞定了第二天进山的许可证。

甘戈特里镇的海拔是3100米，恒河源头冰川的海拔为3900米左右，垂直爬升800米，坡度比进凯达纳特的路要平缓不少。2013年的洪水将朝圣的古道冲毁了，新开的路在悬崖上，据说比原来要难走很多，走下来我觉得也还算好。但可能是因为我鞋子里进了沙子没及时弄干净，加上连续好几天走得有点多，出来之后，左脚底板起了一个大水泡。

恒河源的徒步比较像正常的野外徒步，没有浩浩荡荡的人群，只有零零星星的"背包客"和苦行僧。进入保护区之后，可以住宿的地方只有布杰巴萨营地（Bhujbasa），海拔3800米左右，条件很差。住了一晚后，第二天早上徒步四公里，到了恒河真正的源头——奶牛口[①]，得名于冰川洞穴的开口形状如同牛的嘴巴。

[①] Gaumukh，Gau=cow 奶牛，mukh=mouth 嘴巴，合起来意为"奶牛口"。

然而我在2017年去的时候,"奶牛口"已经变得名不副实。2016年的一场暴雨使得大量冰川坍塌,冰川最前端的"奶牛口"就此消失。

恒河源头的冰川,是看一眼少一眼的地方。根据一份2018年的报告,1936年到1996年,甘戈特里冰川消退了1147米,平均每年19米;而最近的25年消退了850米,平均每年34米。按照全球变暖的速度,恒河源头的冰川估计在我有生之年就会消失殆尽。

"奶牛口"是恒河作为一条河流的起点,恒河最重要、最神圣的支流跋吉罗蒂河(Baghirathi)从此发源。上篇我们讲过恒河女神乃是应跋吉罗塔(Bhagiratha)的请求下凡的,为了纪念跋吉罗塔,就把这条河命名为跋吉罗蒂。从凯达纳特发源的曼达基尼河会汇入跋吉罗蒂河,跋吉罗蒂河在下游再与阿喀难陀河相交汇,从那里开始,正式使用恒河这个名字。

恒河圣汇(Prayag)

印度教中认证过的恒河源头的支流一共有六条,上面讲的这三条是比较重要的,在传说中,恒河从天上下凡之后,在源头被湿婆的头发分成六条支流,而这六条支流有五个汇合点,被称为"五圣汇"[1]。印度教把这些河流的汇合点视作恒河力量重新聚集的地方,每个地方都有自己的传说。

---

[1] Panch Prayag, Panch即五, Prayag为融汇,译为"五圣汇"。

我在路上经过"五圣汇",但只在最重要的德沃普拉耶格（Dev Prayag）停下来拍了两张照片,跋吉罗蒂河与阿喀难陀河在此汇成了恒河。

根据神话传说,印度教教徒相信这里有三条河,地底下还有一条娑罗室伐底河[1],这条河发源于伯德里纳特附近,但一直在地下作为一条暗河流淌,直到这里才汇入恒河。也有传说认为娑罗室伐底河是在亚穆纳河与恒河的交汇处汇入的……印度教传说里面相互矛盾的地方很多,不过由于多神教的包容,你信你的、我信我的,倒也不互相倾轧。

圣汇对于朝圣者的意义依然是洗澡,就好像某些佛教教徒每见到一个庙都要烧香,印度教教徒来恒河朝圣,每见到一个庙都要洗澡。

恒河出山（Gangadwara）

恒河汇流之后流经的第一个城镇便是大名鼎鼎的瑜伽圣地瑞诗凯诗[2]。瑞诗凯诗是通往加瓦尔山脉的门户,自古就是印度教圣人冥想修行之地,慢慢就发展成世界闻名的瑜伽小镇,有很多外国人专程来这里练习瑜伽。

瑞诗凯诗有一座姐妹城镇哈里德瓦尔[3],这两座城镇曾被授

---

[1] Sarasvati River.
[2] Rishikesh, hrishika 意为感官, isha 即领主, 感官统治者。
[3] Haridwar, Hari 是毗湿奴的尊称, dwar=door 门户, 通往毗湿奴的门户, 这个名字是毗湿奴派信徒的叫法；有时候你会看到这个地名拼写成 Hardwar,

第五章　从头细说恒河

予"世界遗产双子城"（Twin National Heritage Cities）的称号。瑞诗凯诗在山谷之中，哈里德瓦尔则已进入恒河平原地带，朝圣者极众。在这两个地方，你很难找到肉食和酒，倒是很容易能找到大麻，印度的苦行僧有通过吸食大麻来跟神灵沟通的传统。

哈里德瓦尔是印度教七圣城（Sapta Puri）[①]之一，另外六个分别是阿约提亚（Ayodhya）、马图拉（Mathura）、瓦拉纳西、甘吉布勒姆（Kanchipuram）、乌贾因（Ujjain）和杜瓦尔卡（Dwarka）。根据印度教的神话传说，这七个地方都是一些知名神祇曾经出生或降临的地方。

我第一次来到这个"圣地"时，人潮涌动的穷街陋巷仿佛把我带回到了德里的月光市场。当时发生了一件让我啼笑皆非的事情：同去的朋友发现他房间的床底下有只老鼠，酒店伙计很淡定地找来一个捕鼠笼，放了一小块面饼进去，然后把捕鼠笼放在房间里，告诉我们20分钟后再进房间。果然没过多久，老鼠就被缉拿归案，只见那个伙计小心翼翼把老鼠带到酒店外面找个角落放生了。

圣城哈里德瓦尔的历史十分悠久，孔雀王朝和贵霜帝国都曾统治过这里，考古发掘出公元前1700年至公元前1200年的陶器。关于哈里德瓦尔最早的纪实描述出自玄奘法师，根据

（接上页）并非拼错，而是湿婆派的叫法，Har 是湿婆的尊称。
① Sapta 意思是七，Puri 即城，Sapta Puri 为"七圣城"。

《大唐西域记》的描述，按图索骥找到了当年的一些遗迹（印度的很多遗迹都是根据玄奘的记录找到的）。

哈里德瓦尔在历史上也被称作"Gangadwara"——恒河之门，是恒河出山的第一站。这里跟瓦拉纳西一样，每晚都有恒河夜祭（Ganga Aarti），但内容有所不同。就我所知，在恒河流域范围内，瑞诗凯诗、哈里德瓦尔、瓦拉纳西、巴特那（Patna）这几个地方的恒河河坛都有独立的每日祭祀活动，其中瓦拉纳西的恒河夜祭知名度最广、观赏性最强。

哈里德瓦尔的另一个身份是大壶节（Kumbha Mela）[①]的四圣地之一。大壶节是世界上最大的宗教集会，有一种说法认为玄奘的《大唐西域记》中记载的"无遮大会"就是大壶节，我认为这种说法是不确切的。

佛教无遮大会的梵语是"Pafica-VarsikaMaha"，意为五年一次的大会，是当时的佛教研讨大会，根据佛经记载，可能最早起源于阿育王时代；而大壶节这个名称不存在于任何19世纪之前的文本中，学界相信阿迪·商羯罗在公元8世纪对印度教进行改革时，模仿佛教无遮大会发起了五年一次的印度教哲学辩论大会，形成了大壶节的雏形。因此印度教的大壶节最早其实是佛教无遮大会的因袭版，两者并不相同。现代的大壶节另有一番宗教上的解释：

印度教创世神话中有一个搅拌乳海（Samudra Manthan）的

[①] Kumbha 为锅罐，Mela 为聚会，合起来译为"大壶节"。

故事。从前天神提婆族（Devas）和魔神阿修罗族（Asuras）合作从乳海中获取了长生不老的仙露（Amrita）[①]，大费周章取得仙露后，双方却为了争夺仙露而大打出手，最后天神在金翅神鸟迦楼罗（Garuda）和毗湿奴的帮助下夺得仙露，从而正义战胜邪恶。

在中世纪之后的文本里，给这段故事新添加了一段情节：神鸟迦楼罗带着仙露飞在空中的时候，掉落了几滴到凡间，分别掉在哈里德瓦尔、普拉亚格拉杰（Prayagraj）[②]、特里姆巴克（Trimbak）[③]、邬阇衍那（Ujjayani）[④]。据考证，19世纪之前这几个地方的"大壶节"是相互独立的（当时也不叫大壶节），后来将传说和宗教仪式相互巩固，才慢慢形成了如今大壶节的传统：每12年举办一次大壶节；这12年之间每6年会有一次规模稍小的"半壶节"（Ardh Kumbh）[⑤]；每12个大壶节会举办一次"巨壶节"（Maha Kumbh）[⑥]，144年轮一次；大壶节举行的地点则根据木星、太阳和月球的黄道位置来决定。

[①] Amrita，meh词根意为测量，加了否定冠词"a-"就是不可测量的意思，引申为不朽、长生不老。在早期印欧语系的多神崇拜体系中，人们认为天神的饮食是花蜜，于是这个词又有了花蜜、仙露的含义。最有意思的就是这个词的变体后来被用来命名的无量光佛"Amitabha"即"阿弥陀佛"。
[②] 即安拉阿巴德Allahabad。
[③] 位于纳西克Nashik。
[④] 即乌贾因Ujjain。
[⑤] Ardh意为一半。
[⑥] Maha即伟大。

传说中，当年滴仙露的地方正是哈里德瓦尔的"Hari Ki Pauri"[①]河坛，我每次到这儿，这儿都是人山人海。众多来哈里德瓦尔朝圣的信徒相信这里曾是毗湿奴大神待过的地方，大神曾在此地的一块石头上留下过脚印（这是这里得以入选重要圣城的主要原因）；那个传说中把萨迦拉国王六万个儿子化为灰烬的圣人卡皮拉曾在此修行；而跋吉罗塔为六万个叔叔赎罪苦修的地方亦是此地；再加上这边的恒河水非常湍急，被视为有极强的净化力……

我虽然一直在印度，但并没有参加过大壶节。因为人实在是太多了，秩序非常混乱，踩踏事件时有发生。2013年大壶节我已经在安拉阿巴德城外了，被巨量的人流吓到，连进城都困难。另外，我觉得大壶节不就是看人洗澡吗，我在印度看人洗澡实在是看得太多了——突然觉得自己怪怪的。

亚穆纳河

在恒河中上游，亚穆纳河（Yamuna）和恒河是两条平行的大河，就像两条姐妹河。而"Yamuna"这个名字也很可能源于梵语"yama"——双胞胎。这是恒河最重要的一条支流，两河交汇的地方被称为"PrayagRaj"——圣汇之王。

伊斯兰文化影响到北印度之后，兴建的几座大城市都在亚穆纳河边，比如德里、阿格拉曾是莫卧儿王朝的都城，又如建

[①] Hari 是毗湿奴的尊称，ki=of，Pauri 台阶或足迹。

第五章　从头细说恒河

立在"PrayagRaj"的重镇安拉阿巴德。这几个城市的建筑具有非常典型的伊斯兰风格，相较之下，印度教的宗教氛围相对要弱得多，亚穆纳河的宗教地位本身也不如恒河。

来印度旅行的人基本都会去阿格拉看泰姬陵，泰姬陵就坐落在亚穆纳河畔，严格来说，泰姬陵并非印度特色的建筑，而是波斯帖木儿风格的。有些人可能会注意到人们在阿格拉亚穆纳河滩上洗衣服、晒衣服的壮观场景，洗衣工一边在河滩上大小便，另一边就直接在污浊的河水里洗衣服。联想到自己住的酒店床单可能就是在这里洗的，内心顿时涌起一阵波澜……

从前，亚穆纳河以清澈著称。恒河由于流速快并夹带大量泥沙而显现出黄色，亚穆纳河则是蓝色。我到过亚穆纳河的支流贝德瓦河（Betwa River），见到的河水真的是清澈湛蓝，叫人不敢相信这里是印度。但近年来，由于沿岸的人口和工业集中发展，亚穆纳河如今是世界上污染最严重的河流之一。网络上流传的印度河流污染的照片，有不少都是亚穆纳河。同时由于受关注程度不如恒河那么高，亚穆纳河得到的治污经费自然也就偏少。

亚穆纳河沿岸最重要的印度教圣地是马图拉（Mathura）和沃林达文（Vrindavan）这对双子城，当地有上千座印度教寺庙。马图拉相传是黑天（Krishna，音译奎师那，梵语Krsna意为黑色、蓝黑色。注意黑天和藏传佛教中的大黑天Mahakala是不同的，切勿混为一谈）的出生地，而黑天被视作毗湿奴神的完整化身，是印度教排名前十的神祇，马图拉由此荣列七大圣城之一。再加上这里曾经是不少古代王朝的首都,在伊斯兰风格为主流的德里－阿格拉区域显得十分另类。

我曾在冬天造访沃林达文的河坛,看起来居然有种瓦拉纳西的既视感,只不过亚穆纳河的流速要远远低于恒河,河坛亦门可罗雀,有一种诡异的萧条和静谧。倒是河坛边上的手摇渡船来来往往,为这里增添了不少烟火气。

瓦拉纳西

接下来终于要讲到恒河的重头戏——瓦拉纳西,绝大多数游客对恒河的认识几乎全部都来自瓦拉纳西。

这样的圣地想必会让你望而生畏

瓦拉纳西大概是印度最具争议的旅行目的地,我第一次来这里时,带着厌恶的情绪在这座城市游览,惊奇地发现这里居然有大量以洁癖著称的日本游客——日本人怎么可能受得了这种地方？甚至还有日本人在此开旅馆定居。

然而马克·吐温曾经这样描述瓦拉纳西："贝拿勒斯比历史更沧桑、比传统更悠久、比神话更古老，其源远流长是所有历史、传统、神话加在一起都无法比拟的。"[1]

贝拿勒斯"Benares"是瓦拉纳西的梵语旧称，"Varanasi"这个名字来自构成城市边界的两条恒河支流的名字——城市北边的"Varuna"河及南边的"Assi"河，现在还可以在地图上找到这两条河。《大唐西域记》中对这里有详细记载：

> 复大林中行五百余里，至婆罗痆斯国（旧曰波罗奈国，讹也。中印度境）。婆罗痆斯国周四千余里。国大都城西临殑伽河，长十八九里，广五六里。闾阎栉比，居人殷盛，家积巨万，室盈奇货。人性温恭，俗重强学，多信外道，少敬佛法。气序和，谷稼盛，果木扶疏，茂草靃靡。伽蓝三十余所，僧徒三千余人，并学小乘正量部法。……婆罗痆河东北行十余里，至鹿野伽蓝。区界八分，连垣周堵，层轩重阁，丽穷规矩。僧徒一千五百人，并学小乘正量部法……

---

[1] 原文为：Benares is older than history, older than tradition, older even than legend, and looks twice as old as all of them put together.

婆罗疤斯就是贝拿勒斯，玄奘取经的年代正是北印度佛法昌盛之际，尽管瓦拉纳西的鹿野苑是释迦牟尼成佛之后"初转法轮"的圣地，当地的主流却依然"多信外道，少敬佛法"，可见印度教在此地的根深蒂固。再往前追溯，瓦拉纳西是《阿含经》中提到的古代印度十六国中的"迦尸国"，与《梨俱吠陀》中的"Kashi"国相应证，梵语中"kash"这个词根意为"光照、闪耀"，即"光之城市"。传说五千年前便已有人类在此建造城市定居。

瓦拉纳西作为七圣城之首，被印度教认为是天底下最圣洁的地方。当然用我们世俗的眼光来看，这里大概是世界上脏乱差的地方，瓦拉纳西的"圣洁"显然是我们这种俗人所无法理解的。那么是什么让瓦拉纳西如此闪闪发亮呢？

有一个说法认为，恒河发源之后，一路都是自西向东、自北向南流淌的，到了瓦拉纳西这里，突然就拐弯自南向北流了。要知道，恒河那可是圣河，是湿婆无穷力量的象征，能让圣河逆流而行，该是一个多么殊胜的地方！

有了"殊胜"的特征，当然也有"殊胜"的故事。根据神话传说，瓦拉纳西是由湿婆大神一手创立的，而这个神话又是跟"三大主神谁更厉害"的争论相关。传说印度教创世神梵天原本只有一个头，他创造出了大美女辩才天女，结果自己被女神迷住了。为了可以一直盯着女神看，梵天新长出四个头来，可以同时看前后左右上下。有一天梵天跟湿婆争论宣称："我是创造宇宙世界至高无上的神！"湿婆勃然大怒，用额头上的第三只眼睛把梵天朝上的那张脸给烧了，割下了那颗头，当作战利品带着到处炫耀。他来到瓦拉纳西的时候，梵天的头掉到地上消失了，从此瓦拉纳西成了圣地。

大家可能不理解，梵天的头掉在瓦拉纳西这么惊悚的事情，怎么就变圣地了呢？

在前面关于种姓制度的章节里我就讲过，印度教中关于种姓的来历有一个比较主流的解释，认为梵天的头变成了婆罗门，代表智慧的祭司和学者阶层；双臂变成了刹帝利，代表统御力量的武士和统治阶级；腿和脚变成了吠舍和首陀罗，代表劳动人民（纳税阶层，供养前两个种姓）；剩下那些不入流的则是贱民（事实上的奴隶）。

所以梵天的头掉下来以后，就变成了地上的婆罗门，当然是尊贵神圣的。我以前带团在那边住酒店，酒店老板来巴结我，晚上找我在天台上请我喝酒聊天。老板的几个朋友，这个也是婆罗门，那个也是婆罗门，我指着给他们端茶送水的小弟问："他呢？"他们哈哈大笑说他是刹帝利，那种感觉就好像刹帝利只配给他们当小弟。他们说瓦拉纳西自古就是一个婆罗门的城市（现在瓦拉纳西有三成人口是穆斯林），而我发现这里的很多婆罗门早已变得世俗化——婆罗门多了，自然也就不值钱了。譬如说喝酒就是婆罗门的禁忌，他们却照喝不误。而且瓦拉纳西到处都能找到肉食，这在其他印度教圣地是不可想象的。

这种变化很可能是当地大量的外国游客所带来的，如今是资本的世界，大家都追求财富。印度排名第一的景点亨皮

（Hampi）也是个素食区，早年去，整个村子都找不到肉食。后来有一次过去，在一家餐厅菜单上看到"pollo"，我问餐厅伙计"pollo"是什么？他告诉我是鸡肉（我后来才知道 pollo 是西班牙语"鸡肉"的意思）。

在印度很多地方，吃肉、喝酒的约束较多，瓦拉纳西的旅游开放得早，慢慢也就默许了这些行为。

瓦拉纳西的恒河沿岸一共有 88 个河坛（Ghat），大部分还在使用中，河坛的作用主要是沐浴和祭祀，有两个河坛专门用于火葬。

瓦拉纳西最神圣的河坛是马祭河坛（Dashashwamedh Ghat），这个地名我到现在还念不清楚，不过你在当地只要跟人说"Main Ghat"，大家就都知道了。这个河坛的来历也很传奇，一说是当年梵天为了迎接湿婆而创造的；又一说是梵天曾在这里搞过马祭，献祭了十匹马，这跟在上篇里写到的萨迦拉国王的马祭（Ashwamedha Yajna）是一样的。"Ashwamedha"是一种需要用到马的祭祀仪式，这个仪式的规则非常复杂，这里不再赘述。"Yajna"是崇敬、奉献的意思。古印度作为农业社会，估计马是很珍贵稀有的牲畜，所以马祭才那么隆重。

有的读者看到这里可能会疑惑："你刚才不是还说梵天让湿婆砍了一个头吗？为什么还对湿婆这般毕恭毕敬？"

人家神话就是这样讲述的，说是梵天虽然被砍了一个头，但还是与湿婆和好如初。

马祭河坛每晚都有恒河夜祭，凡是到过瓦拉纳西的游客一

第五章　从头细说恒河

定都去看过恒河夜祭，逢周二和宗教节日都会有特殊的祭祀表演。

虽然每天晚上都有表演，祭祀看台依然座无虚席。恒河夜祭的观众席在河岸的这边，但祭司们面朝恒河表演，完全无视那些观众，因为他们真的把这个当作一场献给神的祭祀表演。

恒河夜祭的核心是火，祭司们使用不同的法器挥舞着不同形式的火焰，从香柱到烛台，再到火盆。因为这本身就是一场"烈火祭"（Agni Pooja），献给湿婆、太阳神、火神、恒河女神，以及整个宇宙。"Agni"是印度教中的火神阿耆尼，"Pooja"是祷告、祭祀的意思。另外，"Agni"一词在梵语中就是烈火的意思，和拉丁语的火（Ignis）有明显的同源性，英语中点火（Ignite）的词源亦来自于此。

之所以有大量火元素参与到当地祭祀活动中，正因为现代印度人是从中亚迁徙而来的雅利安后裔，印度教与拜火教同源。

中亚及西亚地区会发展出对烈火的崇拜，有其必然性，那边油气田储量丰富，天然气从地表泄漏被点燃，日夜不停地燃烧。缺乏地质知识的古人理所当然会把这种现象视为超自然，为这种"殊胜"的特征，编一些"殊胜"的故事出来。试想两三千年前，当时的人类看到这一无法解释的神奇景象，会产生怎样的联想？除了神的力量，还有什么能让火不借助任何燃料凭空燃烧呢？这从地底升起的火焰，是否意味着还有一个烈火熊熊的地下世界呢？

我在阿塞拜疆的时候参观过当地的火神殿（Ateshgah），这

245

里过去有七束"永恒之火"。后来当地进行了石油和天然气开采,"永恒之火"在1969年宣告熄灭。如今你到这个地方依然能看到"永恒之火",只不过底下多了根市政天然气管道,只有开放参观的时候才点火。

令我感到惊讶的是,这座远在里海边的火神庙里,居然有好几幅梵语、旁遮普语的铭文,提到了湿婆和象头神(Ganesha)。有人认为这里本身就是一座印度教神庙,因为过去神庙顶上插着一根三叉戟(Trishula),此乃印度教的重要象征。

野外自燃现象

印度教继承了中亚雅利安原始宗教中对火的崇拜。印度教中的火神阿耆尼具有三种形态——普通的火焰,闪电,以及太阳的光和热,这种三重性使火神成为人与神之间沟通的使者。在如今的各种印度教文化和传统中,火都扮演了极为重要的角色,几乎所有的宗教仪式都伴随着火焰。具体有如下的表现:

● 在庆祝新生命的诞生、祭祀和祷告时都需要点燃油灯;

● 婚礼中最重要的仪式"Saptapadi"(七步),需要夫妇绕着火堆转圈;

● 最重大的两个节日洒红节(Holi)和排灯节(Diwali)都有和火相关的仪式,火象征着非常神圣的能量;

● 火是人与神之间的信使,可以通过火焰向神进行献祭;

● 通过火化尸体,烈火可以触发物质和精神的循环,在燃烧遗体的时候,人得以重生;

● 火焰是知识和智慧的象征,可以摧毁无明和妄想。

印度教可以说是完美地融合了水与火这二元对立的两大元素——水和火既是毁灭的力量,又是净化的力量,同时还是创造的力量。这种对水与火的崇拜在琐罗亚斯德教也同样存在。

印度教中的苦修、冥想、禁欲文化也与火有关。在梵语中,苦修一词是"Tapas",梵语中的词根"Tap"有加热、温暖、燃烧的意思。古代的印度哲学家观察到生命孕育需要热量，比如母鸡孵蛋，从而认为是热能催生了变化，使鸡蛋变成小鸡。并且这种热能必须是温和的、持续的，不然鸡蛋就熟了。于是"Tapas"一词就有了修行、苦修的含义，通过持续的能量来使自己得到升华和重生。所以印度教相信只要持之以恒地给予时间和能量，生命就可以发生蜕变。而火的热能是这一切能量的根源，是印度教非常核心的要素。

烈火除了物理形态的光和热之外，印度教认为人的体内也有三种业火：怒火（Krodha-Agni）、欲火（Kama-Agni）及饥火（Udara-Agni）。也就是说，当你有冲动要打人骂人或是要吃东西，都是因为你身体里业火的能量在催动，这些业火是造成你痛苦的根源。通过苦修和禁欲，将把这些业火转换成人的精神能量，而不是任由其燃烧释放，才能得到精神上真正的自由和解脱。

印度教跟佛教一样，具有非常深层次的哲学思考，两者在长期的共存历史中，互相学习和影响，只不过这些枯燥的内容往往为人所忽视。

鉴于曼尼卡尼卡河坛的"殊胜"，印度教教徒相信在这里火化，然后将骨灰倾倒进恒河水中，就能从轮回中得到永恒的解脱（Moksha）[1]，这种加持力在整个印度教世界是独一无二的。尼泊尔加德满都的帕斯帕提纳特神庙（Pashupatinath）虽然也有河坛火葬的习俗，然而殊胜性不可望其项背。许多年迈的信徒

---

[1] Moksha 这个词在部分语境下与涅槃 Nirvana 同义，但并不完全相同。

第五章　从头细说恒河

在临死之前会想方设法从全国各地来到曼尼卡尼卡河坛，在这里度过他们最后的日子，相信自己可以从轮回中解脱的心理安慰，让他们对死亡无所畏惧。

我第一次到瓦拉纳西的时候，就住在曼尼卡尼卡河坛附近的辛迪亚河坛（Scindhia Ghat），任何时候从房间都能望见火葬台日夜不息的烟火。那种氛围有说不出的诡异，第一次感觉自己距离另一个世界这么近。

曼尼卡尼卡河坛是瓦拉纳西骗子出没的重灾区。瓦拉纳西严禁拍摄火葬（这种禁止并非完全出于宗教原因，而是因为游客实在太多，如果允许拍照，势必会造成火葬现场的混乱），但难免会有初来乍到的游客管不好自己，抱着侥幸心理去偷拍。然而只要游客一接近火葬区，就会被小混混们盯上，如果他觉得你拍了照片，立马会冲上来跟你纠缠不休，比如自称是工作人员，要抓你去见警察。很多游客为了息事宁人，只好破财消灾。还有些人则会声称只要你给钱，他可以带你去拍。我的建议是，如果你非要拍，可以在坐游船的时候拍，小混混总不可能跳下水来抓你。

还有一种骗子自称是导游，可以免费带你参观河坛。他会把你领到火葬台边的"死亡之家"，这里会有一些从全国各地来等死的老年人。接着他会开始卖惨，说这边的护工都是志愿者，没有收入，要你给他们捐钱；他还会将火化尸体的费用夸大数十倍，要你资助那些老人买木柴（实际上木柴只要几十块钱）。

249

瓦拉纳西虽是圣城，可这里有一些人心安理得地坑蒙拐骗。不过好在他们只是骗点小钱，你就算被纠缠上了，只要态度强硬，对他们凶一些，都是可以脱身的。我第一次来这边时，被层出不穷的骗子搞得七荤八素。后来摸清了他们的套路，才能坦然自若地欣赏这座恒河边的圣城所特有的韵味。

入海

黄河的水一路越流越少，恒河的水却是越流越多，由于水量太大，到了下游开始分流。

恒河的入海口就跟源头一样凌乱，在西孟加拉邦，恒河分离出第一条分流——胡格利河（Hooghly），加尔各答便坐落在胡格利河畔。胡格利河是西孟加拉邦的命脉，当年东印度公司通过这条河深入整个北印度的内陆，建立起殖民商贸网络。

加尔各答算是一个传统的印度教社会，按照传说，那时候萨蒂51个尸块中的右脚脚趾掉在这里，于是有了迦梨神庙（Kali Temple）。有说法认为加尔各答这一地名，就是源于Kalighat（迦梨河坛）。胡格利河边的河坛，就像恒河其他地方一样，人们在此沐浴、祭祀。不同的是，下游河道的航运明显要比上游地区繁忙得多，河流作为经济和交通纽带的作用得以彰显。

同是恒河下游分流的孟加拉国，与西孟加拉邦本是同种同源，然而因为两地宗教信仰的不同，显现出与加尔各答完全不同的面貌。恒河进入孟加拉国境内后，连名字都被改成了莲花河（Padma River，"莲花"是"Padma"的直译）。在孟加拉国，恒河自发源以来，头一回不再具有宗教色彩，洗尽铅华成为一条世俗的大河。恒河与布拉马普特拉河在此合流，这么小的一个国家，哺育了1.7亿人口。在这里，河流的经济属性取代了宗教属性，航运和捕鱼业都十分发达。

最后，在恒河三角洲，这条传奇大河散作无数细流，滋养了一万平方公里之广的苏达班红树林（Sundarbans），沉入孟加拉湾。

按照印度教的传说，恒河将亡者的骨灰带入地下，继续在冥界流淌。恒河是无始无终的，凡人所能触摸到的物质意义上的恒河只是它在三界中的一小段而已。这就如同印度教教徒对生命的认知，人生一世只是无数轮回中微不足道的刹那。恒河在凡间的旅程，由源头的支流一点点凝聚，在终点又一点点消散，沿途经历各种各样的故事与传说……亦如人生。

人是一种具有想象本能的动物，热衷于为一切事物赋予意义。我们无法接受自己所经历的、世间所发生的一切是随机而没有意义的，所以人们从古至今就在不断思考世界和生命的意义；我们也无法接受生命一旦死去，意识就永远消失。

在赋予意义的过程中，人类留下了各种各样的不同的叙事。

我给大家讲印度，很重要的一个目的，是想让大家看看这个世界其实很多样，有不同的看法和角度。

讲完了"恐怖"的德里，讲完了传奇的恒河，接下来，我再跟大家讲讲印度三座最大城市中的另外两座——孟买和加尔各答。

第六章

"双城记":孟买与加尔各答

如果你问我，印度所有的大城市里我最喜欢哪一个，我很难回答。孟买和加尔各答这两座城市让我难以取舍，虽然这两座城市并不在传统的印度热门旅行目的地列表上，但它们的魅力和丰富性在我看来远在那些知名的旅游城市之上。

在过去很长一段时间里，加尔各答都曾经是我的最爱。加尔各答曾经是东印度公司的总部，印度独立之后，经济长期停滞不前，大量的殖民地时期的建筑和生活方式被保留下来，像一个会呼吸的标本。加尔各答有些地方看起来就像香港的市井，有些地方又像老上海的租界，叮叮当当的有轨电车、人力拉的黄包车、英式风格的黄色老爷计程车都在街上跑着。另外，加尔各答原属于孟加拉省，在文化上与典型北印度也有所不同，老百姓相对更为善良友好。

然而随着对孟买的深入了解，我意识到孟买才是印度乃至这个世界上最魔幻、最有意思的地方。我对孟买的感情很复杂，这个城市既不宜居，也没有印度其他地方那样深厚的历史底蕴，绝大多数正常的游客都不太容易喜欢上这个地方，甚至可能会讨厌它，然而随着对它的了解越多，就会越来越被其文化的多样性所折服。世界上没有哪座城市是与孟买相似的，它不同于上海、纽约的海纳百川，也不同于伊斯坦布尔千百年历史的沉淀，甚至完全不同于同属英国殖民时期的重镇加尔各答。孟买那种独特的多样性在于现代与传统、富有与贫穷、进步与落后、现实与梦想的对立统一，印度最有钱的人和最底层的人都生活在这里，印度最好的和最糟的一面也都能在这里找到。

如果用一个比喻来形容，这座城市就像一台蒸汽时代遗留至今的无比庞大而又老旧的机器，在努力地排除故障以保持运作。你可以看到当年建造这台机器时的精巧设计，透着一股蒸汽朋克的气息，也可以看到历经岁月的千疮百孔，看起来破得随时要散架，却又处处焕发着自我修复的生机。

魔幻现实主义：孟买

在 2014 年第一次踏足孟买之前，我对这座城市的了解仅限于贫民窟。由于《贫民窟的百万富翁》（*Slumdog Millionaire*）这部电影，孟买的贫民窟可谓"享誉全球"，即便是许多从没到过印度的人，想必也听说过"达拉维"（Dharavi）这个名字。这座亚洲最大的贫民窟不仅是《贫民窟的百万富翁》的取景地，关于它的许多传闻也让人十分好奇——诸如全亚洲最大的贫民窟，人口密度高到爆炸，1440 人共用一个厕所，房屋的月租金只要 6 美金，等等。

因此探访贫民窟在当时几乎是我去孟买最主要的目的，我

第六章 "双城记"：孟买与加尔各答

在抵达孟买之前，就提前在卫星地图上看哪里有高密度的贫民窟，在达拉维附近的西昂（Sion）找一个酒店住了三晚，天天清晨和傍晚钻进贫民窟里拍照。在那之前，我从来没去过类似的地方，对贫民窟充满好奇心；而那几天的探索过程，颠覆了我之前对孟买贫民窟的全部想象。

然而我所见到的达拉维，除了某些公共地带垃圾较多之外，与20世纪八九十年代上海的棚户区并没有太大区别。

2014年在孟买Sion贫民窟拍的。如果一个孟买人跟你说他们家门口有条小河，你千万别太当真

2020年去孟买达拉维贫民窟，河道治理比过去有所改善

作为世界上人口密度最高的地区之一，达拉维最大的特点就是拥挤。通道如同迷宫般蜿蜒曲折，线缆像藤蔓般伸展，猫狗鸡羊等动物和谐相处，忙碌穿梭的身影无所不在。在这异常逼仄狭小的空间中，人们井然有序地生活着。

贫民窟里面的许多居民也并非是我们概念中的"贫民"，早上从这些地方走出来的不少年轻人一个个都衣冠楚楚，穿衬衫系领带，看起来就是普通的学生和公司白领，就外观上来看，跟"贫民"似乎搭不上关系。这是因为大城市有着更多的资源和工作机会，使得大量务工人员涌入德里、孟买这样的大城市，令贫民窟发展壮大。这种高度拥挤的棚户区乃是大城市的特色，我居住的哥印拜陀这种二三线城市，虽有贫民，但数量不足以聚众成"窟"。因此孟买贫民窟颇有些从前香港九龙城寨的神韵，层层叠叠通风极差，私拉的电线密如蛛网，但自来水管很少，大部分当地居民需要自己去供水点取水。虽然没有高层建筑，但由于私搭乱建向上发展，许多角落依然是终年不见天日，一间十几平方米的屋子可能要住一家七八口人，全无隐私和私人空间可言。

神奇的是，即便是如此拥挤的生活环境，贫民窟内部却并不脏。那些小小的房间都收拾得纤尘不染，人们会尽自己所能布置自己的房屋，使其变得更加温馨舒适。当然，居住空间之外的公共卫生就一言难尽了，尤其是那些小河流，污染极为严重，生活废水和垃圾都直接排放其中。

我在贫民窟里逛了两天，终于还是受不了那里而仓皇而逃。但你们一定想不到我受不了的是什么——被大量围观。

这个贫民窟的结构，其实有点像养鸡场，一个个小房间就像鸡笼子。我这种外人一跑进去，里面立马就会沸腾，消息在这个没有隐私的地方迅速传播，所有人都立刻知道有外人来了，一个个把脑袋从"鸡笼子"里伸出来张望。大人们还比较节制和矜持，可小孩子就不一样了，在他们看来我哪儿是外国人啊，简直就是外星人！一见我进了他们的巷子，立马兴奋地呼朋引伴，成群结队追在后面，搞得我好像长了根尾巴似的。

第六章 "双城记":孟买与加尔各答

这些小孩既不要钱也不要糖,就要我给他们拍照。最夸张的是,为了强夺镜头前的核心位置,他们互相之间甚至还会大打出手……起初我倒还喜闻乐见,到后来实在应付不过来,不得不落荒而逃。现在回想起来,可能是因为2014年印度智能手机尚未普及,拍照片在当时是个稀罕事,印度人本身就热衷于被拍,小孩子自然是加倍狂热。我太太说她小时候看到外国游客也是抢着要他们给自己拍照。随着智能手机的日益普及,印度人的"被拍欲"通过自拍得到了充分满足,这两年再去贫民窟就没有碰到过这种事。

虽然热情得有些过度,但不管怎么说,我头一回接触到的这些孟买人充分展现了他们对外国人的友好,这令我对孟买留下了非常好的印象。

后来我又去了很多次孟买,也去钻过其他一些贫民窟。孟买的贫民窟远远不只是达拉维,但达拉维无疑是其中历史最悠久并且最具特色的,具有很强的代表性,我觉得将之称为"达拉维贫民产业园区"更确切。

在前海洋文明时代,孟买跟纽约、上海一样,早年都是近海的滩涂、沼泽。孟买原先是七座小岛,达拉维过去则是个红树林渔村和大片沼泽地,英殖民地时期填海造陆,才把孟买建成了一个半岛深水港。在英国人的规划中,孟买半岛南区是作为城市来规划的,最南端则属于城市行政金融中心,都是些"高大上"的地方,相当于上海的外滩。于是在1884年,殖民政府把南区的一些工厂和穷人搬迁到达拉维这个"荒郊野外"

的地方，当然这个"荒郊野外"是19世纪末的情况，对比上海的话，达拉维的地段大致相当于徐家汇田林新村那一带，搁改革开放前，田林在上海人眼里也是乡下农村。

当时搬迁到达拉维的主要是古吉拉特邦来的陶工，殖民政府为他们提供了为期99年的土地租赁权，而在此之前，达拉维已经有一些皮革制造业入驻，河对岸就是个屠宰场，于是在达拉维形成一个产业中心，各种各样的工匠都涌入达拉维，仅仅2.1平方公里的土地上，生活了100万人[1]。虽然达拉维的人口数量越来越多，政府却一直没有为这个地方提供基础设施建设，没有卫生系统、下水道、自来水、道路，居民区和小作坊在这里野蛮生长。由于公共卫生情况恶劣，1896年，孟买爆发霍乱，造成一半以上的人口死亡。

印度独立之后，随着孟买的发展，达拉维成了印度最大的贫民窟。与此同时，城市向北扩张将这个贫民窟包围起来，所以确切来讲，达拉维应该算是非常典型的"城中村"。这里本来就有两条城铁线路，分别经过达拉维的东西两端，按照城市大规划来看，这里绝对是个黄金地段。印度政府当然也知道这块地的价值，搞过好几个重建计划，但改建达拉维是一项不亚于建设三峡大坝的工程，以印度政府的动员能力，只能说是心有余而力不足。

这些年，达拉维其实一直都在发展和变化，比方说，最早

---

[1] 达拉维的总人口数量一直是个谜，估算的人口数据从30万到100万不等。

第六章 "双城记":孟买与加尔各答

的时候,这里连路网都没有,这里的道路系统是政府进行郊区开发的时候修建的。国内媒体写达拉维贫民窟的时候,采用的数据都极其落后,很大程度上是以讹传讹:首先,达拉维早就不是印度最大的贫民窟了,早在2011年,在孟买就已经有另外四个贫民窟的规模都超过了达拉维,但达拉维依然是名声最大的一个;第二,网传达拉维1440个人才有一个公共厕所,这是2006年的数据,当然最新的数据也好不到哪里去——约500个人共用一个公共厕所;第三,6美金一个月的房租,也早已是年深日久的老皇历,如今达拉维一个比较典型的棚户区小房间,月租金价格在300多元到700多元人民币不等(3500～8000卢比),售价从30万元到150元万人民币都有;第四,达拉维的识字率高达69%(2011年数据),位居全印度贫民窟识字率之首,这地方并非很多人想的那么不堪,而是一个成熟完整的产业社区,成百上千不见天日的小作坊每年的产值高达几十亿美元。

达拉维都生产些什么东西呢?除了传统的皮革、陶器、服装纺织品、黄铜、食品、珠宝之外,目前最主要的产业之一是废品回收。

废品回收是达拉维的一大支柱产业,因为这显然是成本、门槛都最低的行业,甚至几乎没有年龄的限制。我第一次走进达拉维废品回收片区的时候被深深震撼了,这片迷宫一样的工坊区被无数废弃物填满,其中尤以电子废弃物居多。这些废弃物被分门别类地存放,堆积如山的纸箱,一袋袋的电脑键盘、电话机,一桶桶的彩色电线……那些工人或将成堆的电线剥开取铜,或将塑料切碎按照颜色分类。工人通过原始的"泡水法"来分离金属和塑料——塑料会漂浮,这种方法就跟从前的人淘金似的。地上的积水都是五颜六色的,而许多工人就在毫无防护的作业条件下进行拆解、分类、粉碎等工作,环境之恶劣令人咋舌。在这边回收区有一个特别不和谐的存在——面包房,除了正常的烘焙之外,过期面包会被收集到这里回炉,做成干脆的烤面包片,打那儿之后,我就不太敢吃印度的脆面包片了。

在家里的时候,我经常惊叹于自己制造垃圾的速度——为什么垃圾桶总是这么快就满了?这些垃圾最终会去哪里呢?尤其是那些精密复杂的电子废弃物,使用各种材料制作的电路板怎么处理呢?

孟买达拉维贫民窟里的居民,只能定时定点排队打水

第六章 "双城记"：孟买与加尔各答

跑到达拉维的回收工坊，我才发现——原来垃圾最终的归宿是这样的。

在空间如此狭小的环境里，集中了数量如此庞大的电子废弃物，使得我不得不重新审视电子消费品对环境的影响。我们购买的每件电子产品，当初都如此光鲜亮丽，令人爱不释手，然而它们的生命周期很少有能超过五年的，最终都免不了沦为一堆难以拆解回收且很容易对环境造成污染的电路板、电池、液晶屏。

生平第一次，我对消费电子产品产生一种罪恶感。

达拉维废品回收区中的空气弥漫着废弃物和金属尘埃的味道，这样一个地方，空气乃至水土的污染程度可想而知。有一次同去的朋友很感慨地说："这样的生活环境，人不会长寿吧？"我苦笑道："他们的目标应该只是活下去。"

贫民窟里虽然有一部分是在写字楼里工作的白领阶层，但更多的还是那些生活在孟买这座繁华大都市最底层的人，他们干着一些最脏最累的活，通过挣取微薄的薪金来养家糊口。由于空气污染，肺癌、肺结核、哮喘等疾病在达拉维居民中很常见。

在工作之余，他们的生活就跟我们一样，欢声笑语、无拘无束，当我把镜头对准他们的时候，也不会有尴尬、难堪和羞怯——这绝非苦中作乐，印度人认为不同的人有不同的生活，作为贫民窟里的居民，这正是他们最自然不过的生活，千百年来祖祖辈辈都是这样生活的。我相信他们中间的许多人也都有自己的梦想，这些梦想不管是卑微还是宏大，终归还是有的。

达拉维内部的人口并非我们所想象的那样世世代代扎根在这儿，而是有阶层流动性的。这里变得越来越像中国的城中村——许多住在这里的人都只是租户，而非业主。不少早期的业主早已经通过资本积累或政府组织的搬迁改造离开了这里，他们把自己原来住的"老破小"租给那些到孟买"掘金"的后来者。

虽然政府的大规模改建规划一直都阻力重重，但地产资本的运作始终都在进行。开发商在局部区域进行拆迁，建起了高层公寓楼，一些居民的生活条件得以改善，同时多余的公寓住房也吸引新的居民在这里置业。更聪明一些的当地人，联合自己的社区，找开发商给他们改建成高层公寓楼，一转身就成了包租公和包租婆。当然，由于产权关系的错综复杂，这种联合并不容易达成，所以达拉维内部的高层公寓总是东一幢西一幢，缺乏大环境的整体规划。

总之，在《贫民窟的百万富翁》这部电影的强力加持下，达拉维如今成了孟买的一个知名景点，当地有专门的达拉维观光项目，会有导游带着那些游客参观这里的产业区和居民区，介绍达拉维现今面临的问题和挑战。

能够与达拉维平分秋色的另一个贫民窟景点当然是千人洗衣场——"Dhobi Ghat"。

我在前面讲种姓制度的章节里提过，印度的种姓跟职业有关，"Dhobi"种姓是洗衣服的，这个词的意思就是洗衣工，

第六章 "双城记":孟买与加尔各答

源自印地语洗涤(Dhona)一词。在种姓分类里面,洗衣服、熨衣服等职业在过去都属于贱民种姓,如今叫作"表列种姓"(Scheduled Castes)。总之,就是一种法律上受保护,但在社会上受歧视的种姓族群。

"Dhobi"在印度是一个非常大的种姓群体,比方说,在比哈尔邦,有18%的人口都是"Dhobi"种姓,也就是说,这些人的祖上都是以洗衣为生的。但最有名的"Dhobi"种姓社区莫过于孟买的"Dhobi Ghat","Ghat"是一个在印度次大陆被广泛使用的地名后缀,有河坛、台阶的意思,具体词义取决于上下文,这里的"Dhobi Ghat"就是洗衣场的意思。考虑到孟买是一个移民城市,也不排除这些"Dhobi"种姓群体是从比哈尔邦来的。

那么这个洗衣场有什么特别的呢?

与其说这是一个洗衣场,倒不如说是一个贱民社区。在印度教的传统中,种姓和职业相互绑定,如今虽然已经松绑,但巨大的传统惯性依然存在,在社区中有很多人仍旧从事着祖传的洗衣职业。这里是工作场所,同时也是他们的家,居住着来自200多个家庭的5000多名"Dhobi"种姓洗衣工,对他们来说,生活和工作的界限十分模糊——洗衣场就是家,家就是洗衣场。出生在这里的"Dhobi",从小就耳濡目染了关于洗衣的一切知识,个个都是洗衣专家。其实洗衣服本来就是一门学问,所以才需要专门的干洗店,别人洗不干净的衣服他们能洗干净,对于不同衣料的分拣、洗涤、熨烫、上浆、染色,他们也都颇有心得。

　　想要进千人洗衣场，要先给看门大哥交"保护费"。按照2020年最新的行情，每个人头至少得500卢比，这个价钱赶上印度那些世界文化遗产景点的门票钱了。人数少的话可能更贵，人多可以跟他砍价，但由于其垄断的性质，砍也砍不了多少，反正你爱看不看，咱们收费的规矩不能乱。而且洗衣场只有一个门，不太可能逃票。其实从"Mahalaxmi"城铁站出来的天桥上，就能看到整个洗衣场的全景，有不少游客嫌"保护费"收得太多，于是就在路边看一下，拍个照片，好歹也算是来这里打过卡了。最近一次去的时候，我惊奇地发现，路边那个最佳"观景点"，居然修起一个正儿八经的观景台，且完全免费。

　　交了"保护费"之后，看门大哥会指派一个向导给你，带着你参观不同的区域。当你走进这个地方，就会觉得收这个保护费还是挺有必要的，因为这里本身是一个类似于工场的经营场所，你要是自说自话在里面到处乱逛，会影响人家工作，万一丢了什么东西也说不清楚。一两个人乱逛或许影响不大，但大家要知道中国那些成群结队的"老法师"的战斗力有多强，把相机凑脸上拍，叫人家还怎么干活？因此收点保护费，一来能设置门槛，二来也能让参观拍摄更为有序，三来按照看门大哥的说法，收这个钱，他们是用来进行社区建设的，也算是"扶贫帮困"吧。

　　千人洗衣场始建于1890年，妥妥的百年老字号。洗衣场开建的时候，孟买还远没有如今的规模，所处地段相当于上海的静安寺。这里晾晒衣服的场面确实颇为壮观，你会怀疑是不是整个孟买的衣服都拿到这里洗了。他们晾衣服的方式倒是值得推广一下，不需要夹子，拿两根粗麻绳绞紧绷直，晾衣服的时候找两个衣角往麻绳之间一夹，收的时候一扯，对衣物的形状完全没有限制，小到袜子大到床单都能这么晾。

千人洗衣场一共有731个混凝土洗衣池，每天要洗超过10万件的各种衣物，这些衣物、织物主要来自酒店、医院、社区洗衣店、餐饮服务商、服装经销商以及婚庆公司，他们的业务不光是清洗，还包括染色、漂白、熨烫等，最多的时候，据说有7000多名洗衣工，许多人每天要工作16个小时。

2011年的时候，千人洗衣场获得吉尼斯世界纪录的认证——最多人同时手洗衣服的地方。

印度人手洗衣服跟咱们的洗法不一样，他们把衣物甩起来然后砸在石板上，观赏性比较强。咱们是"长安一片月，万户捣衣声"，这里是"孟买洗衣场，千人甩衣声"。不过如今的传统手洗已经变得越来越少，有些洗衣工挣了钱之后，买了大型洗衣机和烘干机进行产业升级，如今洗衣场内的传统手洗已变得越来越少，高效率机洗的普及也会加快淘汰的速度，估计再过几年就看不到手洗了。

据估计，千人洗衣场每年的营业额高达10亿卢比（2017年数据），按现在的汇率就是1367万美元，按照7000名洗衣工的话，每人创造了近2000美元的国内生产总值（GDP），约

在印度看印度

等于印度目前的人均国内生产总值（GDP），一点都没给国家经济拖后腿。

我们平时总说印度人"开挂"[①]，除了他们善于突破人类忍耐力极限之外，其他方面也不含糊。你们看连个洗衣场都能搞成世界纪录，然而千人洗衣场绝非孟买唯一由劳动人民创造的吉尼斯世界纪录，据我所知还有一项世界纪录，是一个叫"Prakash Baly Bachche"的"达巴瓦拉"[②]（Dabbawala）创造的，他一次性将三个饭盒板条箱顶在头上。这个饭盒板条箱可不一样，每个能装45个饭盒，装满饭盒的板条箱我估计绝不少于50公斤，那玩意想要靠自己一个人举起来都难。把三个这样的大家伙顶在头上，而且还得保持平衡，这可不是"开挂"嘛！

说起"达巴瓦拉"，可算是孟买的一张名片，"Dabba"是波斯语中的一种盒子，通常用来装饭；"-wala"这个后缀代表执行者，"达巴瓦拉"的意思就是送饭盒的人。

这些"达巴瓦拉"大多数都是文盲，不依靠任何现代化技术，却创造了一个不可思议的奇迹——每800万个饭盒只会送错一例，创造了吉尼斯世界纪录，达到了通用电气的"六西格

[①] 网络用语，当事者"强悍"、超常发挥，而旁观者觉得不可思议，有一种无厘头的意味在里面。

[②] "饭盒人"，指印度孟买从事将刚做好的午饭饭盒从上班族（主要是郊区）的住家运往他们的工作地点，并且将空饭盒带回来这一工作的人。

第六章 "双城记":孟买与加尔各答

玛"(Six-Sigma)[①]管理水平,震惊了哈佛商学院……

这些大同小异的故事被传播的背后,其实是一连串的以讹传讹。

孟买的"达巴瓦拉"

1998年,当时《福布斯》杂志有个叫苏布拉塔·查克瓦提(Subrata Chakravarty)的记者采访了孟买"达巴瓦拉"协会(Mumbai Tiffinmen's Association)的主席拉古纳斯·麦吉(Ragunath Medge),问及送饭盒的出错率,主席随口就说:"几乎从来没有,或许两个月有一次。如果我们一个月送错10次,

---

[①] 一种改善企业质量流程管理的技术,一个企业要想达到六西格玛标准,那么它的出错率不能超过百万分之三点四。

那没有人会用我们的服务。"[1] 记者按照这个回答，推算出每800万次或1600万次（算上饭盒回收）才会出错一次的结论，然后把这个推算写在了一篇名为《快餐》(*Fast Food*)的稿件中，这可能是关于送饭盒小哥最早的一篇媒体文章。

2002年的时候，有另外一个记者问到主席拉古纳斯·麦吉，你们这个协会算不算是一个"六西格玛"组织，主席说他根本不知道"六西格玛"是什么，记者告诉他这代表每10亿次只会发生1.9次错误，那个主席当时是这样回答的："那我们就是，问福布斯去。"[2] 于是这个记者在写稿件的时候就写了——"《福布斯》已将孟买饭盒小哥协会认证为六西格玛组织。"

结果"六西格玛"说法就被传开了，如今"达巴瓦拉"自己的官方网站上，也宣称已经得到"六西格玛"认证。最初的那个《福布斯》记者苏布拉塔·查克瓦提后来其实发表过文章辟谣澄清，他说《福布斯》从未认证过这个所谓的"六西格玛"组织，他也从未使用过这个术语——"六西格玛"其实是最早摩托罗拉创立又被通用电气推广的一套商业管理工具和流程，而非统计数据。

造谣一张嘴，辟谣跑断腿——这个道理放诸四海而皆准。大家看明白了吧？一千六百万分之一、八百万分之一的出错率，其实是"达巴瓦拉"协会负责人自己随口说的，关于饭盒

---

[1] 原话为：almost never, maybe once every two months. If we made 10 mistakes a month, no one would use our service.

[2] 原话为：Then we are. Just ask Forbes.

第六章 "双城记"：孟买与加尔各答

配送的准确率其实从未有过正式的统计。哈佛商学院确实将"达巴瓦拉"作为案例研究，但他们研究的是如何以低成本、简单的操作来提供高水平服务；而所谓的创造吉尼斯世界纪录指的是某个小哥——一次头顶三个饭盒板条箱，并不是指这一服务的水准和效率。

我觉得关于送饭盒这件事，从印度文化的角度来解读会更有意思——为什么这样一个行业会出现在孟买而不是别的地方？

孟买跟上海、香港、深圳一样，早年都是渔村，随着城市的兴建和发展，涌入了大量外来人口。但印度有个不可思议之处，就是各种忌口多得离谱。这个在之前的章节里写过，南亚地区由于天热，食物容易变质腐败，从而导致食物中毒，因此发展出各种饮食禁忌。有些禁忌和宗教相结合之后变得教条化、极端化，并且这种"食品卫生"的强迫症不是靠分餐制就能解决的，连对厨房的"洁净度"都有要求，有些人的强迫症甚至严重到只吃自己家里做的东西。大食堂、大锅饭这种形式在印度根本就没有市场，即便在今时今日，还有很多印度人不太情愿吃外面的食物。

这种饮食禁忌在以小农经济为主的前现代社会问题不大，因为过去人们的活动半径小，一般跑不出一嗓子能吼到的距离，能够保证顿顿都吃上妈妈的味道；然而在不同族群分工合作的现代社会，人们来到城市工作，这些禁忌显然跟新时代不相适应。

271

城市化没能帮助印度人摆脱传统饮食禁忌，反而催生出送饭盒这个职业。

送饭盒的始作俑者是19世纪晚期的一位帕西族（Parsi）银行家，他想在办公室里吃自己家里做的饭菜，于是专门雇了一个人每天给他送饭，这种"有钱任性"的做法引得他人纷纷效仿。这里我得说明一下，在印度社会，分工之细是独一无二的，比方说有钱人家请佣人，买菜、做饭、打扫都得是不同的人，因为不同工作的"洁净度"不一样，他们在情感上显然接受不了同一个用人既打扫厕所又给他们做饭。送饭这种活儿肯定要专门找一个干干净净的人，不然这饭菜就被"污染"了。帕西族信的是拜火教，虽然不同于印度教，但毕竟融入印度社会将近一千年，受到很大影响，也跟印度教一样有着"洁净"和"污染"的概念。

这种市场需求出现之后，1890年的时候，有个叫马哈迪偶·哈瓦吉·巴切（Mahadeo Havaji Bachche）的人组织起了一百多个人的送饭盒团队，一直成功运营到现在。

在不少文章中，把这种送饭盒的需求归结为两个原因：一是孟买上下班高峰时段城铁拥挤，不方便带饭盒；二是孟买天气炎热，早上带过去到中午就坏了。我觉得这两点都不是根本原因，一百年前的银行家哪来的挤地铁问题？就算孟买天气再热，早上到中午这段时间也不足以让食物变质吧？而且如今的大公司配个冰箱和微波炉也不是很难吧？

我认为真正的原因在于印度男人觉得自己带饭是一件有失

第六章 "双城记":孟买与加尔各答

体面的事情。

印度人有一种我们无法理解的观念,他们会觉得做自己职责范围之外的事情是很不体面的。我在印度见过不少男人都是家里油瓶倒了也不会去扶一下的那种,他们觉得这是女人的职责范围,自己一旦做过一次,就会坏了规矩,是坚决不能做的。像我这种"买汰烧"①什么家务都干的男人,在印度引起过无数次吃瓜群众的围观,我的印度铁哥们儿家的钟点工、邻居乃至我的丈母娘,看到我忙个不停地做家务,觉得非常不可思议。基于这种社会文化,在印度一些观念传统的地方,一个男人如果拎着饭盒上下班,会是一个很奇怪的场景,就好像他越俎代庖做了自己不该做的事,左邻右里会觉得这户人家的妻子没有尽到自己的职责,连丈夫的饭菜都没有安排好。

另外还有两点也很关键,一是在许多印度人的习惯里,是不吃隔夜饭菜的,他们每顿都要吃新鲜现做的。我们如果带饭上班上学的话,大多数带的都是前一晚的剩饭剩菜,但印度人没有这种习惯。二是因为传统印度家庭中,妻子都是全职家庭主妇,不然怎么可能专门在家做饭?据我所知,在印度北部一些地方,丈夫要是让妻子出门工作,是一件"丢人"的事情。

我记得我小时候听到"特快专递"这个词,觉得非常上档次,只有很有钱的人、很重要的东西才会使用"特快专递",根

---

① "买汰烧"是上海话"买洗烧"的谐音,一般是指买菜、洗菜、烧饭烧菜的意思。

本想不到有一天快递会变得如此平常。送饭盒服务也是差不多的情况，是一种被平民化的特殊服务，这种原本是富人专属的服务，被发展成规模化产业之后成本大幅下降，使得平民也有能力负担，成了一种面子的象征——身为堂堂公司白领，人家都有专人送饭，你还得自己带饭盒上下班，岂不是很丢面子！

因此送饭盒现象背后的深层次原因是印度的"面子文化"，这种高效率、低成本的模式成就了这一社会现象。

"达巴瓦拉"是如何做到这种高效的呢？说出来其实跟我们现代物流的流程非常相似，所谓饭盒从家到公司会经过五个人之手，指的是整个运送过程被分解成了五个环节，而且由于客户是固定的，省却了寻址、联络的麻烦，比收发快递要更容易：

1. 收件——负责这一片区的小哥上门到客户家中取饭盒；

2. 收件分拣——把饭盒集中到集散地之后，根据目的地进行分拣，确定送到哪一个城铁站；

3. 运输——通过城铁来运输饭盒，那个时段的城铁会把最后一节车厢专门留给"达巴瓦拉"；

4. 派送分拣——到了大站之后，再次根据目的地分拣；

5. 派送——由负责该片区的送饭盒的人完成"最后一公里"的配送。

"达巴瓦拉"成功的关键在于有一套自己的地址编码系统，只需要掌握读码方式，就算是文盲也能知道要把饭盒送去哪儿；另外只要编码正确，饭盒就不会送错，每一个会读码的经手人都自带纠错功能。"达巴瓦拉"大部分都是老乡，来自浦那

第六章 "双城记":孟买与加尔各答

(Pune)附近的一个小村庄,平均受教育年限为八年。要入行的话得自备两辆自行车(一辆备用)、一个装饭盒的板条箱、一套白色制服(Kurta)、一顶尼赫鲁小帽(Topi),另外还得交3万卢比入工会费,从而签订一纸终身的合同。所以你会发现很多"达巴瓦拉"年事已高,他们干这行干了一辈子。

说来讽刺,"达巴瓦拉"配送系统之所以能够准时,恰恰是因为物流方式的落后,有哪个快递公司会用城铁、自行车甚至步行作为主要运输方式呢?然而这种方式恰恰非常适应孟买拥堵的城市地面交通状况。孟买的城铁是一种轻轨和火车的混合体,是孟买特有的公共交通,相当于把火车当作轻轨来运营,车厢设计类似轻轨,车站都在地面层,方便了板条箱的运输。如今孟买新建的地铁轻轨系统(Navi Mumbai Metro)就无法运输这种板条箱,这决定了"达巴瓦拉"的模式不太可能复制到世界上的其他任何一个城市——有需求的城市没有城铁,有城铁的城市没有需求。

"达巴瓦拉"引发如此众多的关注,与印度的大环境也密不可分,在印度不准时、不靠谱才是常态,"达巴瓦拉"的守时与靠谱实在是太"不印度"了,堪称印度文化中的一朵奇葩。

在如今的新时代下,越来越多的年轻人开始接受外面的食物,不再使用传统的送餐服务。"达巴瓦拉"也在寻求新的市场机遇,开发手机应用程序,与餐饮企业合作开展配送服务。

千人洗衣场和"达巴瓦拉",都可以看作传统与现代在印度社会的相互妥协——既要适应新时代,又要保留自己的传统

275

生活方式。我发现印度社会的发展和进步，都要遵循一个大前提——必须先肯定自己的传统文化、传统生活方式，照顾大多数人的既得利益、既定习惯，然后才能做出一点点改变，因此进步起来总是像挤牙膏一样，一次就改那么一点点。

孟买无疑是整个印度最现代化、最进步、最具活力的城市，但由于社会的传统力量太过强大，和其他国家相比依然落后一大截。比方说，印度人的着装很保守，女性一般不能露出自己的腿部。我在印度头一回看到姑娘光着腿穿短裙就是在孟买，那几个姑娘长得很普通，然而看到她们穿着连衣裙走在大街上的场景堪称惊鸿一瞥，让我联想到《西西里的美丽传说》。在那些所有女性必须穿黑罩袍的地方，光着脑袋无疑会很扎眼；而在所有人都穿长裤的地方，她们特立独行、与众不同的装扮简直像没穿裤子一样，给人的感觉似乎是在释放挑逗意味的信号。我瞬间明白了为什么这个国家的强奸案那么多——越是压抑的社会，越是容易激发男人的性幻想和性冲动。因此即便今时今日，女生光腿穿短裙在印度仍然很罕见，她们为了表达爱美之心，可能不得不承受大量异样的眼光和社会的非议。

孟买大概也是想进步的，但这座城市毕竟是在印度，两极分化在所难免。孟买有这个国家最不见天日的角落，也有最高大上的场所，这里不得不提的就是安提利亚（Antilia）。

安提利亚是一座传说中位于大西洋上的岛屿，并不存在于真实的世界地图上。印度首富穆克什·安巴尼借用了这个名字来命名他在孟买的那座举世闻名的豪宅，这样一说，大家应该

第六章 "双城记":孟买与加尔各答

就都知道这个"安提利亚"了吧?

传说安提利亚造价10亿美元,这个其实说少了,10亿美元仅仅是建筑本身,加上里面的软装花费已经超过22亿美元,甚至有建筑师估计造价接近30亿美元,是仅次于白金汉宫的世界第二贵的住宅物业。这座建筑有27层楼,却高达173米,平均层高6米,一层顶人家两层,配有三个直升机停机坪、168个停车位、宴会厅、9座电梯、游泳池、水疗中心、电影院、医院、寺庙,甚至还有一座可以造雪的"雪屋"。

这样一座梦幻住宅在孟买却声名狼藉,安巴尼一家从未正式迁居其内,并且这很可能是一座"违章建筑"。

安提利亚的地段是孟买的富人区。但安巴尼家族是印度独立之后才发的家,家族产业比起老牌的塔塔家族还是有所不如的,要在富人区搞块地建豪宅显然需要动动脑筋,于是当时安巴尼就把脑筋动到了一家孤儿院头上。

这家孤儿院属于一个慈善机构,由瓦合甫(Waqf)董事会管理。话说瓦合甫是富人捐赠出来用于慈善目的的资产,"Waqf"这个词的意思就是"收押""使静止",可以理解为被冻结的资产,按照传统,瓦合甫资产是不允许被再次出售的。安巴尼最早要购买这块土地的时候,瓦合甫董事会明确提出反对,并且向法院提起公益诉讼(Public Interest Litigation,简称PIL)。安巴尼愣是让法院驳回了诉讼,并且让董事会撤消异议,成功买下这块地。顺便说一句,2002年安巴尼买下这块地的时候售价是300万美元,2008年涨到了2100万美元。

楼虽然建起来了，但孟买所在的马哈施特拉邦政府在2007年就表示，在建中的安提利亚属于"违章建筑"，因为从根本上来讲，瓦合甫的土地既不允许出售也不允许转让，瓦合甫董事会并没有资格批准这项交易，至少要得到邦委员会的许可……直到现在，这个案件仍在审理当中。

舆论对安提利亚也很不友好，这座极尽奢华之能事的私宅被视为印度富人缺乏同情心的例证。安巴尼可能也于心不安，至今没有正式乔迁，只是把那里作为一个宴客聚会场所。按照安巴尼自己的托辞，是因为这座建筑的"风水"不好。

印度也有风水之说吗？不但有，而且其影响力超乎大多数人的想象。印度传统中的"风水学说"叫作"印度堪舆"（Vastu Shastra），起源于吠陀时期，是一些关于建筑设计、布局、测量的知识和原理，印度自古以来的城市规划、寺庙建筑都需要遵循印度堪舆。比如拉贾斯坦邦的粉城斋普尔（Jaipur）的整体规划，闻名天下的柬埔寨吴哥窟（Angkor Wat）的布局都是采用印度"风水"来设计的。

安巴尼一看这座建筑招来那么多非议，搬进去也不是，不搬进去也不是，于是只好说，这座房子东边的采光不好，不符合"印度堪舆"，住在里面精神上会不和谐，还会招来厄运。

我想他一定不差钱多开几扇窗户。

对安提利亚的批评声中，有一位最重磅的人物是塔塔集团的前董事长拉坦·塔塔（Ratan Tata），他说："住在那里的人应当关心他周围的社会，并寻求让这个社会变得更好。否则他就

第六章 "双城记":孟买与加尔各答

是可悲的,因为这个国家需要重新分配一些人的巨额财富,来减轻人们的苦难。"

拉坦·塔塔是印度著名的企业家和慈善家,以注重商业道德而闻名,也是塔塔集团的第四代掌门人(创始人的曾孙)。塔塔集团才是印度真正的"Old money"——老牌贵族资本家,这种老牌贵族做事情比较"讲究吃相",并且有做慈善的传统,一直以来都大力资助印度的教育和医疗。塔塔祖上发家的时候,安巴尼家族还没影儿呢。

塔塔家族属于帕西族,"帕西"一词源于"波斯人"(Persian)。公元8世纪到10世纪的时候,有一部分波斯人便移居到印度西部的古吉拉特邦一带,在数百年的时间里彻底融入了印度社会,但依然保持着自己信仰拜火教的宗教传统。拜火教也叫琐罗亚斯德教(Zoroastrianism),孟买现在还有一座琐罗亚斯德教的圣坛,门口的装饰是一对拉玛苏(Lamassu)——亚述文化中半人半兽的怪物,是一头长着人脸和翅膀的公牛。这一装饰在当年的波斯帝国非常普遍,就跟我们中国大门口的石狮子一样。伊朗的波斯波利斯(Persepolis)遗迹里最出名的就是大门口的那对拉玛苏,在孟买的繁华闹市区冷不丁见到它们颇有一种穿越感。孟买的郊外还有一座寂静之塔(Towers of Slience),相当于琐罗亚斯德教的"天葬台"。因为在琐罗亚斯德教里面,土地、水、火这些元素都是神圣不可玷污的,火葬、水葬、土葬都行不通,只能天葬。

帕西族在印度是一个非常小众的民族,总人口只有六万多，绝大多数都住在孟买这一片。帕西族的绝对数量虽然小，但他们跟犹太人有点像，善于经商，重视教育，具有责任心，族群内部抱团互助，成了印度社会的一小撮精英人士。英国人来孟买建设港口的时候，帕西族从附近的农村纷纷来到孟买工作，他们的勤奋令英国人印象深刻。当时，英国人不喜欢印度人，觉得印度人既懒散又不爱思考，表面顺从；而这些帕西族人倒还挺踏实的，于是就给他们提供现代教育，带他们见世面，把他们培养成东印度公司的经纪人，帕西族在这一机遇中积累起巨额财富。塔塔集团的创始人、印度"工业之父"贾姆希德吉·纳萨万吉·塔塔（Jamsetji Nusserwanji Tata）便崛起于那一时期，他一生的事业都与英国人、美国人有关，由于其琐罗亚斯德教的文化背景，塔塔家族崇尚慷慨、诚信、奉献，为推动印度的教育事业做出非常巨大的贡献。

贾姆希德吉·塔塔在孟买写下的最浓墨重彩的一笔，莫过于在印度建设最具传奇色彩的孟买泰姬玛哈酒店。塔塔建这座酒店，比安巴尼建豪宅早了整整一个世纪，当年的地皮可比现在容易找，而且还是位于如今孟买最好的地段。

泰姬玛哈酒店大致相当于上海外滩的和平饭店。它在很长一段时间里都是整个东方世界最豪华的酒店，酒店外就是孟买标志性的景点之一——印度门（Gateway of India）。这座印度门是1924年用来欢迎乔治五世（George V.）而建的，乔治五世乃是现任英国女王伊丽莎白二世的爷爷。

泰姬玛哈酒店的历史比印度门更早，1903年开始营业，所

第六章 "双城记":孟买与加尔各答

以印度门的选址很可能是因为泰姬玛哈酒店。关于这个酒店的来历也有一个励志故事:传说当年贾姆希德吉·塔塔在入住孟买一家英国人经营的沃森酒店(Watson's Hotel)时被拒,理由是房间要保留给欧洲人,于是爱国资本家塔塔发愤图强,建了这座更大、更豪华的泰姬玛哈酒店来一雪前耻。

但诸多历史学家都对这个传说存疑,认为这种做法不符合塔塔本人的性格。比较令人信服的说法是,当时《印度时报》的编辑认为孟买需要一家配得上这座城市的豪华酒店,在其敦促下,塔塔公司才建造了这座酒店。这座酒店落成的时候,成为全印度第一家拥有电力、美国风扇、德国电梯、土耳其浴室和英式管家的酒店。

泰姬玛哈酒店开业后,原本孟买最好的沃森酒店每况愈下,十几年后就因为竞争不过泰姬玛哈酒店而倒闭了,或许这便是那个传说的由来吧。话说这座始建于1867年的沃森酒店也挺传奇的,是世界上现存的最古老的多层铸铁框架建筑,现在叫作滨海大厦(Esplanade Mansion)。我在孟买几次路过这座建筑,看起来就好像破破烂烂摇摇欲坠的活动板房,完全想象不出当年居然是泰姬玛哈酒店的竞争对手。

我虽然去过孟买很多次,但泰姬玛哈酒店只在赶上打折的时候住过一次,后来就再也不考虑了。感觉规格是挺高的,但性价比不是很高,客房设施有些陈旧,进出那一带堵车也很严重。当然,人家本来卖的就是情怀和服务,而不是酒店硬件。2018年有部电影叫《孟买酒店》(*Hotel Mumbai*),讲的是

2008年孟买恐怖袭击的真实事件，作为孟买的地标性建筑，泰姬玛哈酒店在那次恐怖袭击中成了重点袭击对象。我后来去的时候，当年恐怖袭击的痕迹自然已经完全被修复。建筑的伤疤可以通过装修来掩盖，人们心里的伤疤却难以抚平。如今印度所有的高档酒店都会对进出车辆进行安检，用反光镜检查车底是否有危险物品。

2008年的孟买恐怖袭击可算是一桩历史性的大事件，而那次袭击的目标几乎都集中在孟买南区的克拉巴（Colaba），因为这个地方堪称"印度曼哈顿"，是全孟买乃至整个印度最繁华、最富裕的地区。

同样是大城市，印度的摩天大楼几乎都集中在孟买，没德里和加尔各答什么事。你光看孟买南区的天际线，恍惚之间会有种身在中东富国的感觉，很难相信这个国家怎么还会有那么多穷人。

孟买真正惊艳到我的倒不是这些摩天大楼，我好歹也是上海来的，摩天大楼见得还不多吗？！让我觉得孟买不可复制且无法替代的是殖民时期修建的那些印度－撒拉逊式（Indo-Saracenic）建筑，刚才讲到的泰姬玛哈酒店、印度门都属于典型的印度－撒拉逊式建筑。这种风格的建筑遍布孟买南区的大街小巷，经常转过一个街角便会见到一栋值得驻足停留的建筑，整体设计及局部装饰都颇值得玩味。

印度－撒拉逊式也被称为印度哥特式（Indo-Gothic），是一种复合式建筑风格。先是中东人来到印度，带来了帖木儿波

第六章 "双城记":孟买与加尔各答

斯风格,形成了印度-伊斯兰风格(Indo-Islamic)。如果你跑到北印度金三角和拉贾斯坦邦旅游,你看到的大部分都是这种风格的建筑,比如泰姬陵、阿格拉红堡等。由于这些建筑大部分都是莫卧儿王朝时期建造的,所以也叫"莫卧儿风格"。

进入英国殖民时期之后,由于印度人对殖民统治的反抗此起彼伏,英国人一开始本来想抹去所有旧帝国的痕迹,曾经打算有计划地摧毁旧帝国的城堡、宫殿,当时甚至有人提议拆除泰姬陵。随后几十年里,英国政府渐渐重视起考古与文化保护,才改变了这一态度。然而为了让自己的文化与印度传统文化相区分,英国人将印度已有的莫卧儿风格与西方的哥特式等复兴主义风格相嫁接,混出了印度-撒拉逊式风格。

因此这种风格可以看作英国人精心设计的帝国风格——既是莫卧儿王朝的继承者,又彰显了欧洲文化的复兴主义。并且很不同的一点在于,莫卧儿王朝最为精雕细琢的那些都是皇家建筑和宗教建筑;而英国大力兴建的主要都是公共建筑——学校、议会、法院、钟楼、博物馆,以及火车站。

可能没有人知道全世界一共有多少火车站,但是被联合国教科文组织列入世界文化遗产名录的火车站只有一个,那就是孟买的贾特拉帕蒂·希瓦吉国王总站(Chhatrapati Shivaji Maharaj Terminus,CSMT),简称CST总站。2008年孟买恐怖袭击的时候,CST总站成为恐怖分子首个攻击的目标,并且也是死伤人数最多的地方。

这座车站以前并不叫这么拗口的名字,在建成后长达一个多世纪的时间里都叫维多利亚总站（Victoria Terminus），因为它落成的前一年，即1887年，刚好是维多利亚女王在位50周年的金禧纪念，这座火车站是当时对"印度女皇"的献礼。

火车站建筑融合了莫卧儿、哥特式、罗马式等风格，能找到各种经典设计的特征。修建这座火车站花了十年时间，是英殖民地时期建设时间最长的一座建筑，落成至今已经过了130多年。

印度许多地方的火车站都非常有特色，为何只有孟买这座火车站如此特别呢？因为当时孟买已经成为印度最主要的港口城市，有大量的货物进出口。这座火车总站被规划为大印度半岛铁路（The Great Indian Peninsular Railway）的总部，自然要考究一些，不能寒酸了。如今这里是印度中央铁路（India's Central Railway）的总部，乃是全印度最繁忙的火车站之一。

在过去，火车站建筑正中的大钟下面，原本有一座维多利亚女王的塑像。印度独立之后，曾经搞过好几轮"去英国化"的运动，印度政府要求将公共场所的英国人塑像都移走，于是塑像被扔在一座公园的草坪上。谁知道后来整座塑像居然不翼而飞，可见印度管理的漏洞之多，据推测很可能被政客私底下卖给国外的收藏家，通过走私渠道偷运了出去。如今建筑顶部的另一尊塑像经常被游客误认为是维多利亚女王，事实上那是一尊象征"进步"的塑像。

最近这些年印度又搞出了新一轮的"去英国化"运动。过去殖民地时期，印度的很多地名都具有英语化的特征，印度人

第六章 "双城记":孟买与加尔各答

为此感到羞耻,于是纷纷改起了地名:比如孟买由"Bombay"改成马拉地语的"Mumbai";金奈由"Madras"改为泰米尔语的"Chennai";加尔各答由"Calcutta"改为孟加拉语的"Kolkata";班加罗尔由"Bangalore"改为卡纳达语的"Bengaluru"……

维多利亚总站正是在1996年被改成"贾特拉帕蒂·希瓦吉总站",孟买政府后来觉得还不过瘾,再次更名为"贾特拉帕蒂·希瓦吉国王总站"。

顺便说一句,孟买机场也叫作"贾特拉帕蒂·希瓦吉国际机场"(Chhatrapati Shivaji Maharaj International Airport)。各位是不是很好奇,这位"贾特拉帕蒂·希瓦吉"究竟是何方神圣?

在莫卧儿王朝日渐衰败的后期,在印度中部曾经崛起过一个叫作马拉塔(Maratha)的帝国,如今孟买所在的马哈拉施特拉邦的名字"Maharashtra"正是与"Maratha"同源,当地民族为马拉地人(Marathi)。这个帝国的国祚不到150年,在1818年亡于英国的殖民入侵。估计对印度不了解的人都没听过马拉塔帝国,然而这个帝国在其鼎盛时期,曾一度统治过整个北印度地区,而且更重要的一点是,马拉塔帝国是南亚历史上最后一个印度教帝国,对莫卧儿王朝进行反攻倒算,反转了异族政权的扩张,致力于印度教在南亚的伟大复兴。而希瓦吉·蓬斯尔(Shivaji Bhonsale)正是这个帝国的创始人,"贾特拉帕蒂"是对他的尊称,相当于庙号,意为"端庄伟大的国王"。

在印度看印度

希瓦吉生前是一个开疆拓土的征服者和反抗者，当后来印度独立运动兴起的时候，希瓦吉被塑造成一位代表印度教的传奇战士和民族英雄，人们都认为是他最早播下了印度独立的种子。印度人过去是一盘散沙，希瓦吉的故事被重新演绎之后，成了马拉地人乃至许多印度教教徒身份认同的重要组成部分。马哈施特拉邦当地的一个极右民族主义政党"湿婆军"（Shiv Sena），其灵感正是来自希瓦吉（Shivaji）[1]的名字，并且用他的形象对该党进行宣传。最近这几年，印度的民族主义大有兴盛之势，对希瓦吉的歌颂和崇拜自然也就多了起来，如此好用的大 IP（知识产权）岂能浪费。孟买最近还计划在南区的海湾里建一座212米高的希瓦吉塑像，建成后将成为世界最高的雕像。

英国殖民地时期，英国在整个孟买南区建造了大量印度－撒拉逊风格建筑，其保有量之大、保存之完好，着实令我叹为观止。走在从印度门到 CST 总站的这片地区，一路上会不断被惊艳到，并且由于这种建筑风格与真正的欧洲有着明显的差别，你并不会觉得这里像欧洲。CST 总站边上的印度邮政局（India Post）也是一栋非常老的建筑，我曾经在那里寄过包裹，走进去颇有一种穿越之感，仿佛闯入一些老电影里的场景，那些设备看起来倒像是殖民地时期遗留下来的。

CST 总站往北走一公里左右，有一片区域的建筑颇似上海的武康路、衡山路，然而由于年久失修，看起来就好像恐怖

---

[1] Shivaji，Shiva 即为湿婆，后缀"-ji"表示尊敬。

第六章 "双城记":孟买与加尔各答

片中的丛林鬼屋。热带的气候对建筑物的腐蚀可谓毫不留情,潮湿的环境再加上生命力旺盛的热带植物,那些年深日久的木质百叶窗看起来便如同摇摇欲坠的风中残烛,也不知道屋内是否还有人居住。一些绿植直接扎根在建筑的外墙上,那些悬崖上的小树,根系如枯爪般抓在外墙上,进一步深入摧残着这些建筑。这些建筑维修的费用显然远高于重建费用,于是便听之任之。

这大概是只有在印度才会见到的魔幻景象,明明地处最繁华的商业中心,却如此放任其残败,似乎周遭的繁华全然事不关己。如此景象,在孟买倒还不算特别多,但如果你走上加尔各答街头,就会发现这种残破才是主导。

英国人消失后的世界:加尔各答

我以前看过一部纪录片叫《人类消失后的世界》(*Life After People*),片中探讨了假如人类突然消失,这个世界会发生怎样的变化,人类建造的都市会如何逐渐分解。

走在加尔各答的街头,时常会让我想起这部纪录片里的一些场景,将加尔各答称为"Life after British"大概是没什么问题的。

孟买和加尔各答都是英国人白手起家修起来的,在印度独立前,这两座城市的繁华程度几乎不相上下,孟买有着像CST总站这样的建筑界艺术品,加尔各答同样有着豪拉大桥

（Howrah Bridge）这样的工程杰作。然而，孟买这座城市总体而言给人的感觉是富有朝气的，你能感受到它处于一个欣欣向荣的生长期；可加尔各答这座城市却有着一股暮气，属于它的辉煌早已成了过眼云烟。

我第一次抵达加尔各答的时间是深夜，一出机场就被加尔各答的出租车震惊了。印度这么大的国家，只有德里、孟买、加尔各答三个城市有正规的出租车，所谓正规出租车指的是有四个轮子、有统一公司涂装、有计价器的小轿车。印度的主要计程车是三轮突突车，不能算正规出租车，网约车也不算。就连班加罗尔这样的印度第四大城市都没有正规出租车，出租车乃是前三大城市的特权。

加尔各答的出租车为什么会使我震惊呢？因为那些车都是很古老的老爷车，但又用了非常经典的黄色涂装，好像美国电影里的纽约出租车，简直太魔幻了。

后来我才知道，原来加尔各答的出租车是印度斯坦汽车公司（Hindustan Motors）的经典款，叫作"大使"牌（Ambassador），相当于印度的"红旗"牌轿车，乃是印度汽车工业的民族之光。这种车一开始是仿造英国的莫里斯牛津 III 系车（Morris Oxford Series III）——不光是一开始，确切地说，是几十年如一日"从始至终"都在模仿，以至于到后来，"大使"牌轿车的名气甚至要盖过原版。

"牛津"系列是从 1913 年开始生产的，III 系在 1957 年开始便被更新款的 IV 系取代；拷贝不走样的"大使"牌轿车从

第六章 "双城记":孟买与加尔各答

1958年开始量产,一直到2014年才停产,生命力之强盛可想而知。而从年代上来看,"大使"牌这一款式从诞生之初,就是人家的淘汰型号,结果印度不依不饶生产了50多年,并且基本上没有对这个车型进行过太大的改进,前后生产的七代"大使"牌轿车从外观上看都差不多。之所以会在2014年停产,除了其他品牌加入市场竞争之外,一个重要原因是印度于2011年出台了新的排放法规,导致"大使"牌轿车在许多城市被禁售。

在长达半个多世纪的时间里,"大使"牌轿车几乎垄断了印度的国产轿车市场,伴随了几代印度人的成长,在很长一段时间里,印度人对小轿车的全部认识都来自"大使"牌,将其称为"印度公路之王"(King of Indian Roads)。过去在德里和孟买也有一些老式的"大使"牌出租车,但远远没有在加尔各答这么具有统治性地位,并且大多已经被后来的铃木奥拓出租车所取代,黑黄色的涂装也远远不如加尔各答的黄色涂装那么耀眼。

坦白说,这种老爷车的乘坐体验绝对谈不上美好,后备箱跟工具箱似的,又脏又油腻,里面的装饰就跟卡车似的,空调这种高科技就别想了,降温靠油门加速……并且,几乎所有的老爷车,都只有单边的反光镜,有些甚至没有反光镜,全靠车内后视镜。因为印度城市车多路窄,反光镜平白无故要占掉20厘米的宽度,太碍事了,可想而知这些印度司机的"艺高人胆大";他们停车的时候也是后车顶着前车保险杠,以最大限度利用空间……因此我一直觉得你如果能在印度的大城市开车,那

289

你就能在世界上的任何地方开车。加尔各答的出租车司机开起车来还有另一个习惯——停车等红灯的时候会熄火，于是在市区开车的时候他们会频繁地熄火和启动，也不知道是为了省油还是有别的原因，莫非"大使"牌汽车的引擎需要用这种方式来"保养"？

想象一下，加尔各答满大街跑的都是这种20世纪50年代画风的老爷车，是不是很有穿越感？然而，除了出租车之外，这座城市本身也似乎自20世纪50年代起就没发生什么变化。

第一次从加尔各答机场出来的我，坐在老爷车里好奇地张望着这个城市。当时已是夜深人静，街道上空无一人，我突然看到街道上有铁轨，立马激动起来——咦，难不成这里有有轨电车？

第二天白天，当我看见街上的有轨电车时，把我给乐坏了——这电车恐怕是从殖民地时期一直用到现在的吧？那电车之破旧，仿佛是从电车坟场里捡出来的，又好像经历过战火洗礼，车身上的油漆前前后后也不知道刷过多少遍了，可依然遮盖不住岁月带来的坑坑洼洼；驾驶室没有门也没有玻璃窗，前挡风是个铁栅栏，因为根本不需要挡风，开起来最快也就是自行车的速度；电车一边开一边发出叮叮当当的铃声，这是售票员跟司机之间的联系沟通方式，这铃是用一根绳拉的，纯机械操控，满满的蒸汽朋克感。

不妨这样说吧，加尔各答的有轨电车，可以满足你对老式有轨电车的一切幻想。

第六章 "双城记":孟买与加尔各答

加尔各答是印度唯一拥有有轨电车的城市。不用说你也能猜到,这自然是英国人当年的遗产,其历史可以追溯到 1873 年,最早的车厢是用马拉的,到 1883 年出现了蒸汽驱动的车厢。但无论是畜力还是蒸汽动力,都在 20 世纪初退出历史舞台。从 1900 年开始,加尔各答的有轨电车就实现了电气化。

从 1900 年到 1950 年这半个世纪,是加尔各答电车的黄金时代,1943 年加尔各答标志性建筑——豪拉大桥通车时,开过的第一辆车就是有轨电车。1951 年之后,运营维护水平就开始大幅下降。20 世纪 60 年代,加尔各答一共有 37 条有轨电车线路,如今只剩下 6 条,许多老的铁轨已被拔除。因为这些老式电车一来开得太慢,二来会占用一整条车道,无法满足现代化城市通勤的需求,而升级改建的成本又太高。现在之所以继续保留着有轨电车,更多是出自时代的情怀和城市的象征。最近几年重新私营化的电车公司,推出了新的空调电车,以及一些特色化的车厢,诸如电车餐厅、电车购物、电车图书馆之类的设施。估计再过些年,加尔各答的有轨电车就会变成纯粹的城市观光体验项目。

加尔各答除了老爷出租车、有轨电车之外,还有一样东西也是整个印度独一无二的——人力车。

加尔各答的人力车可不是人力三轮车,而是我们说的黄包车。这种靠人拉着跑的玩意如今基本上已经在世界范围内绝迹,只有一些景区作为体验项目还保留着。印度最早引进人力车的是西姆拉,后来传到了加尔各答。人力车一开始只是富人的私家用车，1914年，政府开放了出租载客牌照后才风靡起来。我看过一张1943年的加尔各答人力车照片，照片上的人力车跟如今街头的一模一样，那么多年完全没有变过。我怀疑街头有些人力车可能是祖传的，可以直接送进博物馆当古董展品。不过，前几年，加尔各答政府停止了人力车牌照的签发，任由该行业自生自灭。这些人力车夫退休一个就少一个，再过十来年，加尔各答的街头人力车将会不可避免地消失。

之所以能在这座城市找到如此多的"活化石"，是因为印度独立之后，加尔各答在很长一段时间里几乎都处于发展停滞的状态。当然，加尔各答并非绝对停滞，这主要是因为我将加尔各答和孟买进行了横向比较，就会显得它似乎止步不前。加尔各答作为印度第三大城市，不管怎么说也是"瘦死的骆驼比马大"，比方说这里至少还有地铁系统，而且是全印度第一条地铁，从1984年就开始运营。

从另外一个角度来看，加尔各答停滞了那么多年，这座城市还能够有序地运行，其实恰恰说明这里曾经的先进与繁华。在"亚洲四小龙"尚未崛起之前，孟买和加尔各答就是亚洲的纽约和伦敦，是许多人向往的天堂。

孟买和加尔各答都有唐人街，而加尔各答是整个印度距离中国最近的大城市（昆明飞加尔各答只需要3小时），因此也就聚集了最多的华裔。

加尔各答一共有两个唐人街，分别在坦格拉（Tangra）和旧中国市场（Tiretta Bazaar），我专门去寻访过这两个地方，后者

第六章 "双城记"：孟买与加尔各答

几乎已经完全抹去了中国人生活过的痕迹。坦格拉曾经是整个孟加拉地区皮革制造业的发源地，当年有350家制革厂，后来这些高污染行业都被搬迁到加尔各答的东郊，产业本身也渐渐被当地人接手，虽说这里现在依然是印度华人社区的象征，但再也不复当年盛况。如今加尔各答的华裔越来越少，还有200多户华裔家庭，有中文学校、中文报纸、道观、佛寺等，每年会舞龙舞狮来庆祝中国春节，最主要的产业则是餐饮。

我记得我小时候，"华侨"是一个很上档次的称呼，一讲到华侨会有一种仰视感，上海有专门的华侨商店，得用侨汇券才能在里面购物。随着最近这些年中国的崛起和复兴，"华侨"一词渐渐不再是原来的身份象征，异国他乡的吸引力变得越来越弱。人往高处走，水往低处流，当年那些下南洋最后跑到印度的中国人无非是为了讨生活，随着加尔各答经济的停滞，一代又一代的华裔借着读书、工作的机会，离开了这个国家，大多数去了西方发达国家定居。至于现在的中国人，你要让他们来印度定居，那是不可能的事……除了我这种"奇葩"，大多数人恐怕很难在这里生活得自得其乐。如今印度的华人，绝大多数是拿着工作签证在这边经商的。

加尔各答这座亚洲第一流的大都会，怎么会沦落成这样呢？就算印度经济发展得比中国慢，也不应该落后那么多啊？如果追溯原因的话，主要是因为是孟加拉地区的领土分裂造成的，当然还有一些其他原因。

可以这样说，印度独立前后，直到21世纪初，加尔各答都是一座充满苦难的城市——1943年的孟加拉大饥荒；1946年印巴分治导致的暴乱和流离失所；1971年孟加拉难民潮；1974年的天花大流行；20世纪六七十年代的社会运动、能源和食物短缺、罢工潮、高失业率……在这座充满苦难的"垂死之城"，还真的有一个"垂死之家"（Mother Teresa's Kalighat Home for the Dying Destitutes）。

我第一次到加尔各答的时候，在游客街的一家小饭店里遇到一个中国小伙子，他说自己来加尔各答的"垂死之家"做了两个多月志愿者，签证快到期要回去了。那时候中国护照申请的印度旅游签证还是贴纸签，从出签之日算起，有效期只有三个月。

早先我就听说过加尔各答的"垂死之家"，现在改名为"清心之家"（Nirmal Hriday），是当年特蕾莎修女主持修建的临终关怀机构。但我没想到这个地方居然会有这么大的吸引力，让一个好不容易来趟印度的中国小伙子把全部的时间都花在那儿，一下子勾起了我的好奇心，决定去一探究竟。

加尔各答是一座特蕾莎修女生活了大半辈子的城市，在这座城市，我可以感受到她存在过的印记，许多地方都能看到她的肖像，路上会遇见一些修女，她们统一身穿特蕾莎修女生前穿的那种标志性的蓝边白棉粗布纱丽，据说价格仅一美元。

"垂死之家"在加尔各答的迦梨女神庙边上，这个地方我在前面关于恒河的章节里提过。"垂死之家"看起来貌不惊人，原来是一座废弃的印度教寺庙，特蕾莎修女将其改建成一家收容

第六章 "双城记":孟买与加尔各答

所。这里允许外人参观,但出于对病患的尊重,内部不能拍照。

"垂死之家"里面有不少志愿者,大部分是来自欧美国家的白人,还有一些负责管事的修女。这个地方的内部空间并不大,有点像电影里的战地医院,一个大房间里面躺着好几十个人,志愿者穿梭其中以满足他们的需求。然而,我在大房间里没有看到任何用于医疗救治的设备,这里简陋得令人有些难以置信——简单的床铺、简单的食物、简单的照顾,没有固定的输液架,没有保护隐私的帘子,也没有空调。可以说在我们中国,大部分养老院的条件都比这里好。

更令我震惊的是,"垂死之家"的东边靠着著名的迦梨神庙,紧邻的西边却是一片红灯区,一些装扮妖艳却毫无性感可言的失足妇女站在巷子口招徕生意。自从《生于妓院》(*Born into Brothels: Calcutta's Red Light Kids*)这部纪录片获得奥斯卡最佳纪录片奖后,加尔各答的红灯区被整个世界所知晓,但当你真的在现实中看到这样的地方,还是会被吓一跳,甚至孟买的贫民窟看起来都比这里强。

因此,相比于一街之隔的红灯区,相比于那些露宿在加尔各答街头的贫民,"垂死之家"那在我们看来无比简陋的条件已经给予许多印度穷人足够的体面和尊严,这正是特蕾莎修女开设这一机构的初衷——把那些无家可归的垂死穷人从街头带到这里,给予他们救治和照顾,让他们能够有尊严地死去。

我曾经也被特蕾莎修女的这个故事所感动,但随着近年来对特蕾莎修女的质疑和批评越来越多,也揭露出越来越多的真相。

但总而言之,一个客观事实是,特蕾莎修女并没有努力去帮助人们减少贫困和痛苦,她长期以来只是在教人们如何接受贫困和痛苦。并且她试图说服那些异教徒,只要接受天主教的教义,这些贫困和痛苦就不再会成为困扰。她本人对"痛苦"有一种非常扭曲的崇拜,认为"苦难是上帝的恩赐","病人必须像基督一样在十字架上受苦",将受苦视为最让人接近上帝的途径。在1981年的一次新闻发布会上,有记者问:"您是否在教导穷人应该忍受苦难?"修女回答道:"我认为,穷人接受自己的命运,与受难的基督分享痛苦是非常美好的。我认为,穷人受苦会对这个世界更有帮助,我们的目标仅仅是救治伤员和病人。"

一些批评者认为她是一个虚伪的人,我倒是挺能理解特蕾莎修女的,我觉得她真的是一个特别高尚无私的人,只是她有自身认知的局限性,这种局限性来自她天主教教徒的身份、她所处的加尔各答物资匮乏的环境以及她所处的时代,这从她对堕胎的极端态度就能看出来。同时我也认为她自己是真的相信通过忍受痛苦可以更加接近上帝,特蕾莎修女对苦难的崇拜、对贫穷逆来顺受的态度,跟印度教的许多思想也非常相似,不排除她到了印度之后也受到当地宗教文化的影响。但她把自己相信的事情强加给别人,这种做法就不好了。如果说她有自己的私心,那这种私心也不是为了她自己,而是为了信仰,她把自己的一生都奉献给了教会。

第六章 "双城记":孟买与加尔各答

比起物质,特蕾莎修女更注重精神。她重新定义了"贫穷",认为饥饿者、孤单者、无知者、胎儿、遭种族歧视者、被弃者、患病者、贫困濒死者、被囚者、酗酒者、吸毒者,都是《玛窦福音》[①]里耶稣所谓"我弟兄中最小者"。而缺乏爱,是其中最贫弱者。正因如此,她对"扶贫帮困"的定义也完全不同。

就像甘地一样,特蕾莎修女是一个对世界影响深远的理想主义者,她创造的是一种精神力量上的奇迹。她用她自己认为"正确"的方式来帮助她自己认为的"穷人",尽管她有其自身的局限性,但仍不失为一个伟大的灵魂。

---

① 天主教说法,基督教称之为《马太福音》。

第七章

甘地与印度

1948年1月30日那天，甘地在德里参加一场晚祷会，抵达会场走向祈祷台时，一位名叫南度蓝姆·高德西（Nathuram Vinayak Godse）的青年在现场真心地祝福了甘地，恭敬地向他鞠躬，然后拔出手枪近距离对着甘地的胸口连开三枪。甘地喃喃地说了最后的遗言："哦，罗摩神！"[1]同时用手触碰额头表示为凶手祝福，随即倒在血泊中。

这种凶手与受害者相互祝福的魔幻场景，恐怕只会在印度出现。

高德西出生在一个印度教婆罗门家庭，是一名虔诚的印度教教徒。他其实是一个跟甘地有着非常相似理念的人——两人都主张在印度建立统一的国家；两人都有着虔诚的宗教信仰，在禁欲主义等生活准则方面高度相似。

高德西跟甘地的分歧，是在关于"暴力"这个问题上。高德西认为，印度教经典《薄伽梵歌》证明了印度教对合法暴力的支持。《薄伽梵歌》是史诗《摩诃婆罗多》最重要的一部分，

---

[1] 原话为：He Ram！

般度五子之一的阿周那（Arjuna）[①]在俱卢之战前非常纠结和困惑，因为他看到许多亲朋好友都在敌对阵营里，对战争的合理性产生了怀疑。当时化身为他的车夫的黑天（Krishna）[②]就劝导阿周那：战场只杀死肉体，杀不死灵魂，与敌人战斗是刹帝利与生俱来的责任，这样才能保护自己的信仰。

甘地则认为，从根本的出发点上，对战争暴行的反思才是《薄伽梵歌》的主旨，一切形式的暴力都应该被禁止，暴力无法从根本上解决问题。

但在高德西等一些激进的印度教民族主义者眼里，甘地必须死。高德西从未对自己的行为表现出后悔。

其实，高德西与甘地并没有个人恩怨，相反他还十分崇敬作为宗教圣人的甘地；他痛恨的是甘地的"非暴力"信念，为了印度整个国家的未来，他必须杀死甘地。高德西完成刺杀后，立马就大声呼唤警察来逮捕自己。更魔幻的是，刺杀案在审理过程中，现场观众都被高德西自我牺牲的民族主义精神深深感动，甚至连甘地的两个儿子都为高德西求情，当时的法官科斯拉（Gopal Khosla）后来表示："如果让这些观众组成陪审团，并负责对高德西的上诉做出裁决的话，他们将以压倒性的多数票判决被告无罪。"

但高德西还是被处死了。如果高德西不死，那就证明甘地

[①] Arjuna，印度的阿琼主战坦克即以他命名。
[②] Krishna，即奎师那。

第七章 甘地与印度

的信念错了，会动摇整个国家对甘地的信仰。高德西杀死甘地，更加增添了甘地的传奇色彩；杀死了高德西，却也使高德西成了印度民族主义右翼势力的英雄。

甘地的一生致力于发现和追求真理，梵语中的"真理"即为佛教中的"谛"（Satya）。甘地通过格"经"致知——格的是《奥义书》等宗教经典。甘地也认为万物皆有"理"，神即真理（God is Turth），真理即神（Turth is God），不信神的人则无缘于真理。尼采宣布"上帝已死"（Gott ist tot）——神不再是生命的意义或道德的准则，人类终于从宗教道德中解放了出来；甘地却要让神作为真理和道德的形式死而复生。甘地进而创造了一个词叫作"Satyagraha"，即坚持真理，用这个口号来鼓励大家执行"非暴力"，认为只有"非暴力"才能找得到真理。

怎样通过"非暴力"来寻找真理呢？二战期间纳粹屠杀犹太人，甘地说，假如他是犹太人的话，他就开开心心地引颈就戮，自愿接受这种苦难，这样就可以带来内心的力量和欢乐，反正处境也不会比现在更糟。因此，假如犹太人都能够在思想上为自愿受苦做好准备，即使是大屠杀，也能变成感恩和快乐的一天。[1]

大家可能已经发现，甘地的这套理论跟特蕾莎修女特别

---

[1] 原文为：He or they cannot be worse off than now. And suffering voluntarily undergone will bring them an inner strength and joy. If the Jewish mind could be prepared for voluntary suffering, even the massacre I have imagined could be turned into a day of thanksgiving and joy.

像，但甘地生活的年代更早于特蕾莎修女，因此我才怀疑特蕾莎修女来到印度之后，无论是不是潜移默化，都受到甘地思想非常大的影响。特蕾莎修女把低种姓的吠舍称为"主的儿女"，而甘地在更早的时候曾把贱民称为"毗湿奴之子"（Harijan）[①]。

"非暴力"思想的核心就是，只有消灭了害怕受苦受难这种"人欲"，才能趋近"宇宙真理"——这跟特蕾莎修女对苦难的观点如出一辙。

甘地根据《奥义书》总结出一些可以让人趋近真理的行为准则，除了非暴力之外，还包括诚实、不偷不抢、劳动、节欲、禁酒、虔诚……大家看这种定义跟特蕾莎修女对"贫穷"的定义多么相似。不过，有一条例外——"Swadeshi"[②]。然而这个民族独立运动结合"非暴力"的主张，在具体实践的时候被解释成避免使用外国产品，只使用印度制造[③]。根据前后逻辑推理可得——作为印度人，你只要不用外国产品，你就是在追求宇宙真理。

印度民族独立运动会被作为追求真理的行为准则有其历史背景，为的是通过"非暴力不合作"赶走英国殖民者。甘地相信，印度社会的一切问题都是由于现代文明发展造成的，只要退回到原始农业社会，这些问题就能迎刃而解。他不仅抵制外国产品，更抵制整个西方文明。

---

① Harijan，经常被音译为"哈里真"。
② swa 意为自我，desh 意为民族，Swadeshi 即印度的民族独立。
③ 原文为：to avoid foreign goods and use only Indian-made products.

第七章 甘地与印度

除了民族独立运动之外，当时还有一个主张叫"Swaraj"，直译过来是"自治"。

甘地在 1909 年写了《印度自治》(*Hind Swaraj*)一书，在当时的印度是一本禁书，其核心思想就是对西方现代工业文明的批判。甘地认为，现代文明用机器生产的方式积累了太多的财富，这完全有悖于克制、节俭的宗教传统，会让人变得更加贪婪，处于一种半疯癫的状态；铁路极大地提高了出行效率，使得坏人做坏事的效率也变高了，而且由于那些宗教圣地变得太容易到达，会削弱人们对圣地的崇拜感与神秘感；人之所以会生病，是因为自己的疏忽和放纵，医院会让人更加缺乏对自己身体的关怀，令人道德堕落；而且医生每年杀害无数的实验动物，甚至进行活体解剖，这显然是无比邪恶的行为……总之，西方文明乃是万恶之源。

大家可以感受一下，当年印度民族独立和自治的诉求基于这样一些理论，是不是就比较容易能够理解印度的不可思议了？

"Swaraj"是一个印地语单词，即自我统治[①]。"Swaraj"并非简单的自治，而是甘地设想的一种理想化的社会机制，自我管理、自我统治、自我约束、自我服务、自给自足、自我提供经济保障，摆脱一切束缚，最终让所有人解脱。"Swaraj"本质上是个乌托邦，但甘地却对其深信不疑，他的这种信念是哪里

---

① "Swa=Self, Raj=Rule, Self-rule"，Swaraj 即自我统治。

来的呢——印度神话《罗摩衍那》。

甘地在后期为了让底层民众更容易接受这类政治理念，给"Swaraj"套用了一个印度教教徒都很熟悉的词——罗摩盛世（Ramaraj），这个词代表最完美、最理想的社会形态。甘地表示只要实现了"Swaraj"，"神的人间王国"——罗摩盛世就会到来。

印度两大史诗《摩诃婆罗多》和《罗摩衍那》在印度是家喻户晓的，相当于我们的四大名著。《摩诃婆罗多》有点像《荷马史诗》，晦涩难懂；《罗摩衍那》则通俗得多，我从头到尾通读过。

《罗摩衍那》的意思是"罗摩的历险故事"，童话故事背后是黑暗残酷的真相。

我先来讲一下童话版的《罗摩衍那》的梗概：

> 根据吠陀体系的推算，公元前87万多年前，阿逾陀（Ayodhya）①国王有三个妻子和四个儿子，他本想传位给长子罗摩，他的妃子要求他传位给自己的儿子婆罗多（Bharata），并将罗摩流放森林14年。由于妃子曾对国王有救命之恩，国王不得不答应。罗摩欣然接受安排，罗摩的弟弟拉克什曼（Lakshmana）也主动要求跟着他一起流亡。继位的婆罗多觉得自己德不配位，跑到

---

① Ayodhya，现在的阿约提亚，印度教圣地。

森林里找罗摩，要请他回来做国王。罗摩表示一定要完成对父王的承诺，绝不能背弃誓言，婆罗多只能伤心地带着罗摩的鞋子回去，宣布自己只是暂时摄政，如果14年后罗摩不回来做国王，他就自杀。

当时有个十头魔王叫罗波那（Ravana），拐走了罗摩的妻子悉多（Sita）。罗摩在寻找悉多的过程中，帮助了猴国国王须羯哩婆（Surgriva），于是猴王须羯哩婆派哈努曼（Hanuman）寻找悉多，结果在斯里兰卡罗波那的皇宫里找到了。罗波那拒绝归还悉多，于是罗摩和猴子们一起攻打了魔王的国家。那些妖魔鬼怪发现罗摩是毗湿奴的化身，争先恐后让他杀死自己，以求得救赎。罗摩最后夺回了妻子，14年之约期满之际，回到故国接受了王位。从此整个王国的人民过上了幸福快乐的日子，史称"罗摩盛世"。

《罗摩衍那》的逻辑有点混乱，但有兴趣的读者可以自己去读一下。然而，我通过这个童话故事，解读出来另一个故事：

公元前一千年左右，在印度北部阿逾陀这个地方，有个雅利安人王国，国王死后，王子们为了争夺王位手足相残，最后王位被婆罗多夺取，罗摩跟他的弟弟由于害怕被迫害，一起逃出了王都。之后他们获得了印度南部达罗毗荼人部落的帮助——或许南部达罗毗荼人部落正在与斯里兰卡岛上的原始部落交战，他们刚好卷入其中。总之，在十几年的流亡过程中，罗摩招兵买马攻城略地，甚至渡海远征斯里兰卡（也可能由于当时海平面较低，斯里兰卡与印度次大陆有路桥连接）。在壮大了自己的实力之后，罗摩杀回故国阿逾陀，成功逆袭夺回了王位。

印度人不修史，无史为鉴，不知兴替，很多时候把童话当史实。甘地对《奥义书》《摩诃婆罗多》《罗摩衍那》深信不疑，这些宗教经典乃是甘地"探究真理"的源泉，他梦想中的罗摩盛世在书中也有描述：

> 人们都按照自己的种姓和阶级生活，一切事情无不依照圣洁的经典《吠陀》。
>
> 男男女女都虔诚地信奉罗摩，无论何人都有权利得到解脱。所有人都虔信宗教，没有人妄自尊大，男女老少都品德高尚，见不到奸诈狡猾。
>
> ——《罗摩功行录》（*Ramcharitmanas*）

印度有些人不认同甘地的理念，甘地生前好友泰戈尔、印度的"宪法之父"阿姆倍伽尔博士（B.R. Ambedkar）都不赞同甘地的理念。

然而，由于甘地的思想借用了大量的传统宗教理念，颇受

第七章 甘地与印度

很多普通人的认同，他们根本不会去思考甘地的对错。把甘地捧上神坛的正是普通人，甘地的思想符合底层老百姓的精神需求。他们本来就被宗教精神影响了几千年，而甘地把古老的宗教结合现代政治重新诠释了一遍，对种姓制度、重男轻女等一些不合时宜的传统进行了修补，赋予印度教古老传统在新时代以合理性。

甘地的思想如果搁在别的国家，肯定要出大问题，但在印度却和当地老百姓的日常观念十分契合，可谓如鱼得水。这不仅是宗教上的契合，更是民族性格上的契合。

后来我发现很多印度人的人生态度很消极，是因为他们觉得不管发生什么事，都有神扛着——结果好，那是神的旨意，自己努力与否都不重要；结果不好，也是神的旨意，自己努力与否都没有用。正是在有着这种观念的国家，"非暴力不抵抗"的主张才会有市场。

有相当一部分印度的底层人民都没什么上进心，还要为物质的匮乏找各种借口。我就听到过这样的论调：吃不饱饭的人，他们不觉得应该努力想办法吃饱，而是非要说"吃不饱才觉得食物好吃，吃太饱就不好吃了"，这种想法就跟甘地说"火车让人们太容易抵达圣地，从而失去虔诚"是一样的思路。在这一点上，特蕾莎修女跟甘地平分秋色。

然而，崇拜甘地的不仅仅是印度人，还包括整个西方世界。

一方面，甘地在道德品质上无可挑剔，他对印度传统禁欲主义的实践是如此深刻，我再怎么不喜欢他，也无法否认他的无私和高尚。

另一方面，甘地站在印度传统文化的角度对西方文明进行了深刻的反思，他认为只要假以时日，西方文明将会自我毁灭①。

尽管甘地在他那个时代，以他的宗教文化背景，对西方文明的认知有很大的局限性。

爱因斯坦曾经这样高度评价甘地：

> 圣雄甘地一生的成就在政治历史上是独一无二的，他为受压迫的国家发明了一种全新的、人道的解放和斗争之道，并且用自己毕生的精力来实践和验证。他关于人类文明的清醒思考带来的深远的道德影响，可能会远超我们这个时代的野蛮暴力……后世子孙可能难以想象，地球上竟然行走过这样一具血肉之躯②。

爱因斯坦是站在那个时代科技最前沿的人之一，核能的应用便是基于他提出的相对论。正因为走得太超前，爱因斯坦、奥本海默这些人无从得知他们释放出来的究竟是天使还是魔鬼，自己的发明和发现究竟是造福还是祸害。奥本海默目睹核

---

① 原文为：Western civilization is such that one has only to be patient and it will be self-destroyed.
② 原文为：Generations to come will scarce believe that such a one as this ever in flesh and blood walked upon this earth.

爆时所想到的诗句正是来自印度教的《薄伽梵歌》:"若论大我光辉,唯有千日同升,齐照耀于太空,方可与之类同。"

1965年,奥本海默回忆道:

> 我们知道世界自此就不再一样了。有的人笑,有的人哭,但大部分人沉默无言。我想起了印度教经典《薄伽梵歌》当中毗湿奴在劝说阿周那王子要做自己的本分,为了打动他,毗湿奴变为千手化身,说道:"我现在成了死神,世界的毁灭者。"[①] 我想,我们大家都多多少少是这样想的。

甘地关于西方文明的观点虽然比较极端,但在20世纪上半叶是非常超前的。这些来自古老文明的哲学与智慧,对爱因斯坦等人宛如当头棒喝,让他们得以警惕技术的应用。工业革命之后,人类突然之间掌握了前所未有的巨大力量,当时人们显然还不是很懂得如何驾驭这些力量,产生了一些前所未有的道德危机、伦理危机,因此甘地的思想对于他们有着非常积极的意义。

正因为世界上有黑暗,人们才会向往光明。理想主义者有时就像黑暗中的光芒,人们崇拜他们,将他们捧上圣坛,可这丝光芒未必能把人引导至正确的方向。

---

① 原文为:I am become Death, the destroyer of worlds.

西方世界之所以崇拜甘地，因为他超前地看到了文明发展的问题，甚至还提出了解决方案……只不过作为一个对印度教经典深信不疑的理想主义者，他的方案并不能解决问题。理想主义者往往容易极端化，他们大多天真单纯，没有经历过社会的毒打，理想化地看待许多社会问题及世界的意义……殊不知世间的许多问题绝非提出一个理想就能解决的，理想一旦极端化就难以执行。相反，大多数解决问题的方案都是妥协的产物，而极端化的人常常对任何妥协都看不顺眼。

然而，甘地的理想主义毕竟美好，如同那"罗摩盛世"般令人向往。甘地的光环照耀着许多印度人的成长，也鼓舞了无数印度人，以至于即便经历了失败的尝试，时至今日很多印度人依然未曾放弃"Swaraj"的理想。

甘地提出了"Swaraj"这个乌托邦概念，却从没提过解决方案，甚至还鼓励大家："我知道有人批评这是乌托邦，但我们如果不努力尝试和趋近，凭什么说不可能呢？"后人把这个无法实现的乌托邦理想，变成了镜花水月的信仰，这个信仰70多年来一直受人追捧，追梦人前仆后继。

理解了甘地的这段话，你就能理解印度人的很多行为及其他一些战略思维背后的心理因素，归根结底是出自对"Swaraj"的信仰。

我一直认为从历史发展的趋势角度来看，一方面，甘地本身是一个矫枉过正、反对世俗化与现代化的人，他认为印度的一切苦难都是现代化造成的，他追求的独立自主是回归男耕女织式的原始经济形态，这些思想成为后来的"甘地主义"，跟其他宗教一起，成为阻碍印度经济和思想全面现代化的因素。另一方面，事实上不管有没有甘地，印度早晚都会独立，二战后的英国无力维持殖民地，发生全面兵变，才是印度独立的根本原因。其他那些没有甘地领导的英国殖民地，不也都相继独立了吗？由于甘地生平经历的特殊性，他的历史作用被夸大了。

对于自己的殖民历史，印度很矛盾，一方面为殖民者带来的文明感到很骄傲，另一方面又对当年被殖民、被支配的历史有心理阴影，这种"童年创伤"使得印度在独立后非常强调独立，不愿被别国支配。

如今的印度已经放弃了甘地乡村浪漫主义的小农经济，选择了现代化和城市化的道路；也放弃了"非暴力"的做法，力图成为一个军事强国。但甘地的大部分政治思想还是被继承下来，这些继承体现在印度长期以来的贸易保护主义，以及如今民粹主义的崛起。

由于长期有"Swaraj"这一根深蒂固的乌托邦信仰，印度只想改革，不想开放。印度在2020年5月提出的一项新政策——"自力更生的印度"[①]，这是一个高度梵语化的印地语单词。

然而，这显然就是"印度制造"政策的2.0版，是对"Swaraj"信仰的进一步深化实践。印度还宣称这个政策是印度

---

① Atmanirbhar Bharat，也有"印度自造"的译法。

"唯一的康庄大道"（Eshah Panthah），这个词出自《奥义书》，故弄玄虚地通过宗教经典来给政策的合法性背书。"自力更生的印度"设计了五大支柱——经济、基础设施、科技驱动型系统、充满活力的人口、需求。

这一政策颁布的契机是 2020 年全球疫情期间，印度将之宣传为"多难兴邦"，所举的例子是印度自己生产的防护用品。还说疫情爆发前，印度连一套自产的防护用品都没有，才几个月工夫，印度就能每天生产几十万套。于是印度搬出了一个逻辑——口罩可以自己造，凭什么高科技产品就不能自己造？凭什么不能靠自己实现"四化"？

印度自己生产的所谓"防护用品"实在是一言难尽，充分体现了我在前文里讲到过的"Jugaad"精神。印度街头卖的口罩都是可以反复使用且花花绿绿的棉口罩，你要说这些口罩能够达到防护标准，我不太相信。

印度强调"自力更生的印度"并非贸易保护主义，而是为了独立自主。比如国防部要在五年内对 101 种军事产品实行进口禁令，全面实现国产化，打破"万国造"的魔咒，不但自给自足，还要实现国防出口创汇……"自力更生的印度"野心不止于"印度制造"，最新的口号是"为世界制造"（Make for the World）。

图书在版编目（CIP）数据

在印度看印度/随水著.——贵阳：贵州人民出版社，2022.9
ISBN 978-7-221-17254-9

Ⅰ.①在… Ⅱ.①随… Ⅲ.①游记—作品集—中国—当代 Ⅳ.①I267.4

中国版本图书馆CIP数据核字（2022）第163741号

在印度看印度 ZAI YINDU KAN YINDU

随水 著

出版人	王 旭
责任编辑	陈继光
助理编辑	唐 博
装帧设计	末末美书
出版发行	贵州人民出版社（贵阳市观山湖区会展东路SOHO办公区A座，邮编：550081）
印 刷	天津中印联印务有限公司（天津宝坻节能环保工业区宝富道17号Z1号，邮编301800）
开 本	880毫米×1230毫米 1/32
字 数	208千字
印 张	10.5
版 次	2022年9月第1版
印 次	2022年9月第1次印刷
书 号	ISBN 978-7-221-17254-9
定 价	59.80元

版权所有 盗版必究。举报电话：0851-86828640
本书如有印装问题，请与印刷厂联系调换。联系电话：022-59220703